KB164679

가을 사중주

This Korean edition was published by arrangement with
Macmillan through Eric Yang Agency Co., Seoul.

가을 사중주

Quartet in Autumn

바바라 핌 지음

주순애 옮김

서문

『가을 사중주(*Quartet in Autumn*)』는 바바라 핌(Barbara Pym)이 평생 발표한 여러 소설 중에서 최종 직전의 작품이다. 이 작품은 바바라 핌이 세상을 뜨기 3년 전인 1977년 출간되었는데, 이 해는 그녀의 『어울리지 않는 짝(*An Unsuitable Attachment*)』 원고가 연이어 출판을 거절당한 지 약 16년이 지난 시점이었다. 앞서 발표했던 여섯 작품이 상당히 호평을 받고 나서 처음으로 출판을 거절당하자 그녀는 심한 충격을 받았고, 사실상 그로 인해 우리 시대 제인 오스틴이라 할 수 있는, 가장 위대한 20세기 코미디 소설 작가 중 한 사람은 그 후 15년 동안이나 침묵을 지키게 되었다. 다행히 그 침묵이 영원히 이어지지는 않아서, 많은 사람이 그녀의 최고 작품이라 일컫는 소설이 출간됐고, 이 작품의 출간으로 —물론 턱없이 부족한 위안이긴 했으나— 그녀는 눈을 감기 전에 자기 작품이 가치를 널리 인정받고 부커상 후보작으로 지명되는 영예를 누리게 되었음을 알 수 있었다.

독자들의 가슴을 파고드는 이 섬세한 필치의 소설은 여러 면에서 저자의 삶을 그대로 보여주면서 그녀의 문필가 경력에 최고의 영예를 더해주었다. 바바라 핌은 영락하고 쇠퇴해가는 영국의 소외된 삶을 가장 잘 묘사한 작가이다. 그녀의 문학적 영역은 에블린 워(Evelyn Waugh)의 상류계급도 아니고, 베처먼(Betheman)과 벤슨(Benson)의 전원이나 테니스장이 있는 환경도 아니며, 불쾌한 현실을 적나라하게 보여주는 여러 사회적 사실주의 작가의 세계도 아니다. 그녀는 중년 독신녀, 성직자, 상류 가문 출신 하급 관리의 삶을 그렸다. 이들은 주류 사회의 변방에서 살아가면서 부유하고 선택받은 자들의 유복한 삶을 알고는 있으나 자신은 그 화려한 세계, 정서적 차원에서 배타적으로 자기네끼리만 결속된 그 세계의 일원이 절대 될 수 없다는 사실도 잘 알고 있는, 본질적으로 관찰자들이다. 로맨스는 그들 몫이 아니다—일방적으로 연모는 할 수 있으나 서로 사랑하지는 않는다.

여러 면에서 볼 때 바바라 핌 자신이 완벽한 아웃사이더는 아니었던 것 같다. 그녀는 옥스퍼드 대학에 다녔고, 삼십 대에 소설을 출간했으며, 런던에 있는 인류학 연구소에서 일하면서 필립 라킨(Philip Larkin) 같은 인사들과 친교를 나누기도 했다. 그러면서도 그녀는 행동하기보다 관찰하기를 택했다. 이것은 바바라 핌처럼 위트와 통찰력과 재능 있는 작가에게 드문 일이 아니다. 어떤 상황에 숨어 있는 씁쓸한 유머를 포착하는 사람이 반드시 그 상황에 연루돼야 할 필요도 없고, 당사자들이 절대 볼 수 없는 가슴 아픈 삶의 근본적인 통렬함을 기록하고 세상에 드러내 보여주는 역할을 택할 수도 있는 법이다.

바바라 핌은 평생을 두고 그렇게 했다. 그녀는 자기 작품의 인물들이 마음속 깊이 간직한 갈망이나 로맨스에 대한 소망을 묘사하면서도 정작 자신은 결혼한 적도 아이를 낳은 적도 없었다. 옥스퍼드 시절 그녀는 헨리 하비(Henry Harvey)라는 친구를 알게 돼 그를 흠모했지만, 그 열정은 보답받지 못하다가 적절한 시기에 편안한 우정으로 자리 잡았다. 헨리 하비는 두 번 결혼했는데 모두 이혼으로 끝났다. 그 과정에서 바바라 핌이 차선에 만족하며 그의 충실한 친구 역할을 한 것은 매우 그녀다운 일이었다.

그와 마찬가지로, 바바라 핌은 직업적인 삶에서도 조연 역할을 했다. 국제아프리카연구소(International Africa Institute)에서 잡지 『아프리카(Africa)』를 편집하면서 나중에 자기 소설에 등장하는 인물의 유형이 된 사람들을 만났다. 그녀의 삶은 어쩌면 그 소설적 인물의 삶—그다지 내세울 것 없이 평범하지만, 동시에 많은 관찰에 바탕을 둔, 조용하지만 천연덕스러운 유머가 풍부한 삶—과 그리 다르지 않았던 것 같다. 『가을 사중주』에 나오는 레티와 마샤 같은 인물의 자기비하적인 생각은 소외된 삶을 살았던 저자 자신이 품고 있었다고 여겨질 만하다.

『가을 사중주』는 바바라 핌의 소설 중에서 가장 슬픈 내용을 담고 있기에 어쩌면 가장 기억에 남는 작품으로 꼽힐 수 있을 것이다. 이 작품의 주제는 늙어감에 따라 피할 수 없이 찾아오는 고독과 고립이다. 이 책의 주인공 네 사람은 한 사무실에서 근무한다. 맡은 업무는 대수롭지 않고, 네 사람이 모두 은퇴하면 부서 자체가 폐기될 예정이다. 그들의 재산 상태는 저마다 달라서, 마샤와 에드윈은 단칸방에서 사는 노먼과 레티보다 형편이 나은 편이다. 또한 관심사도 저마다 다르다. 영국 국교회 가톨릭계 소속 교회에 다니는 에드윈은 교회 행사를 찾아다니느라 늘 바쁘지만, 다른 세 사람은 변변한 소일거리도 없다. 하지만 그들은 모두 자신만의 판에 박힌 일상을 매우 중시하고, 혹시라도 방해받으면 아주 싫어한다. 특히 마샤가 그런 편이어서, 자신을 다른 사람들과 어울리게 해주려고 애쓰는 사회복지사의 방문을 몹시 귀찮아한다. 이야기가 진행될수록 네 사람의 고립은 점점 더 뚜렷하고 심각해진다. 마지막 순간에 가서야, 그것도 그들 중 한 사람이 세상을 뜬 뒤에야 살아남은 세 사람은 —망설이다가— 한자리에 모인다. 그리고 소설은 긍정적인 분위기로 —비록 그 긍정적인 분위기가 희미하고 불확실하긴 하지만— 끝맺는다. 등장인물 각자의 상황이 몹시 암울해 보이긴 해도 『가을 사중주』는 우울한 소설은 아니다.

이 암울함을 덜어주는 것은 바바라 핌의 주특기인 유머이다. 나는 그녀가 벤슨[1]은 물론이고 다른 어떤 20세기 작가보다도 더 재미있게 글을 쓴다고 생각한다. 맵(Mapp)과 루시아(Lucia)가 등장하는 벤슨의 소설도 아주 재미있지만, 바바라 핌의 작품이 훨씬

1) Edward Frederic Benson(1867–1940): 영국 소설가. 피겨스케이팅 등에 재능이 있는 만능 운동선수이기도 했다. 대표작인 「루시아」 시리즈는 TV 드라마로도 방영되었다. 옮긴이.

더 심리적 깊이가 있고, 그래서 훨씬 더 재미있다. 이 책에는 마샤가 레티에게서 받은 우유병 처리와 관련한 흥미로운 에피소드가 나온다. 레티가 준 우유는 마샤가 늘 마시는 제품이 아니라서 우유 배달부가 빈 병을 회수해 가지 않는다. 레티는 단지 선의로 마샤에게 우유 한 병을 줬을 뿐이지만, 이 사건을 계기로 마샤는 레티와 한 지붕 밑에서 살 가능성을 애초에 배제하고, 끝내 문제의 우유병을 쌀쌀맞게 레티에게 돌려준다. 따지고 보면 빈 우유병을 돌려주는 것은 지극히 사소한 일이지만, 이 작품에서는 아주 큰 중요성을 띤다. 그렇게 두더지가 땅을 파며 쌓아놓은 흙더미처럼 하찮은 것에서 커다란 산을 만들어내는 것이 바로 위대한 소설가의 전형적 특징이다. 그리고 그것은 또한 독자에게 가슴 뭉클한 순간을 선사하기도 한다. 왜냐면 그런 행위가 우리에게 삶이 얼마나 공허한지, 앙심을 품는다는 것이 얼마나 무의미한지를 일깨워주기 때문이다. 우리도 때로 그녀와 비슷하게 행동한다. 누구나 상징적으로 그 우유병 같은 무언가를 가지고 있다.

또 다른 중요한 장면에서 노먼은 미라가 된 악어들을 보러 대영박물관에 간다. 매우 사랑스럽기도 하고 매우 강력하기도 한 이 이미지는 우리가 전혀 뜻밖의 장소에서도 깊은 의미를 찾을 수 있음을 뚜렷이 보여준다. 미라가 된 악어들에도, 그것들을 보려면 대영박물관으로 가야 한다는 사실에도 우스우면서도 서글픈 무언가가 있다. 바바라 핌은 바로 그런 이미지를 능숙하게 그려내는 데 뛰어난 솜씨를 발휘한다. 그런 것들을 어떻게 쉽사리 잊겠는가? 언젠가 대영박물관에 들르면 바바라 핌에게 경의를 표하며 나도 그 악어들을 찾아볼 생각이다. 그녀 자신도 '적어도 한 사람이 대영박물관에 전시된 악어 미라를 보러가도록 설득하는 데 중요한 역할을 했음을 알게 돼 마음이 뿌듯하다'고 말할 것이다.

『가을 사중주』는 제2차 세계대전 직후에 시작돼 60년대와 70년대에 더욱 가속화된 영국 사회의 다양한 변화를 꽤 많이 언급한다는 점에서 바바라 핌의 소설 중에서도 특히 중요한 작품이다. 이 소설에 등장하는 두 남자와 두 여자는 전혀 생각지도 못했던 곳에서 저마다 다른 방식으로 더는 가망이 없는 상태에 놓인다. 런던은 변했다. 영국인의 정체성은 흔들리고 외국인들은 점점 늘어난다. 특히 레티는 자기가 세 들어 사는 집이 어떤 외국인 가족에게 팔렸을 때 이런 변화를 실감한다. 대단히 가슴 아픈 한 구절을 보면 레티는 1914년 몰번의 중산층 영국인 가정에서 태어난 영국 여성인 자신이 어쩌다가 지금 런던 시내 작은 방구석에서 미친 듯이 고함을 지르는 외국인들에 둘러싸여 있게 되었는지 얼떨떨해하고 있다. 책에는 '이건 분명히 그녀가 결혼하지 않은 탓에 생긴 일이었다.'라고 쓰여 있다. '어떤 남자도 그녀를 주일에만 경건하고 차분한 찬송가 소리가 들리고, 아무도 미친 듯이 고함치지 않는 어느 조용한 교외로 데려가 안전하게 지낼 수 있게 해주지 않았다.'

그러나 이 소설은 레티만이 아니라 나머지 세 등장인물도 주위 환경이 점점 더 자신에게 맞지 않게 바뀌고 있음을 자각하게 되는 상황을 보여주고, 은퇴자가 겪는 충격을 일깨워준다. 은퇴하는 두 여자를 위한 송별회 장면 묘사는 가히 일품이다. 이 송별회에서 회사의 한 고위직 인사는 회사나 기관에 평생을 바친 사람들이 마치 아무 일도 없었던 것처럼 역사 속으로 훌쩍 사라질 수 있음을 명백히 보여주는 연설을 늘어놓는다. 결국 이런 삶에 의미를 부여하는 유일한 방법은 그 네 사람이 서로를 지지하고 서로에게서 외로움을 끝낼 방법을 찾을 필요가 있음을 깨닫는 것이다. 바로 그것이 한번 읽으면 절대로 잊히지 않는 이 정교한 필치의 소설이 주는 메시지이다.

_ 알렉산더 맥콜 스미스(Alexander McCall Smith)/영국 저술가

하나

그날 네 사람은 각자 서로 다른 시각에 도서관으로 들어갔다. 도서관 직원은 비록 그들을 특별히 의식하지는 않았지만 네 사람이 어떤 식으로든 서로 연관돼 있음을 알았을 것이다. 반면에 그들은 모두 그 직원을 의식하고 있었다. 어깨까지 내려오는 그의 금발이 너무 길다든지, 헤어스타일이 너무 튄다든지, 전반적으로 도서관 직원에게 어울리지 않는다는 등 험담을 늘어놓았는데, 그런 험담은 오히려 각자 자기 헤어스타일의 단점을 지적하고 있었다. 에드윈은 숱이 적고 정수리 부분이 벗어지기 시작한 회색 머리를 일종의 보브 스타일로 잘랐다. 이발사가 "손님보다 더 연세 드신 분들도 요즘은 더 길게 기르시는데요, 뭐."라고 말한 적도 있지만 에드윈은 이 헤어스타일이야말로 육십 대 초반인 자신에게 제법 어울리고 손질하기도 쉽다고 생각했다. 그와 반대로 노먼은 늘 머리 손질에 애를 먹었다. 머리카락이 굵고 뻣뻣해서 젊은 시절에도 정수리나 가르마 양쪽으로 옆머리가 고분고분하게 붙어 있지 않았는데, 그나마 이제는 쇳빛을 띤 회색으로 보기 싫게 세어버렸다. 그래서 그는 요즘 가르마를 타지 않고 마치 푸딩 그릇을 엎어놓은 것 같은 중세 스타일로 짧게 자르고 다녔는데, 그런 헤어스타일은 미국 사십 년대나 오십 년대에 유행하던 크루 커트에 가까웠다. 두 여자—레티와 마샤—의 헤어스타일도 서로 달랐다. 1970년대 육십 대 여성들은 대부분 흰색이나 회색으로 센 머리나 붉게 물들인 머리를 짧게 잘라 파마하고, 그 머리를 손질하러 정기적으로 미용사를 찾곤 했는데, 레티와 마샤의 헤어스타일은 그들과도 사뭇 달랐다. 레티는 에드윈만큼이나 부드럽고 숱이 적은 옅은 갈색 머리를 다소 너무 길다 싶게 기르고 있었다. 지금은 그렇게 말하는 사람도 별로 없지만, 얼마 전만 해도 주위 사람들은 머리가 희게 세지 않아서 얼마나 좋으냐며 그녀를 부러워하곤 했다. 그러나 레티는 갈색 머리카락 사이로 하얗게 센 머리가 여기저기 나오고 있다는 걸 알고 있었고, 아무래도 이제는 다른 여자들처럼 새치 염색약을 쓰지 않으면 안 되겠다고 생각했다. 마샤는 이미 삼십 년 전에 처음으로 흰 머리카락을 발견한 이래 욕실 선반에 늘 갖춰둔 염색약으로 짧고 뻣뻣하고 생기 없는 머리카락을 눈에 거슬릴 정도로 새카만 암갈색으로 염색하고 다녔다. 요즘엔 머릿결을 상하게 하지 않으면서도 보기 좋게 색을 입히는 좀 더 나은 방법들이 개발됐지만, 마샤는 그런 것을 알지 못했다.

점심시간인 지금 네 사람은 도서관에서 각자 자기 일에 몰두했다. 자기가 드나드는 교구 교회에 최근 부임한 성직자가 이전 교구에서는 평판이 어땠는지, 그의 자질은 또 어떤지, 진지하게 알아보고 싶었던 에드윈은 『영국 국교회의 성직자 명부』, 『명사 인명록』, 『작고 명사 인명록』 등을 열람했다. 사실, 독서를 별로 좋아하지 않는 노먼은 책을 읽으러 도서관에 오지 않았다. 이 도서관은 멍하니 앉아 있기에 좋은 장소였고, 게다가 그가 점심시간에 자주 가는 대영박물관보다 사무실에서 더 가까웠다. 마샤도 역시 도서관을 추운 겨울에 잠시 들러 쉬면서 기분 전환하는 장소, 사무실에서 너무 멀지 않으면서 자유로이 드나들 수 있고 난방이 잘된 시설 정도로 여기고 있었다. 그뿐 아니라 이곳에서는 캠던 자치구에 거주하는 노인들을 위한 여러 가지 서비스를 안내하는 소책자나 팸플릿 같은 것을 챙길 수 있었다. 이제는 경로 우대가 적용되는 나이가 됐으므로 그녀는 자기 또래 노인들과 마찬가지로 버스 무임승차나 할인가로 제공되는 싼 음식, 미용과 손발 치료에 관한 정보를 얻는 기회를 하나도 놓치지 않으려고 했다. 하지만 그 정보를 실제로 이용한 적은 한 번도 없었다. 또한 도서관은 용도가 없지만 막상 쓰레기통에 던지기엔 내키지 않는 물건들을 슬쩍 버리고 가기에 좋은 장소였다. 예를 들면 다 마시고 난 음료수병 같은 것이었는데, 그래도 마샤는 빈 우유병만은 마당 헛간에 모아두고 있었다. 그녀는 빈 음료수병 외에도 종이 상자, 종이 백, 그리고 다른 여러 가지 분류하기 어려운 물건들을 아무도 안 볼 때 도서관 한쪽 구석에 슬며시 버려두고 가곤 했다. 평소 마샤를 눈여겨보던 도서관 여직원이 오늘도 그녀를 지켜보고 있었지만,

마샤는 그런 낌새를 전혀 눈치채지 못한 채 소설책들이 꽂혀 있는 서가 뒤편 편리한 장소에 귀리 비스킷이 포장돼 있던 작고 낡은 타탄 무늬 종이갑을 슬쩍 내려놓았다.

네 사람 중에서 레티만은 도서관을 본래 목적에 맞게, 읽는 즐거움이나 자기계발을 위해 이용했다. 그녀는 꾸준히 소설책을 읽었다. 그녀가 소설에서 자기와 비슷한 삶을 사는 인물을 찾고 싶었는지는 모르겠지만, 요즘 소설가들은 로맨틱한 관계를 한 번도 맺어본 적 없이 미혼으로 늙어가는 여자의 삶에 전혀 관심이 없다는 사실을 이제 알고 있었다. 전에는 일요일 자 신문에 평이 실리는 소설 중에서 몇 권을 골라 읽고 싶은 도서 목록을 만드는 습관이 있었지만, 이제 그녀의 독서 습관에도 변화가 생겼다. '로맨틱한' 연애소설에서 원하는 것을 찾지 못하자 전기(傳記) 분야로 눈을 돌렸던 것이다. 그 분야에서는 책들이 끊임없이 출판돼 나오므로 읽을거리가 떨어질 일이 절대 없고, 전기는 내용이 '실제 사실'이어서 소설보다 더 낫다고 볼 수 있었다. 그녀가 아직 읽지 않은 제인 오스틴이나 톨스토이의 작품보다 전기가 더 낫다고 말할 수 없을지는 몰라도, 현대 작가가 쓴 어떤 소설보다도 '읽을 가치'가 있음은 분명했다.

네 사람 가운데 레티만이 진심으로 독서를 좋아하듯이, 레티만이 사무실 밖에서 점심을 해결했다. 그녀가 자주 가는 식당 이름은 랑데부였다. 하지만 이곳은 상호와 달리 로맨틱한 만남에 어울리는 장소가 아니었다. 정오부터 오후 두 시까지는 늘 근처 사무실에서 일하는 사람들이 몰려와 부리나케 점심을 먹고 서둘러 자리를 떴다. 오늘 레티가 앉은 테이블 맞은편에는 한 남자가 먼저 와 앉아 있었다. 그는 곱지 않은 눈길로 그녀를 힐끗 보고는 말없이 메뉴판을 그녀에게 건넸고, 잠시 후 나온 커피를 후딱 마시고는 웨이트리스에게 오 펜스를 팁으로 남기고 가버렸다. 그가 떠난 자리에 곧바로 한 여자가 와서 앉더니 메뉴판을 꼼꼼히 살펴봤다. 그녀는 연한 푸른색 눈으로 메뉴판에 적힌 가격과 부가세를 확인하고 나서 고개를 들고 아마도 가격이 오른 데 대한 불평을 하려는 것 같았다. 하지만 레티에게서 아무런 반응도 얻어내지 못하자 그녀는 다시 메뉴판으로 눈길을 돌렸고, 그 후에도 한참 미적거리다가 마침내 감자 칩을 곁들인 마카로니 그라탱[1]과 물을 달라고 했다. 그렇게 그녀는 불평할 기회를 놓쳐버렸다.

레티는 계산서를 들고 자리에서 일어났다. 그녀는 겉으로 무관심한 척했지만 상황을 파악하고 있었다. 맞은편에 앉은 여자는 조금 전 그녀에게 손을 내밀었던 것이다. 레티가 조금이라도 반응을 보였더라면, 둘이 사소한 대화라도 했을 테고, 외로운 두 여자 사이에 어떤 유대 관계가 생길 수도 있었다. 하지만 여자는 배가 몹시 고팠는지 마카로니 그라탱을 먹느라 여념이 없었다. 레티가 새삼스레 그녀에게 어떤 시도를 하기엔 너무 늦었다. 레티는 이번에도 다른 사람과 관계 맺기에 실패했다.

1) gratin: 빵가루나 치즈를 씌워 오븐 등에서 노릇하게 살짝 익힌 요리.

사무실에서는 단것을 좋아하는 에드윈이 검은색 젤리 베이비[2]의 머리 부분을 잘라 먹고 있었다. 그의 그런 행동은 인종차별과 아무 상관 없었다. 그는 다만 밍밍한 오렌지, 레몬 혹은 라즈베리 맛보다는 강한 감초 맛이 나는 검은색 젤리 베이비를 더 좋아할 뿐이었다. 그는 젤리 베이비를 게걸스럽게 먹는 것으로 점심 식사를 끝냈다. 평소에 에드윈은 온갖 서류와 색인 카드가 여기저기 흩어져 있는 책상 앞에 앉아 점심을 먹었다.

레티가 사무실로 들어오자 그는 젤리 베이비 봉투를 내밀었다. 하지만 이것은 의례적인 호의였을 뿐 그녀가 거절하리라는 것을 이미 알고 있었다. 레티에게 단것을 먹는다는 것은 말하자면 절제력이 부족한 행동이었고, 비록 지금 육십 대이지만 그녀로서는 아직도 날씬하고 잘 관리한 몸매를 유지하는 노력을 포기할 이유가 없었다.

이 사무실에서 함께 일하는 나머지 두 사람, 노먼과 마샤도 점심 식사 중이었다. 노먼은 닭다리를, 마샤는 어설프게 만들어 양상추 잎과 얇게 썬 토마토가 삐져나온 샌드위치를 책상에 펼쳐놓은 채 먹고 있었다. 바닥에 깔린 매트 위에서는 전기 포트가 뜨거운 김을 뿜어내고 있었다. 누군가가 더운 음료를 마시려고 전원을 켜고는 끄는 것을 잊어버린 것이 분명했다.

식사를 마친 노먼은 닭 뼈를 주섬주섬 싸서 휴지통에 버렸다.

---

2) jelly baby: 아기 모양의 젤리 과자.

에드윈은 머그잔에 얼 그레이 티백을 넣고 주전자를 들어 끓는 물을 부었다. 그러고는 작고 둥근 플라스틱 용기에서 얇게 저민 레몬을 한 조각 꺼내 머그잔에 넣었다. 마샤는 인스턴트커피 통을 열고 노먼과 함께 마시려고 커피를 탔다. 이 행위에 별다른 의미는 없었다. 그렇게 하기로 서로 합의한 일이었을 뿐이다. 두 사람 모두 커피를 좋아했고, 큰 통을 하나 사서 둘이 나누는 것이 각자 작은 통을 하나씩 사는 것보다 실제로 돈이 적게 들었다. 밖에서 점심을 먹고 들어온 레티는 따로 차를 준비하지 않았다. 그녀는 천천히 걸어서 사무실 안쪽에 있는 다용도실에 들어가 물을 한 잔 들고 나오더니 자기 책상에 깔려 있는 라피아 매트[3]에 내려놓았다. 레티는 책상이 창가에 있다는 자기 자리의 장점을 최대한 살려 창턱을 덩굴식물 화분들로 장식했다. 그런 그녀를 두고 에드윈은 "그녀는 자연을 사랑했고 또한 예술을 사랑했다."[4]라고 시 한 구절을 인용해 말한 적이 있었다. 그는 이어서 시의 뒷부분도 마저 인용하면서, '두 손을 뻗어 생명의 불을 쪼일' 때 불에 너무 가까이 가지 않도록 조심하라고 했다. 하지만 이제 불은 사그라지고

---

3) raffia mat: 라피아야자 섬유로 만든 매트.

4) 'Nature she loved, and next to Nature, Art': 영국의 시인이자 작가인 월터 새비지 랜더 Walter Savage Landor(1775~1864)의 시 「마무리Finis」의 한 구절에서 주어만 'I'를 'She'로 바꾸어 인용함. 시의 전문은 다음과 같다: 'I strove with none, for none was worth my strife; Nature I loved; and next to Nature, Art. I warmed both hands before the fire of life; It sinks, and I am ready to depart(다툴 가치 없기에 싸움 없이 살았다. 자연을 사랑했고 또한 예술을 사랑했다. 두 손을 뻗어 생명의 불을 쪼였으나 불이 사그라지니 미련 없이 떠나련다).'

있었다. 그리고 그것은 네 사람 모두에게 마찬가지였다. 그러나 그녀는, 아니면 그들 중 누구라도 과연 미련 없이 떠날 준비가 돼 있을까?

들고 있던 신문을 한 장씩 넘기며 훑어보는 노먼의 잠재의식에는 에드윈이 인용했던 시 구절이 아직 남아 있었는지도 모른다.

"저 - 체 - 온 - 증이라…." 그가 '저체온증'이라는 단어를 한 자씩 끊어 또박또박 발음했다. "또 노인 한 사람이 시체로 발견됐다는군. 저체온증에 걸려서 고독사했대…. 우리도 저체온증에 걸리지 않게 조심해야 해."

"저체온증은 걸리는 게 아녜요." 마샤가 아는 체하고 나섰다. "그건 전염병에 걸리는 것하곤 달라요."

"글쎄, 여기 이 노파처럼 시체로 발견되면 저체온증에 '걸려서' 죽었다고 말할 수도 있죠. 안 그래요?" 노먼이 항변했다.

레티는 손을 난방 기구 쪽으로 내밀어 한동안 그대로 뒀다. "저체온증이란 몸 상태를 말하는 거잖아요?" 그녀가 되물었다. "몸이 차가워진다든지 체온을 잃는다든지, 뭐 그런 상태 말예요."

"흠, 그렇다면 우리 모두에게 해당하는 얘기가 맞는군요." 노먼이 말했다. 그의 작지만 카랑카랑한 목소리는 작고 마른 체구와 잘 어울렸다. "홀로 저체온증으로 죽은 채 발견될 가능성으로 따진다면."

마샤는 보일 듯 말 듯 희미한 미소를 지으며 한 손으로 가방 속에 있는 소책자를 더듬었다. 아까 도서관에서 가져온 그 소책자에는 노인들에게는 난방 수당이 추가로 지급된다는 내용이 적혀 있었지만, 마샤는 그 정보를 자기만 알고 다른 사람들에겐 말하지 않았다.

"자, 자. 왜들 이렇게 기분이 가라앉았어?" 에드윈이 끼어들었다. "하지만 노먼의 말에도 일리가 있어요. 은퇴를 코앞에 둔 네 사람… 가까운 친척도 없이 모두 혼자 사는 사람들… 그게 바로 우리니까."

레티는 자신이 이렇게 싸잡아 분류되는 것을 참을 수 없다는 듯 입속으로 뭔가를 중얼거렸다. 그러나 각기 혼자 산다는 것, 그것은 엄연한 사실이었다. 우연히 그들은 그날 아침에도 그런 얘기를 나눴다. 그때도 역시 노먼이 신문을 읽다가 어머니날[5]이 가까워지니 가게마다 어머니날 선물이 잔뜩 진열됐고 꽃값도 갑자기 올랐다며 대화를 시작했다. 사실 그들은 자기 돈으로 꽃 한 송이 산 적도 없으면서도 오른 꽃값을 두고 앞다퉈 이런저런 얘기를 늘어놓았다. 어쨌든 이제 너무 나이 들어 어머니가 이미 오래전에 돌아가신 사람들에게 이것은 거의 상관없는 일이었다. 그들에게도 한때 어머니가 있었다는 사실이 이상하게 느껴질 때도 있었다. 에드윈의 어머니는 일흔다섯 살까지 살았는데, 며칠 앓다가 아들에게 별다른 수고를 끼치지 않고 숨을 거뒀다. 마샤의 어머니는 지금 마샤가 혼자 살고 있는, 런던 교외의 집 거리가 내려다보

5) Mother's Day: 영국에서는 사순절 네 번째 일요일이 어머니날이다.

이는 이층 침실에서 늙은 고양이 스노위 곁에서 세상을 떴다. 그때 나이는 여든아홉 살이었는데, 그만하면 오래 살았다고 할 수 있지만 주위에서 화제가 될 정도로 장수한 것은 아니었다. 레티의 어머니는 전쟁이 끝날 무렵 세상을 떴고, 아버지는 얼마 뒤에 재혼했다. 그러나 재혼한 지 얼마 지나지 않아 아버지도 숨을 거뒀고, 때가 되자 새어머니는 새 남자를 만났다. 그러다 보니 이제 레티에게는 태어나고 자란 고향 웨스트컨트리[6]에 아무 연고도 없었다. 완벽하게 정확하다고는 말할 수 없지만, 그녀의 감상적인 기억에는 하늘거리는 천으로 만든 드레스 차림으로 시든 꽃을 잘라내며 정원을 오가던 어머니 모습이 남아 있었다. 네 사람 중 노먼만은 어머니에 대한 기억이 전혀 없었다. "내겐 엄마가 없었어." 그는 늘 씁쓸한 표정을 지으며 냉소적인 말투로 그렇게 내뱉곤 했다. 그는 여동생과 함께 숙모 손에서 자랐지만, 오래전부터 관습적으로 지켜오던 어머니날의 상업화를 가장 통렬하게 비난했다.

"물론 자네한테는 교회가 있으니 적어도 고독사할 걱정은 없겠군." 노먼이 에드윈을 바라보며 말했다.

"그리고 젤리브란드 신부도 있잖아요." 마샤가 덧붙였다. 그들은 모두 에드윈이 'G. 신부'라 부르는 그 성직자에 관해 수없이 많은 얘기를 들어 잘 알고 있었고, 런던 남부 교외에 있는 클래펌 공원 근처 교회에서 교구 위원회 위원으로서 사회자(그것이 어떤 직

---

6) West Country: 영국 잉글랜드의 남서부 지역.

책이든 간에) 역할을 맡고 있는 에드윈의 안정된 배경을 부러워하고 있었다. 이래저래 에드윈은 걱정할 것이 없을 터였다. 비록 아내를 먼저 보내고 지금은 혼자 지내는 신세지만, 그에게는 베커넘에 사는 결혼한 딸이 있었고, 그 딸은 늙은 아버지가 저체온증 따위로 고독사하도록 버려두지는 않을 터였다.

"아, 그럼, 그럼. G. 신부야말로 힘들 때 의지가 되는 사람이죠." 에드윈이 선선히 동의했다. 하지만 어차피 교회는 누구에게나 열려 있지 않은가. 그는 레티나 마샤가 왜 교회에 다니지 않는지 이해할 수 없었다. 하지만 노먼이 교회를 외면하는 이유는 쉽사리 이해했다.

그때 갑자기 문이 벌컥 열리더니 한 흑인 소녀가 건강미 넘치는 얼굴을 들이밀었다.

"우편물 부칠 것 없나요?" 그녀가 물었다.

네 사람은 각자 자기가 그 소녀의 눈에 어떻게 비치는지 짐작하고 있었다. 아마도 에드윈은 몸집이 크고 대머리인 데다가 얼굴색이 희불그레한 노인, 노먼은 몸집이 작고 뻣뻣한 회색 머리 노인, 마샤는 전체적으로 특이한 느낌을 주는 노파, 레티는 점잖은 영국 중산층 타입이긴 하지만 늙은 나이에도 옷차림에 신경 쓰는 노파 정도로 여기고 있을 터였다.

"우편물?" 소녀의 질문을 그대로 되풀이하며 처음 입을 연 사람은 에드윈이었다. "아직 준비가 덜 됐어, 율라리아. 세 시 반까지는 아직 여유가 있잖아. 지금은… 어디 보자…." 그는 과장된 몸짓으로 자기 손목시계를 들여다봤다. "정확히 두 시 사십이 분이네. 우편물을 좀 더 일찍 수거하려고 저러는 거야." 소녀가 돌아간 뒤에 에드윈이 덧붙였다.

"저 게으른 것이 빨리 퇴근하고 싶어서…." 노먼이 빈정댔다.

노먼이 늘 그러듯이 '흑인들'에 대해 험담을 늘어놓기 시작하자 마샤는 지겹다는 듯 눈을 감았다. 레티는 서둘러 화제를 바꾸려 했다. 그가 걸핏하면 율라리아를 흉보는 것이 애초에 마음에 들지 않았거니와 유색 인종에 대한 험담이 듣기에 거북했던 것이다. 그렇기는 해도 율라리아에게는 어떤 식으로든 분명히 교육이 필요했다. 그 철딱서니 없는 소녀의 넘쳐흐르는 활력, 특히 소녀의 터질 듯 팽팽한 젊음에 대비돼 미약한 영국의 햇살 아래 자신이 쭈그러들고 시들었음을 어느 때보다도 절실하게 느끼는 나이 든 여자에게는 더욱 그랬다.

어느새 티타임이 지났고, 오후 다섯 시가 가까워졌다. 그러자 에드윈과 노먼은 하던 일을 멈추고 주섬주섬 소지품을 챙겨 앞서거니 뒤서거니 사무실을 나섰다. 그러나 사무실 건물 밖으로 나간 두 남자는 곧바로 헤어져서 에드윈은 클래펌 공원으로 가는 노던 선 지하철을, 노먼은 킬번 공원으로 가는 베이컬루 선 지하철을 타러 갔다.

레티와 마샤는 좀 더 느긋하게 퇴근 준비를 했다. 천천히 소지품을 챙기면서도 그들은 두 남자의 이름을 입에 올리지 않았고, 그들에 대해 수다를 떨지도 않았다. 사실 두 남자는 그들에게 너무도 익숙한 나머지 마치 사무실 가구의 일부처럼 여겨지는 사람들이어서, 평소와 다른 짓을 하지 않는다면 화젯거리가 되지 못했다. 두 여자가 막 건물 밖으로 나왔을 때 지붕 위에서는 비둘기들이 서로 부리로 깃털을 골라주고 있었다. 그 비둘기들은 아마도 깃털 속에 숨어 있는 벌레를 쪼아 먹고 있었으리라. 레티는 인간이 서로 해줄 수 있는 배려도 저 정도가 아닐까 생각했다. 마샤가 최근 큰 수술을 받았다는 사실은 누구나 알고 있었다. 다시 말해 그녀는 지금 온전한 여자가 아니었다. 자궁인지 가슴인지는 명확히 알려지지 않았지만, 그녀의 몸 일부가 절제됐다. 마샤는 그냥 '큰 수술'을 받았다고만 했으나 레티는 그녀가 어느 쪽인지는 몰라도 한쪽 가슴을 떼어내는 수술을 받았음을 알고 있었다. 이 일에 대해 에드윈과 노먼은 남자들 방식대로 생각하고 말했다. 네 사람이 한 사무실에서 그처럼 가까이 지내면서 함께 일하는데 마샤가 당연히 자기가 받은 수술에 대해 솔직하게 나머지 세 사람에게 털어놓아야 하지 않느냐는 것이 그들의 생각이었다. 그런데 마샤에게 그럴 낌새가 전혀 보이지 않자, 두 남자는 안 그래도 성격이 유별난 그녀가 그 수술 후에 더 유별나졌다고 생각했다.

과거에는 누군가를 사랑하기도 하고 누군가에게 사랑받기도 했겠지만, 지금은 남편도, 연인도, 자식도, 혹은 심지어 손자나 손녀도 없는 마샤와 레티에게는 사랑의 감정을 자연스럽게 드러내 보일 기회가 전혀 없었다. 불행하게도 그들에게는 삶을 함께할 고양이, 애완견, 새 같은 반려동물도 없었고, 에드윈이나 노먼도 그들에게 사랑의 감정을 불러일으키지 못했다. 마샤에게는 한때 고양이가 있었지만, 늙은 고양이 스노위는 오래전에 죽었다.

"무지개 다리를 건넜다."라고 말하든 "하늘나라로 갔다."라고 말하든, 마샤의 고양이 스노위는 이미 그녀 곁을 떠났다. 이처럼 완벽하게 혼자인 여자들은 서로 감성적이 아니라, 말하자면 실질적인 안쓰러움을 느끼게 돼 보통 서로 깃털을 쪼아 벌레를 먹어 없애주는 비둘기와 다르지 않은 작은 몸짓으로 그런 안쓰러움을 내보이게 마련이다. 그러나 설령 그렇다 해도 마샤에게는 막상 그것을 말로 표현할 능력이 부족했다. 결국 "피곤해 보이네요. 차라도 한 잔 끓여줘요?"라는 식의 상냥한 말을 건네는 쪽은 늘 레티였다. 그리고 마샤가 그 제안을 거절하면 레티는 다시 이렇게 덧붙이곤 했다. "지하철이 너무 붐비지 않았으면 좋겠어요. 그러면 앉아서 갈 수 있을 테니. 아, 여섯 시가 다 됐으니 이젠 좀 낫겠네." 그녀는 마샤에게 다정하게 웃어 보이려 했다. 그러나 마샤의 얼굴을 마주 봤을 때 그녀의 검은 눈동자는 안경알 뒤에서 놀라울 정도로 커져서 마치 나무 잘 타는 여우원숭이라는 야행성 동물의 눈동자처럼 보였다. 반면에 마샤는 레티가 늙은 양 같다고 생각했다. 남의 일에 참견하기 좋아하는 것처럼 보일 때가 있기는 해도 레티에게 악의는 없는 것 같았다.

노먼은 베이컬루 선에서 스탠모어 지선으로 갈아탔다. 그는 병원에 입원해 있는 매제를 만나러 가는 길이었다. 여동생이 이미 이 세상 사람이 아니므로 엄밀히 따지면 그와 켄 사이에 직접적인 연결 고리는 없었다. 그래도 의리를 지켜 켄을 병문안하러 간다고 생각하니 왠지 기분이 좋기도 하고 자부심이 느껴지기도 했다. 여동생과 켄 사이에 태어난 외아들이 뉴질랜드로 이민을 가버렸으므로 지금 그의 곁에는 아무도 없으리라 생각했다. 그러나 사실 켄에게는 '누군가'가 있었다. 결혼을 전제로 만나는 여자 친구가 있었는데, 그녀와 노먼이 같은 날 병문안을 온 적이 없었을 뿐이었다. "오고 싶으면 얼마든지 오라고 해." 그들은 서로 그렇게 말했다. "아무튼 지금 곁에 아무도 없을 테니 그나마 나라도 찾아오는 게 작은 즐거움일지도 모르지."

노먼은 한 번도 병원에 입원한 적이 없지만, 마샤가 입원했을 때의 경험, 특히 그녀를 수술한 외과 의사 스트롱 씨에 관해 이런 저런 사실을 암시하는 말을 들은 적이 있었다. 물론 켄과 마샤의 경험을 비교할 수는 없겠지만, 노먼은 지금 켄의 상황을 어느 정도 짐작했다. 방문 허가 시각을 알리는 신호가 들어오자 문병객들이 회전문을 밀고 병동 안으로 들어갔고, 노먼도 그들 뒤를 따랐다. 켄이 이 병문안을 딱히 기대하지도 않고, 또 노먼에게 병문안할 의무가 있는 것도 아니라는 사실을 서로 알고 있기에 노먼은 꽃도 과일도 사 오지 않았다. 게다가 노먼이 들고 있는 신문 『이브닝 스탠더드』를 힐끗거릴 때도 있지만 켄은 책 읽기를 즐기는 편이 아니었기에 책을 사 올 필요도 없었다. 켄은 운전면허 시험장에서 근무하는 시험관이었고 그 직업 탓에 입원한 셈이었다. 그는 어떤 중년 부인이 면허 시험을 보다가 사고를 내는 바람에 이렇게 병원 신세를 지게 됐다고 농담처럼 말했지만, 사실 그는 살면서 겪는 자질구레한 걱정거리들 때문에 십이지장 궤양이 생겨 입원했다. 물론 자기 직업에 대한 불안이 어느 정도 원인이 됐음은 틀림없을 것이다.

노먼은 주위 다른 환자들에게 눈길을 주지 않으려고 애써 외면하면서 켄의 침대 옆에 앉아 있었다. 켄은 기분이 다소 우울한 것 같았다. 하지만 이렇게 병원 침대에 누워 있는 남자라면 누군들 기분이 좋아 보이겠는가. 게다가 남자들이 보통 입는 잠옷은 왠지 후줄근해 보이게 마련이었다. 켄의 병실로 오려면 어쩔 수 없이 여성 환자 병동을 지나야 했는데, 그때 그가 곁눈질로 보니 여자들은 대개 파스텔 색조의 보기 좋은 잠옷 위에 프릴이 달린 가운을 걸치고 있었다. 켄의 침대 옆 탁자 위에 놓인 것이라곤 화장지 한 통과 음료수 한 병, 플라스틱 주전자와 유리잔이 전부였다. 하지만 그 아래쪽 눈에 잘 안 띄는 곳에는 구토할 때 쓰는 것인 듯한 금속 그릇이 있었고, 기묘하게 생긴 회색 꽃병 비슷한 것도 있었는데, 그것은 아마도 소변 볼 때 사용하는 물건이 아닐까 싶었다. 반쯤 감춰진 이런 물건들을 보자 그는 갑자기 마음이 불안하고 심란해져서 매제에게 무슨 말을 해야 할지 몰랐다.

"오늘 저녁은 병실이 조용하네." 그가 입을 떼었다.

"TV가 고장 났어요."

"아, 그래서 그렇군. 어쩐지 뭔가가 달라진 것 같더니." 노먼은 중앙 테이블에 놓여 있는 커다란 TV 쪽을 흘낏 봤다. TV는 침대에 누운 환자들처럼 적막하게 잿빛을 띠고 있었다. 예의상[7] 천으로 덮어줘야 하지 않을까. "흠, 언제 고장 난 거야?"

"어제요. 그런데 아무도 신경 쓰지 않아요. 최소한의 조처라도 해야 하는 것 아닌가요?"

"글쎄, 덕분에 생각할 시간이 많아졌겠어." 약간 심술궂은 말을 하려는 의도를 섞어 노먼이 빈정댔다. 과연 켄이 TV 시청보다 더 가치 있는 생각 같은 것을 할 수 있을까? 사실 켄은 지금 여자 친구와 함께 운전 학원을 차리려고 계획하고 있으니 생각할 것도 많고 바라는 것도 많았지만, 노먼은 그런 사실을 알지 못했다. 병상에 누워 있는 켄의 머릿속은 이런저런 자동차 이름으로 가득 차 있었다. 릴라이언트나 엑셀시어 같은 차들이 적합할 거라고 생각하다가 갑자기 '돌핀'이라는 차에 마음이 끌린 그는 교습생들이 운전하는 터키석 청록색이나 미나리아재비꽃 같은 노란색 차들이 실제 상황에서처럼 교통신호에 걸려 꼼짝 못하는 법이 없이 줄지어 북환상선[8] 도로를 미끄러지듯 질주하는 광경을 머릿속으로 그려봤다. 또 구조가 어떤 차를 사야 할지도 생각해봤다. 외제차나 엔진이 뒤에 달린 차보다는 사각형 손목시계처럼 수수한 차가 제일이라고 생각했다. 켄은 자동차를 좋아하지도 않고 운전도

---

7) for the sake of decency: 여기서는 TV가 마치 죽은 것 같으므로 천으로 덮어주는 것이 예의가 아닌지 언급했음.

8) North Circular: 런던 북부를 반원형으로 달리는 환상 도로.

할 줄 모르는 노먼에게 이런 꿈을 털어놓을 수 없었다. 그는 별로 남성적이지도 않고, 나이 먹은 여자들과 일하는 노먼에게 늘 연민 섞인 경멸 같은 것을 품고 있었다.

두 사람은 한동안 거의 아무 대화도 하지 않고 침묵 속에 앉아 있다가 면회 시간 종료를 알리는 종이 울리자 둘 다 안도했다.

"아무튼 별문제 없는 거지?" 노먼이 기다렸다는 듯이 자리에서 일어나며 물었다.

"차가 너무 진해요."

"아." 노먼은 뭐라고 말해줘야 할지 알 수 없었다. 그런 일에 그가 어떤 일을 해줄 수 있겠는가! 켄은 대체 뭘 기대했단 말인가? "수간호사나 간호사에게 좀 더 연하게 끓여달라고 부탁하지 그러나? 아니면 우유를 더 넣어달라고 하든가…."

"우유를 더 넣는다고 진한 차가 연해지진 않지요. 아무튼 수간호사나 간호사에게 그런 부탁을 할 수는 없어요. 그건 그 사람들 일이 아니니까."

"아, 그럼 차를 담당한 여자에게 부탁하면 되잖아?"

"어이구, 내가 그럴 일은 없지요." 켄이 모호하게 말했다. "하지만 진한 차 따위야 불평거리도 아니죠. 불평거리가 하도 많아서…." 이 말을 들은 노먼은 성질 나쁜 강아지처럼 몸을 부르르 떨었다. 이런 말이나 들으려고 이곳에 온 것은 아니지 않은가. 그는 딱딱거리는 아일랜드 출신 간호사에게 떠밀리다시피 병실을 나서면서 침대에 누워 있는 매제를 한 번도 돌아보지 않았다.

밖으로 나온 그는 길 건너편에 있는 버스 정류장으로 가려고 했지만 차들이 엄청난 속도로 휙휙 지나가는 바람에 횡단보도를 쉽사리 건널 수가 없었다. 그렇잖아도 짜증이 났던 그는 기분이 더 나빠졌다. 게다가 집으로 가는 버스는 꽤 오랫동안 기다린 뒤에야 왔고, 그가 사는 동네 광장에서 내렸을 때 빼곡하게 주차된 차들이 인도까지 점령하고 있었다. 차 몇 대는 뒷부분이 보도 연석을 올라타고 있어서 옆으로 비켜가며 걸어야 했다. "빌어먹을." 그가 차 한 대를 발로 툭 걷어차며 투덜거렸다. "빌어먹을, 빌어먹을, 빌어먹을…."

그의 볼멘소리를 듣는 사람은 아무도 없었다. 아몬드나무에는 꽃이 만발했지만, 꽃을 감상할 기분이 아니었던 그는 가로등 불빛 아래 은은히 빛나는 꽃들에 전혀 관심이 없었다. 그는 마침내 자기 집 현관문을 열고 안으로 걸어가 자기 보금자리인 단칸방으로 들어갔다. 그날 저녁 그는 몹시 지쳤지만 켄에게 도움이 된 것 같지도 않았다.

에드윈은 노먼보다 훨씬 더 흡족한 저녁 시간을 보냈다. 그가 참례한 장엄미사[9]는 여느 평일 미사와 다르지 않아서 비록 회중

9) sung Mass: high Mass라고도 하며 분향과 주악(奏樂)이 있는 미사를 말함. 에드윈은 영국국교회 신자이므로 mass라는 단어는 지금 사용되는 용어대로 감사성찬례라고 번역해야 마땅하나 감사성찬례라는 용어는 2004년 이후에 사용됐고, 이 책이 처음 출판된 1977년 당시에는

은 일곱 명에 불과했으나 성소 봉사자들이 빠짐없이 참석했다. 그는 미사를 마치고 나서 G. 신부와 함께 가볍게 한잔하러 술집으로 향했다. 두 사람은 로자 미스티카 향초를 거의 다 썼는데 이번에는 향이 좀 더 강한 향초를 주문할 것인지, 젊은이들은 기타를 치며 주일 저녁 미사를 드리고 싶어 하는데 때로 그런 요구를 들어줄 것인지, G. 신부가 시리즈 3[10]을 도입하려 한다면 회중의 반응이 어떨 것인지 등 교회 일에 대해 이런저런 얘기를 나누었다.

"기도할 때마다 일어나라고 한다면" 에드윈이 말했다. "교우들이 좋아하지 않을 겁니다."

"하지만 옆 사람에게 돌아서서 다정한 몸짓으로 평화의 키스를 나누는 것은 아주…." G. 신부는 '멋진 아이디어'가 아니냐고 말하려 했다. 그러나 자기 교회 회중석의 참례자 수를 고려하면 그 표현은 그다지 적절하지 않은 듯했다.

오늘 저녁처럼 미사 참례자가 적어서 불과 예닐곱 명이 텅 빈 회중석 여기저기 흩어져 앉아 있다면 아무도 옆자리에 앉은 사람에게 어떤 몸짓을 해 보일 수 없을 테니 에드윈도 그것은 별로 좋은 생각이 아니라고 판단했다. 그러나 그는 너무도 마음씨가

영국 국교회, 즉 성공회에서도 mass를 미사(출처: 1965년판 성공회 공동기도문)라는 용어로 번역해 사용했다고 하므로 여기서도 미사라고 번역했음.

10) Series 3: 1973~1980년 영국 국교회에서 시도했던 실험적인 제식 수단의 이름으로, 처음에는 혁명적 성격을 드러내 전통적으로 신을 부르는 'thou'라는 호칭을 'you'로 바꾸기도 했고, 시리즈 3 책자 디자인에도 폰트 사용 등에서 큰 변화를 보였다.

착해서 많은 참례자에 대한 G. 신부의 환상을 깨트릴 수 없었다. 그는 영국 국교회의 앵글로 가톨릭파[11]가 매우 부흥했던 지난 세기와 사람들이 지금보다는 교회에 훨씬 더 호의적이었던 이십 년 전을 종종 안타까운 마음으로 떠올리곤 했다. 1950년대 교회에는 큰 키에 사제복 차림의 G. 신부가 더없이 잘 어울렸다. 그러나 1970년대 교회에서는 젊은 사제들이 머리를 길게 기르고 청바지를 즐겨 입는다. 오늘 저녁만 해도 그중 한 명이 그 술집에 있었다. 에드윈은 '그 젊은 사제'의 교회에서 그렇게 새로운 방식으로 진행될 미사를 상상하자 가슴이 철렁 내려앉았다. "저녁 미사는 지금 상태를 유지하는 게 좋을 것 같습니다." 그가 말했다. 기타를 든 젊은이 사이에서 정신이 나간 채 앉아 있을 자기 모습을 그려보며 그런 상황만은 절대 용납하지 않겠다고 다짐했다.

두 사람은 클래펌 공원에서 멀지 않은 곳에 있는 에드윈의 집 앞에서 헤어졌다. 연립 주택 두 채 중 하나인 그의 집은 한쪽 벽면이 옆집에 붙어 있었는데 세심하게 관리돼 언제나 말끔했다. 에드윈은 현관 모자걸이 옆에 서서 잠시 먼저 떠난 아내 필리스를 생각했다. 이렇게 거실로 들어가기 전에 문 앞에 서면 늘 아내 생각이 났다. 마치 이 자리에 서 있는 것이 그가 아닌 다른 사람일 수도 있다는 듯이 "여보, 당신이야?"라고 묻는 아내의 다소 짜증 섞인 목소리가 귓가에 들리는 듯했다. 이제 혼자 남은 그는 고독이 가져다

11) Anglo-Catholic: High Church라고도 하며 가톨릭 성향이 강한 영국 국교회 교파.

주는 모든 자유를 한껏 누리고 있었다. 원한다면 언제라도 교회에 갈 수 있었고, 저녁 늦게까지 계속되는 모임에 참석할 수도 있었으며, 자선 바자 때 쓸 물건들을 뒷방에 모아두거나 심지어 몇 달이고 그대로 쌓아둘 수도 있었다. 그뿐 아니라 술집이나 사제관에 가서 몇 시간이고 거기 머무를 수도 있었다.

에드윈은 평소에 즐겨 부르는 성가 '오 복되신 빛의 창조주'를 흥얼거리며 위층 침실로 올라갔다. 그것은 음정이 몹시 까다로운 단선율 성가여서 틀리지 않고 제대로 부르려고 애쓰다 보니 가사에 집중할 수 없었다. 그러나 이 성가의 가사대로 오늘 미사에 참례한 신도들을 '죄에 물들고 불화에 빠진' 사람들이라고 말하는 것은 조금 지나친 묘사일 것이다. 요즘 사람들은 이런 식 표현을 좋아하지 않는다. 아마도 바로 그것이 교회에 다니는 사람들 수가 이처럼 줄어든 이유 중 하나이리라.

둘

레티는 자신도 언젠가는 죽을 수밖에 없는 존재임을 상기시키는 것들과 종종 맞닥뜨렸고, 그러면서 이제는 죽음의 단계들을 덜 시적으로 보게 됐다. 『타임스』나 『텔레그래프』에 시도 때도 없이 실리는 부고도 인간이 언젠가 죽을 수밖에 없는 존재임을 상기시키는 예라고 할 수 있지만, 간접적인 예로 우연히 '마음을 언짢게 하는' 장면을 목격하게 될 때가 자주 있었다. 바로 오늘 아침에도 그런 경험을 했다. 출근 시간에 쫓기는 사람들이 서둘러 발걸음을 재촉하는 지하철 플랫폼에서 나이 든 여자 하나가 몹시 힘겨운 듯이 벤치에 주저앉아 있었는데, 그 여자가 고등학교 동창 재닛 벨링과 너무나 닮아서 그녀는 혹시나 하는 마음으로 뒤돌아보지 않을 수 없었다. 재닛이 아닌 것 같기도 했지만 맞을 수도 있었다. 그리고 재닛이 아니라 해도 누군가가, 아니 어떤 여자가 어려움을 겪고 있었다. 도와줘야 하지 않을까? 레티가 잠시 망설이는 사이에 먼지투성이 검은색 긴 치마 차림에 다 낡은 부츠를 신은 젊은 여자가 쓰러져 있는 그 여자에게 다가가 몸을 굽히고 나직하게 뭔가를 물었다. 그 순간, 그 나이 든 여자는 갑자기 자리를 박차고 일어서더니 크고 찢어지듯 갈라진 목소리로 "썩 꺼져!"라고 버럭 소리를 질렀다. 그 순간, 레티에게는 저 여자가 절대로 재닛 벨링일 리 없다는 확신이 들었고, 그 확신과 함께 들었던 첫 감정은 바로 안도감이었다. 재닛이라면 절대로 그런 말투는 쓰지 않으리라. 하지만 오십 년 전에는 절대 그러지 않았지만, 지금은 상황이 달라졌으니 장담할 수 없었다. 레티가 이런 생각을 하는 사이에 그녀보다 더 용감하게 늙은 여자를 도우려 했던 젊은 여자는 품위 있는 태도로 멀어져갔다.

그날은 플래그데이[12)]였다. 마샤는 쟁반과 쨍그랑거리는 소리가 나는 통을 들고 서 있는 젊은 여자를 한동안 빤히 바라봤다. 무슨 암과 관련된 모금이었다. 마샤는 십 펜스 동전 한 개를 손에 들고 의기양양하게 한 걸음 앞으로 나섰다.

젊은 여자는 만면에 미소를 지으며 마샤의 코트 깃에 달아줄 작은 방패 모양의 깃발을 들고 기다리고 있었다.

"감사합니다." 마샤의 동전이 쨍그랑 소리를 내며 통 안으로 떨어졌을 때 젊은 여자가 말했다.

"'아주' 좋은 취지군요." 마샤가 중얼거렸다. "이건 '나'와도 직접 관계가 있어요. 나도 역시…."

---

12) flag day: 공공장소에서 특별한 목적으로 모금 행사를 하면서 참가자들에게 작은 종이 스티커나 옷깃에 다는 작은 깃발을 나눠주는 날.

젊은 여자는 안절부절못하며 마샤의 다음 말을 기다렸다. 그녀의 얼굴에서 미소가 차츰 사라졌고, 두꺼운 안경알 너머로 마모셋[13)]처럼 상대를 빤히 바라보는 마샤에게서 그녀도 레티처럼 눈을 떼지 못했다. 그러는 사이에 마샤가 아니었다면 그 젊은 여자의 설득으로 깃발을 사게 됐을지도 모르는 젊은 남자들 여럿이 바쁜 체하며 슬금슬금 두 사람을 지나쳐 역사 안으로 들어가고 있었다.

"나도 역시" 마샤가 되풀이해 말했다. "'뭔가를 떼어냈거든요.'"

그 순간 깃발을 파는 그 예쁘장한 젊은 여자에게 마음이 끌린 한 중년 남자가 다가와 마샤의 말을 중단하며 나섰다. 마샤는 그 자리를 떠나 사무실로 향했고, 걸어가는 동안에도 병원에 입원했던 기억이 뇌리를 떠나지 않았다.

어머니가 귀에 못이 박히도록 하신 말씀이 있어서 마샤는 아주 소중하고도 은밀한 여자의 몸에 외과 의사의 칼이 닿게 해서는 절대 안 된다고 굳게 믿고 있었다. 그러나 막상 상황이 닥치니 저항할 도리가 없었다. 수술을 맡았던 외과 의사 스트롱 씨가 난데없이 머리에 떠오르자 마샤는 자기도 모르게 미소를 지었다. 그의 차분하고도 능숙한 태도는 마치 유방절제술, 자궁절제술, 맹장절제술, 편도선절제술 등 어떤 수술도 자기에겐 다 마찬가지라고 말하는 것 같았다. 그가 젊은 의사들에 둘러싸여 회진하던 때가 기

---

13) marmoset: 중남미에 사는 작은 원숭이.

억났다. 그녀가 간절한 눈길을 보내며 기대를 품고 기다리는 동안 그는 천천히 병실을 돌아보다가 마침내 그녀의 침대로 왔고, 곧이어 그 특유의 장난기 어린 다정한 말투로 "자, 자. 우리 미스 아이보리는 오늘 아침 기분이 어떠신가요?"라고 묻는 그의 목소리가 들렸다. 그러면 그녀는 착한 아이처럼 고분고분 그날의 자기 기분을 얘기했고, 그녀의 말을 다 듣고 난 그는 그녀에게 다시 질문하거나 사무적인 말투로 돌아가서 수간호사에게 의견을 묻곤 했다.

외과 의사가 신이라면 병원 소속 목사들은 신인 그를 섬기며 그의 지시에 따라 움직이는 사람들이었고, 병원에서 그들의 신분은 수련의들보다도 조금 더 낮았다. 한 젊고 잘생긴 가톨릭 신부가 처음 병실에 왔던 날, 그는 휴식 따위는 전혀 필요해 보이지 않는 얼굴로, 누구에게나 때로는 휴식이 필요하고 여러 가지로 불편해도 병원에 입원해 있다는 것은 알고 보면 위장된 축복일 수도 있다고 말했다. 왜냐면 어떤 최악의 상황도 호전되게 마련이며 고통 뒤에는 기쁨이 찾아오는 법이기 때문이라는 것이었다. 그가 아일랜드 출신 특유의 매력이 철철 넘치는 태도로 이런 취지의 말들을 쉬지 않고 늘어놓는 바람에 마샤는 한참이 지나서야 간신히 끼어들어 자신이 가톨릭 신자가 아니라고 털어놓을 수 있었다.

"아, 그러면 당신은 개신교 신자시군요." 이 짤막한 한 마디는 '성공회'라든가 '영국 국교' 같은 좀 더 모호하고 좀 더 점잖은 표현에 익숙한 그녀에게 놀라울 정도로 생경하게 들렸다. "그럼, 이만 실례할게요. 얘기 즐거웠습니다." 그가 두말없이 뒤로 물러섰다. "개신교 목사가 곧 찾아뵐 겁니다."

성공회 목사는 그녀에게 성체를 나눠줬고, 그녀는 교회에 다니는 신자가 아닌데도 그 성체를 받아 모셨다. 성체를 영하면 왠지 좋은 일이 생길 것만 같았을 뿐 아니라 영성체를 함으로써 자신이 병동의 다른 환자들과는 조금 다른 존재인 것처럼 느껴졌기 때문이다. 그 목사는 그녀 외에는 단 한 명에게만 성체를 나눠줬다. 다른 환자들은 목사라는 사람이 구겨진 사제복을 입고 있다고 헐뜯으면서 왜 테릴렌이나 나일론 사제복을 입지 않는지 모르겠다고 삐죽거렸다. 그들은 자기네 교회 목사가 혼배성사 집전하기를 거부했다거나, 부모가 교회에 다니지 않는 아이들에게는 세례를 주지 않았다거나, 그 밖에도 여러 가지 부당하고 기독교인답지 않은 행동을 하더라는 험담을 늘어놓았다.

입원 환자들은 특히 사제의 방문을 받을 때면 어쩔 수 없이 죽음이라는 문제를 떠올리게 된다. 마샤도 역시 그 잔인한 질문을 자신에게 던지지 않을 수 없었다. 가까운 친척이 아무도 없으니 죽어도 상관없지 않은가? 극빈자를 위한 묘지 제공 제도가 아직 유효하다면 장례식 비용을 충분히 남긴다 해도 자신은 극빈자 묘지에 묻힐 수도 있었다. 혹은 자기 시신이 화장 소각로 속으로 던져질지도 모르는 일이었다. 아무튼 현실을 직시하는 편이 나았다. 의학 연구나 장기 이식 수술을 위해 장기를 몇 가지 기증할 수도 있을 것이다. 이 마지막 아이디어는 스트롱 씨에 대한 생각과 맞물려 그녀에게 저항할 수 없는 호소력을 발휘했으므로 그녀는 입원 당일 받은 소책자 뒷부분에 있는 장기 기증 서약서 양식을 언제고 채워 넣겠다고 마음먹고 있었다. 그러나 끝내 그럴 시간을 찾지 못했다. 어찌 됐든 수술은 성공적이어서 그녀는 '죽지 않았다.' 그 순간, "나는 정녕 죽지 않고 살리라."[14]라는 시의 한 구절이 난데없이 뇌리에 떠올랐다. 이제는 시는커녕 독서와도 담을 쌓고 살지만, 마샤는 가끔 그때 그 시구를 떠올리곤 했다.

그날 아침 플랫폼에서 지하철을 기다리다가 마샤는 누군가가 조잡한 필체의 대문자로 휘갈겨 써놓은 "아시아 놈들을 죽여라!"라는 글귀를 봤다. 그것을 빤히 바라보던 그녀는 그 의미를 생각하기라도 하듯이 단어를 하나하나 입속에서 중얼거렸다. 그 단어들은 병원에서 겪은 또 다른 일을 떠올리게 했다. 그것은 마샤를 태운 이동식 침대를 밀어 수술실로 데려가던, 턱수염을 기르고 품위 있는 이국적 아름다움이 있었던 남자에 대한 기억이었다. 청록색 모자를 쓰고 같은 색 유니폼을 입은 그는 마샤를 부를 때 '디어(dear)'라는 표현을 썼다.

마샤가 사무실에 들어서자 세 사람이 일제히 고개를 들고 그녀를 쳐다봤다.

"지각이군요." 노먼이 무뚝뚝하게 한마디 했다.

자기랑 무슨 상관이람, 하고 레티는 생각했다. "오늘 아침엔

---

14) I shall not die but live: 성경 시편 118편 17절.

지하철이 조금 늦게 오더라고요.” 그녀가 말했다.

“아, 맞아요.” 노먼이 동의했다. “그런데 홀번역 칠판에 뭐라고 쓰여 있는지 봤나요? ‘해머스미스에서 열차에 뛰어든 투신자 때문에’ 열차 운행이 지연되고 있다고 하더군요. ‘투신자’가 열차 밑에 깔려 있어서 그랬대요. 그러니까 이제 ‘투신자’라는 비정한 단어를 쓰기로 했나 보죠?”

“이런, 불쌍하게도….” 에드윈이 끼어들었다. “어떻게 이런 비극적인 일이 일어날 수 있는지 궁금할 때가 있어요.”

레티는 입을 다문 채 오늘 아침에 겪은 일을 되짚어봤다. 그 여자도 어느 날 열차 밑에 깔리게 될지 모르는 일이었다. 하지만 레티는 동료들에게 그 일을 얘기하지는 않았다.

“이런, 세상에.” 노먼이 말했다. “그건 복지 국가의 사회 안전망으로도 구제할 수 없는 사람이 있다는 걸 보여주는 좋은 예로군요.”

“그런 일은 누구에게나 일어날 수 있어요.” 레티가 말했다. “하지만 요즘엔 누구라도 노력만 하면 그런 최악의 상황에 빠지지는 않을 것 같긴 해요.” 그녀는 비록 낡았지만 깨끗하게 세탁해 다려 입은 자기 트위드 스커트를 내려다봤다. 사람이란 누구나 노력하면 삶을 최소한의 수준으로 유지할 수는 있는 법이다.

마사는 여전히 아무 말 없이 그녀 특유의 종잡을 수 없는 시선으로 허공을 응시하고 있었다.

노먼이 거의 쾌활하다 싶을 정도로 다시 말했다. “아, 그래. 복지 국가의 사회안전망으로도 구제되지 않거나, 적어도 구제받지 못할 가능성이 있다는 것, 이것이 바로 우리가 모두 피해 갈 수 없는 또 하나의 문제죠."

"자, 이제 그 얘기는 그만 좀 합시다." 에드윈이 말했다. "자네 머리에는 사회안전망이니 저체온증으로 죽느니 하는 끔찍한 생각이 박혀 있는 모양이군."

"흠, 그보다야 굶어 죽을 가능성이 더 크지." 노먼이 말했다. 그는 출근길에 슈퍼마켓에 잠깐 들렀던 그는 쇼핑백—본의 아니게 그의 일면을 넌지시 보여주는 강렬한 색상의 무늬가 현란한 '사이키델릭'한 비닐봉지—에 들어 있는 물건들을 뒤져보며 계산할 때 받았던 영수증과 비교하고 있었다. "비스킷 십육, 홍차 십팔, 치즈 삼십사, 흰 강낭콩 작은 캔 십이… ." 그가 영수증에 찍힌 항목을 소리 내어 읽었다. "베이컨 사십육… 이것보다 더 작게 포장된 건 찾을 수 없었어. 이게 최상품은 아닌데 사람들은 이걸 훈연굴 베이컨이라고 부르더군. 아무튼 혼자 사는 사람들을 위해서 더 작은 단위로 포장해야 하지 않을까 싶어. 계산대 앞에서 내 앞에 섰던 여자는 돈을 십이 파운드 남짓 내더라고. 그런 사람 뒤에 줄을 서는 것도 내 운이긴 하지." 노먼의 말은 한없이 계속됐다.

"베이컨은 시원한 장소에 둬야 하지 않아요?" 레티가 말했다.

"응, 그래서 파일 캐비닛 안에 넣어두려고요." 노먼이 대답했다. "퇴근할 때 잊어버리고 그냥 가지 않게 귀띔해줘요. 먹을 게 아무것도 없어서 집에서 굶어 죽은 채 발견된 노인 얘기가 신문에 실렸잖아요… 다들 기억하죠? 정말 끔찍한 일이야, 안 그래요?"

"설마 그럴 일이 있겠어?" 에드윈이 반문했다.

"통조림을 쟁여두면… 될 텐데." 다소 모호하게 마샤가 말했다.

"하지만 깡통을 딸 힘이 없을 수도 있죠." 우울한 말도 일부러 쾌활하게 하는 버릇이 있는 노먼이 명랑한 어조로 말을 받았다. "아무튼 우리 집엔 그런 걸 저장해둘 공간이 많지 않아요."

마샤는 복잡한 표정으로 그를 힐끗 봤다. 그녀는 노먼이 자기 집을 어떻게 꾸며놓고 사는지 가끔 궁금할 때가 있었다. 하지만 그의 단칸방에 들어가 본 사람은 물론 아무도 없었다. 네 사람은 같은 사무실에서 함께 일하면서도 단 한 번도 서로 집을 방문한 적도 없었고, 퇴근 후 따로 모인 적도 없었다. 처음 이 사무실로 옮겨 왔을 때 마샤는 노먼에게 약간 관심이 있었다. 당시 그녀가 느낀 것은 애정보다는 훨씬 밋밋한 어떤 것이었지만, 그래도 잠깐이나마 그런 감정에 사로잡힌 적이 있었다. 한번은 점심시간에 그를 미행한 적도 있었다. 눈치채지 못할 정도로 적당히 거리를 두고 따라가면서 그녀는 노먼이 낙엽이 쌓인 길을 골라 걷고, 횡단보도에서 멈추지 않는 차에 대고 소리를 지르는 모습을 가만히 지켜봤다. 그렇게 그의 뒤를 따라가다가 정신을 차리고 보니 어느새 대영박물관에 있었고, 넓은 돌계단을 올라가 유리 진열장에 들어 있는 다양한 그림과 형상으로 가득한 전시실들을 지나 마침내 미라가 된 동물과 작은 악어가 진열된 이집트 관에 다다랐다. 거기서 노먼은 한 무리의 학생들과 섞였고, 마샤는 슬그머니 자리를 떴다. 그때 그녀가 새삼스레 노먼에게 자기 존재를 알리기에는 때가 너무 늦었고, "여기 자주 와요?" 하고 말을 걸기도 상황이 적절하지 않은 것 같았다. 노먼은 누구에게도 대영박물관에 갔던 일을 얘기하지 않았다. 설령 얘기했다 해도 미라로 만든 악어를 한동안 멍하니 바라봤다는 사실을 인정하지 않았을 것이다. 틀림없이 그것은 그만의 비밀이었을 테니까. 어찌 됐든 시간이 흐름에 따라 노먼에 대한 마샤의 감정도 조금씩 시들해졌다. 그 무렵 마샤는 병원에 입원했고, 곧이어 스트롱 씨가 그녀의 삶에 들어와 그녀의 마음을 온통 사로잡았다. 이제는 노먼을 그저 조금 어리석은 남자로 여길 뿐, 그에 대한 생각을 거의 하지 않고 있었다. 따라서 슈퍼마켓에서 구입한 물품 목록을 큰 소리로 읽으며 소란을 피우는 그의 행동은 짜증을 불러일으킬 뿐이었다. 마샤는 그가 무엇을 먹든 알고 싶지 않았다. 그녀에게 그것은 이미 관심 밖의 일이었다.

"아, 참. 하마터면 잊어버릴 뻔했군. 오늘은 점심시간에 빵을 사둬야 하는데…." 에드윈이 혼잣말처럼 말했다. "G. 신부가 교구위원회 모임 전에 우리 집에 잠시 들러 요기를 하기로 했으니 솜씨를 좀 발휘해서 콩하고 계란 얹은 토스트를 만들어줘야지."

여자들은 에드윈의 말에 예의상 미소를 지어 보였지만, 실제로 그는 요리를 꽤 잘한다고 알려져 있었다. 에드윈은 빵도 파는 찻집에서 빵을 사 들고 나오며 레티와 마샤가 자기보다 더 그럴듯한 저녁을 만들어 먹지는 않으리라 생각했다. 음식 맛은 그대로이나 최근 실내장식을 형편없이 바꿔버린 그 찻집에서 에드윈은 빵을 사기 전 거의 간식처럼 가벼운 점심을 먹었다. 오늘 이 찻집에는 에드윈 말고도 단골손님이 몇 명 있었는데, 그들은 최신 유행에 따라 실내를 온통 오렌지색과 올리브색, 그리고 가짜 소나무로 장식한 찻집 분위기를 어색해했다. 나비 무늬 갓을 씌운 전등이 천장에서 길게 내려와 있었고, 실내에는 소리가 작아서 귀를 기울여야 들리긴 하지만 끊임없이 이어지는 무자크[15]가 흐르고 있었다. 에드윈은 변화를 좋아하지 않았다. 오랫동안 점심시간에 자주 들르던 가미지스 백화점이 문을 닫았지만 그래도 교회에 갈 수 있어 그나마 다행이었다. 하지만 그가 사랑하는 영국 국교도 변화의 물결을 피할 수는 없었다. 그는 기도하거나, 그냥 한 바퀴 둘러보거나, 교구 잡지가 나왔을 때 그것을 읽으러 교회에 들르곤 했다. 그러나 주로 교회 게시판에 붙어 있는 미사 안내나 다른 여러 행사 안내를 챙겨 읽으러 갔다. 오늘 특히 그의 눈길을 끈 것은 유명한 자선 단체 후원을 위한 금욕 오찬 안내문이었다. 놀랍게도 와인이 제공된다고 공지돼 있었다. 그렇다면 한번 가볼 만하지 않겠는가.

레티는 퇴근길에 우간다계 아시아인들이 저녁 여덟 시에 문을 닫는 작은 가게에 들러 장을 봤다. 포장 없이 그대로 노출된 식품은 왠지 꺼림칙해서 통조림이나 포장된 식품만을 골라 샀다. 단칸방이지만 한쪽 구석에 칸막이로 가려놓은 세면대가 있는 자신의

15) muzak: 상점, 식당, 공항 등에서 배경 음악처럼 내보내는 녹음된 음악.

아늑한 보금자리에 도착한 레티는 남아 있던 닭고기와 쌀을 작은 전기 오븐에 넣고 저녁 식사를 준비해 먹은 다음 편안하게 자리를 잡고 앉아서 라디오를 들으며 전부터 계속해온 태피스트리 방석 만들기에 몰두했다.

어느 노파가 소유한 이 집에는 레티 말고도 여성 세입자 두 명이 살고 있었다. 한 명은 그녀와 여러 면에서 비슷했고, 다른 한 명은 헝가리 난민 출신인데도 이 집의 생활 방식에 어느 정도 적응돼 있었다. 어느 방에서든 라디오 볼륨을 아주 낮게 맞춰놓았고, 화장실을 쓰고 나갈 때면 모두 깨끗하게 정리해놓았다. 이 집 생활은 비록 무미건조하고 심지어 결핍됐다고 말할 수도 있었지만, 그런대로 충분히 편안했다. 결핍됐다는 것은 마샤의 가슴처럼 한때 가지고 있던 뭔가를 잃었을 때 드는 느낌이지만, 레티는 뭔가를 많이 가졌던 적이 없었다. 그래도 그녀는 때로 '많이 가지지 못한 삶' 자체가 그 나름대로 가치 있지 않을까 생각했다.

그날 저녁 라디오에서는 한 노파의 삶을 돌아보는 드라마가 방송되고 있었다. 그 라디오 드라마에 귀를 기울이다 보니 아침에 지하철 플랫폼에서 의자에 주저앉아 있던 여자가 생각났고 이어서 지난해, 오 년 전, 십 년 전, 이십 년 전, 심지어 사십 년 전 모습이 머릿속에 그려졌다. 그러나 레티는 현재 삶이 어떻든 간에 늘 최선을 다해 그 삶에 충실하고자 노력하는 편이므로 이런 식으로 과거로 거슬러 올라가는 것이 그녀다운 일은 아니었다. 그녀의 삶은 1914년을 전후해 중산층 가정의 외동딸로 태어난 다른 많은 여자의 삶과 별반 다르지 않았다. 1920년대 후반 런던으로 온 그녀는 당시 직장 여성들이 주로 모여 살던 숙박 시설에 머물면서 비서 학습 과정을 이수했다. 그리고 그 숙박 시설에서 지금까지도 서로 연락하며 지내는 유일한 친구 마조리를 처음 만났다. 비슷한 환경에서 자란 같은 나이 또래 소녀들이 대부분 그랬듯이 레티도 당연히 좋은 남자를 만나 결혼하기를 기대했으며, 전쟁이 터졌을 때 여자들에게는 남자를 만나거나 심지어 기혼 남자라도 사랑하게 될 좋은 기회가 꽤 있었다. 하지만 그 기회를 놓치지 않고 남자를 만나 결혼한 쪽은 마조리였고, 이후 레티는 늘 그러듯이 친구보다 뒤처졌다. 전쟁이 끝날 무렵 이미 서른 살을 넘긴 레티를 보고 마조리는 희망을 버렸다. 정작 레티 자신도 대단한 희망을 품은 적은 없었다. 전쟁 직후 몇 년에 대한 레티의 기억은 기간마다 입고 다녔던 옷에 고정돼 있었다. 1947년 디오르가 시작한 뉴룩, 1950년대 편안하고 우아한 패션, 그리고 1960년대 초반 끔찍한 미니스커트…. 특히 미니스커트는 이제 젊지 않은 여자들에게 참으로 잔인한 패션이었다. 사실 바로 며칠 전만 해도 레티는 1930년대에 마조리와 함께 근무했던 블룸즈버리의 건물 옆을 지나갔다. 당시 두 사람의 직장은 조지 왕조 양식으로 건축된 주택 이층에 있었는데, 지금은 레티가 다른 세 사람과 함께 근무하는 사무실 건물과 마찬가지로 그 자리에 콘크리트 건물이 들어서 있다. 하지만 그녀가 그런 사실을 특별히 의식했던 것은 물론 아니다.

그날 밤, 마치 그 라디오 드라마의 영향을 받기라도 한 것처럼 레티는 꿈을 꾸었다. 그녀는 여왕 즉위 이십오 주년을 기념하는 해로 돌아가 마조리와 그녀의 약혼자 브라이언이 삼백 파운드를 주고 산 집에 있었다. 그 집에는 그들이 레티를 위해 일부러 부른 브라이언의 친구도 있었다. 그 스티븐이라는 남자는 잘생기긴 했으나 따분했다. 토요일 저녁 술집으로 간 네 사람은 마호가니 가구가 있고 박제 물고기가 장식용으로 걸려 있는 조용한 방 안에 앉아 있었다. 그곳은 평소에 사용하지 않는지 퀴퀴한 냄새가 나고 눅눅했는데, 실제로 그들처럼 소심한 손님들 말고는 들어오지 않는 것 같았다. 여자들은 맥주를 그다지 좋아하지 않았지만, 네 사람은 모두 맥주를 마셨다. 맥주는 그들에게 눈에 띄는 '작용'을 별로 하지 못했고, 그저 그렇게 허름한 술집에 여성 화장실이 따로 있을지 걱정이나 하게 했을 뿐이다. 그 방 바깥 술집 내부는 환하고 여러 색으로 장식돼 있었으며 시끌벅적했지만, 네 젊은이는 그런 것들과는 동떨어진 방 안에 격리돼 있었다.

일요일 아침 그들은 미사를 드리러 마을 교회로 갔다. 제단에는 군데군데 새똥 자국이 있었고, 목사는 지붕을 수리해야 하니 성의껏 헌금을 내달라고 호소했다. 그 교회는 1970년에 문을 닫았으며 건축학적으로나 역사적으로나 별 가치가 없다고 판단돼 결국 헐리고 말았다. 꿈속에서 레티는 1935년 무더웠던 여름날 스티븐과 함께, 아니면 그와 비슷하게 느껴지는 누군가와 함께 길게 자란 풀밭에 누워 있었다. 그는 그녀 아주 가까이에 있었으나 둘 사이에는 아무 일도 일어나지 않았다. 실제로 그 뒤에 스티븐이 어떻게 됐는지 그녀는 알지 못했다. 마조리는 과부가 됐고 지금 단칸방에서 혼자 사는 레티처럼 홀로 남았다. 모두가 가버렸다. 그 시절도, 그 사람들도…. 꿈에서 깬 레티는 이처럼 모든 것이 슬그머니 사라지는 삶의 야릇함에 대한 생각에 잠겨 한동안 그대로 누워 있었다.

셋

마샤는 집에 도착했다. 한 부동산 중개인이 그 도로에 면한 주택들은 가격이 이만 파운드 가까이 오르고 있다고 말한 적이 있었는데 실제로 그의 말대로 되고 있었다. 그러나 마샤의 집은 그 동네 다른 집들과 사뭇 달랐다. 정문에 붙어 있는 스테인드글라스 판, 커다란 두 개의 내닫이창, 현관 위쪽에 있는 작은 창문 같은 것만 보면 외관상으로는 아주 평범한 집이었다. 외벽도 주위 다른 집들과 마찬가지로 암초록색과 크림색으로 칠해져 있었지만, 몇몇 이웃 사람은 그 집은 칠을 다시 해야 할 것 같고 창문에 걸린 레이스 커튼도 빨아야 할 것 같다고 생각했다. 하지만 그 집에 사는 미스 아이보리는 직장에 다니는 여성이어서 그런저런 일을 할 시간이 없어 보였고, 애초에 누군가가 스스럼없이 도움을 제안하기도 어려운 부류의 여성이었다. 그녀 집 양쪽에 있는, 좀 더 세련되게 개조된 집들에는 새로 이사 온 이웃이 살고 있었다. 그들은 서로 인사를 나눴지만, 마샤는 그들 집에 간 적도, 그들을 자기 집에 들인 적도 없었다.

안으로 들어가면, 마샤의 집은 이상하게도 늘 닫혀 있는 갈색 방문들 탓에 전체적으로 실내가 어두웠다. 집 안 어디에나 먼지가 쌓여 있었다. 곧장 주방으로 들어간 마샤는 신문지로 덮어놓은 탁자에 쇼핑백을 올려놓았다. 그녀는 이제 식사를 준비해야 한다는 것을 알고 있었다. 의료 관련 사회복지사는 일하는 여자가 퇴근해 집에 왔을 때 제대로 저녁을 먹는 것이 얼마나 중요한지 거듭 강조했다. 그러나 마샤가 집에 돌아와서 한 일이라곤 차를 마시려고 주전자에 물을 채운 것이 전부였다. 그녀는 그날 아침, 사무실에서 먹을 점심 도시락을 준비하느라 에너지를 이미 다 써버렸던 것이다. 지금 그녀는 차와 함께 먹을 비스킷 한 조각 말고는 다른 어떤 음식도 생각할 수 없었다. "비스킷을 먹으면 되지 뭐." 전쟁 때 사람들은 곧잘 그렇게 말하곤 했다. 사실 그녀는 식욕이 왕성한 적이 한 번도 없었다. 늘 마른 편이었던 그녀는 입원한 뒤로 몸이 더 여위었다. 그래서 옷이 죄다 헐렁해졌지만, 자주 새 옷을 사고 그 옷과 어울리는 색 카디건을 고르느라 고심하는 레티와 달리 마샤는 외모에 전혀 신경 쓰지 않았다.

그때 갑자기 초인종이 날카롭고 위압적인 소리를 내며 울렸다. 마샤는 의자에 앉은 채 순간적으로 얼어붙었다. 아무도 집으로 초대한 적이 없었고 아무도 그녀의 집을 방문한 적이 없었다. 대체 누가 이 늦은 저녁 때 왔단 말인가? 초인종이 또 한 번 울리자, 마샤는 몸을 일으켜서 문간에 누가 서 있는지 창을 통해 내려다볼 수 있는 현관 윗방으로 올라갔다.

한 젊은 여자가 손에 든 열쇠 꾸러미를 흔들며 서 있었다. 길 건너편에는 주차돼 있는 푸른색 작은 차가 보였다. 마샤는 내키지 않았지만 마지못해 문을 빼꼼 열었다.

"안녕하세요, 미스 아이보리시죠? 제 이름은 제니스 브레이브너예요."

악의 없어 보이는, 핑크빛이 조금 도는 얼굴이 미소를 머금고 그녀를 반겼다. 요즘 젊은 여자들은 별로 화장을 하지 않는 것 같은데, 마샤가 보기에 어떤 사람들은 화장을 좀 하는 편이 나을 성싶었다.

"우리 센터는 외로운 분들을 돌보고 있어요."

미리 준비해 왔는지 그녀는 주저 없이 말을 계속했다. 마샤는 대꾸하지 않았다.

"혼자 사시는 분들 말예요."

"왜, 내가 죽어서 시체로 발견되기라도 할까 봐? 그런 거예요?"

"아, 미스 아이보리. 무슨 그런 말씀을…. 그런 건 절대 아니에요!"

제니스 브레이브너는 하마터면 픽! 웃음을 흘릴 뻔했지만, 그래서는 안 됐다. 그녀는 사회복지센터에서 자원봉사자로 일하고 있었는데 정확히 말하자면 그 봉사 업무가 우스운 일은 절대 아니기 때문이었다. 그렇게 자원봉사하면서 만나는 대상 중에는 꽤 잘 해나가는 사람도 더러 있어서, 그럴 때면 진심 어린 미소를 지었다. 하지만 그들의 삶은 비극적일 수도 있었다. 그녀가 새로 담당하게 된 미스 아이보리는 과연 어떤 부류일까? 어머니가 몇 년 전에 죽고 나서 지금 혼자 살고 있으며, 최근에 병원에서 큰 수술을 받고 퇴원했다고 들었다. 제니스가 아는 의료 관련 사회복지사는 미스 아이보리를 잘 지켜봐야 할 거라고 귀띔해줬다. 미스 아이보리가 직장에 다닌다는 사실 말고는 그녀에 관해 알고 있는 사람이 없는 듯했다. 그녀는 이웃 사람들과 대화하지도 않고, 그녀 집을 방문한 사람은 아무도 없었다. 지금도 그녀는 제니스에게 들어오라고 하지 않아서 두 사람은 문간에 서서 대화를 계속하고 있었다. 무턱대고 남의 집에 밀고 들어갈 수는 없는 노릇이지만, 미스 아이보리처럼 외로운 사람은 우호적인 접근을 받아들여 서로 기쁘게 얘기를 나누는 것이 정상적인 반응이 아니겠는가?

"우리는 그저…." 교육받은 대로 요령껏 조심스럽게 접근할 필요가 있음을 실감하며 제니스가 말을 이었다. "미스 아이보리, 혹시라도 저녁 시간에 우리 센터 모임에 나오시면 어떨까 해서요. 아시겠지만 센터는 시청 바로 옆에 있어요."

"아니, 난 그럴 생각 없어요." 마샤가 딱 잘라 거절했다. "나는 직장에 다니는 사람이라서 저녁 시간엔 언제나 할 일이 아주 많거든."

하지만 TV 안테나도 보이지 않는데, 미스 아이보리는 대체 저녁마다 뭘 한단 말인가? 어쨌든 제니스는 최선을 다했고, 말하자면 씨는 뿌려둔 셈이었다. 어쨌든 중요한 것은 그것 아닌가?

문을 닫자마자 마샤는 부리나케 이층 침실로 올라가서 제니스 브레이브너가 떠나는 모습을 내려다봤다. 제니스는 차 문을 열더니 무슨 서류 같은 것을 손에 든 채 운전석에 앉았다. 그리고 곧이어 그녀가 탄 차는 서서히 멀어졌다.

마샤는 어머니가 돌아가신 방으로 들어갔다. 어머니가 떠난 뒤에 그 방은 거의 그대로 남아 있었다. 물론 시신을 옮겨 무덤에 묻었고 장례도 필요한 모든 절차를 갖춰 제대로 치렀지만, 그 일 이후 마샤에게는 가구를 이리저리 옮길 기력이 남아 있지 않았고, 당시 청소하러 오던 윌리엄스 부인도 가구를 그대로 두는 게 좋겠다고 했다. "당분간 이 물건들을 원래 있던 자리에 그대로 두는 게 나을 거예요." 그렇잖아도 마샤는 가구 옮기기를 좋아하지 않았다. 어머니 침대는 고양이 스노위가 죽기 전 잠자는 장소로 쓰였다. 스노위는 검은 털이 갈색을 띠고 몸이 점점 가벼워지나 싶더니 마침내 때가 된 듯 숨을 멈추고 평온한 죽음을 맞았다. 그때 스노위는 스무 살이었는데 인간으로 치자면 백마흔 살에 해당한다고 했다. "그렇게 오래 사는 게 좋은 건 아니겠지요." 윌리엄스 부인은 마치 인간에게 그런 일에 대한 선택권이라도 있다는 듯이 그렇게 말했다. 스노위의 시체를 마당에 묻고 나서 윌리엄스 부인도 청소 일이 힘들어져서 그만뒀고, 그 뒤로 마샤는 그 방을 어떻게든 바꿀 엄두조차 내지 않게 됐다. 그래서 침대 커버 위에는 스노위가 마지막 며칠 동안 남겨놓은 털 뭉치가 마치 오래전에 미라가 된 고대 유물처럼 완전히 말라붙은 채 아직도 그대로 있었다.

"미스 아이보리는 사람을 이상할 정도로 빤히 바라보던데요.

그리고 나한테 집 안으로 들어오라는 말도 하지 않았어요." 센터로 돌아간 제니스가 보고했다. 하지만 그녀는 어쨌든 쉽지 않은 과제를 드디어 마쳤다는 안도감을 만끽하고 있었다.

"아, 제니스. 그런 것 때문에 용기를 잃으면 안 돼." 나이로 보나 경험으로 보나 그녀보다 훨씬 선배인 봉사자가 말했다. "처음에는 그렇게 보이는 대상자가 많아. 아무튼 미스 아이보리와 관계 맺기에 일단은 성공했잖아. 중요한 건 바로 그 점이야. 그리고 그게 바로 우리 임무지. 대상자와 '**관계 맺기**'. 필요하다면 강제로라도 그래야 해. 그거야말로 '**가장**' 보람 있는 일이 될 수 있어."

제니스는 그 점에 대해 확신이 서지 않았지만, 아무 말도 하지 않았다.

클래펌 공원의 반대편에서는 에드윈이 저녁 산책을 나갔다가 교회 게시판을 살펴보고 있었다. 거기에는 지극히 기본적인 내용밖에 없었다. 즉 주일 영성체는 오후 여덟 시, 아침 미사는 오전 열한 시에 있으며, 평일에는 미사가 없다고 적혀 있었다. 그는 정문 손잡이를 돌려봤으나 교회 문은 잠겨 있었다. 애석한 일이 아닐 수 없었다. 그러나 요즘은 이런 것이 흔한 일이었다. 절도와 공공기물 파괴 행위가 판을 치는 요즘 교회 문을 열어두는 것이 안전할 리 없었다. 조금 실망한 그는 발길을 돌려 다시 길을 걷기 시작했다. 그러다가 자기가 가려는 방향으로 난 길이 보이는 갈림길에 도달한 그가 도로 표지판에 적힌 도로명을 보니 바로 마샤의 집 근처였다. 그는 걸음을 재촉했다. 불쑥 그녀와 마주치기라도 한다면 너무 어색할 것 같았고, 그녀 집 앞을 지나기조차 쑥스러웠다. 어떤 의미에서는 그도 그녀도 외로운 사람이었지만, 어느 쪽도 근무 시간 외에 사무실 밖에서 상대와 만나기를 기대하지 않았다. 어떤 식의 만남이든 그에게나 그녀에게나 똑같이 당황스러웠을 것이다. 무엇보다도 에드윈은 자기보다 노먼이 마샤와 더 친하다고 생각했고, 또 마샤에게 맞는 사람이 있다면 그것은 자기가 아니라 노먼이라고 믿었다. 그렇다면 레티는 친구라고 말할 수 있을까? 글쎄, 그렇다고 말하기도 어려웠다. 그런 생각을 하다 보니 에드윈은 자기도 모르는 사이에 미소 짓고 있었고, 어느새 클래펌 공원을 따라 걸으며 멀어지고 있었다. 하늘에 구름 한 점 없고 푸근한 저녁이었지만, 한 손에 레인코트를 들고 있는 큰 남자는 그렇게 혼자 미소 지으며 걸음을 옮기고 있었다.

넷

봄이 오면서 오월 초 햇살이 따사로이 비치기 시작하자 사무실 사인방의 점심시간 행적에도 미묘한 변화가 생겼다. 해마다 그 계절에는 축제가 자주 열리고 그 지역 교회들은 특히 풍요롭고 다양한 프로그램들을 선보였으므로, 에드윈은 평소와 다름없이 주변 교회들을 찾아다녔고, 화원에도 자주 드나들었으며, 다른 사람들은 일월에 예약을 마친 휴가 여행을 뒤늦게 계획해서 여행사에 찾아가 안내 책자를 모으기도 했다. 모처럼 어렵게 용기를 내 치과에 갈 예정이었던 노먼은 자기연민을 하면서 그날 점심으로 보온병에 든 수프만을 챙겨 출근했다.

마샤는 도서관에 가지 않고, 시끄러운 음악이 울리는 가운데 외국산 조잡한 상품들과 마감이 시원찮은 동양풍 남녀 의상이 가득 진열된 상점 안으로 들어갔다. 그녀는 조악한 도자기 제품들, 야하게 번쩍거리는 얇은 블라우스와 스커트들을 만져보긴 했지만 아무것도 사지 않고 나왔다. 귀청이 터지도록 시끄럽게 울리는 팝음악에 정신이 산란해진 데다가 다른 사람들이 자기를 빤히 바라보고 있다는 느낌이 들었던 것이다. 정신이 멍해져 상점 밖으로 나와 햇빛 속으로 들어갔을 때 앰뷸런스 사이렌 소리가 요란하게 들렸다. 그 소리에 정신을 차리고 보니 그녀는 어느새 길바닥에 쓰러져 있는 남자 주위를 둘러싼 사람들 틈에 끼어 있었다. 어떤 사람은 그가 심장발작을 일으켜 쓰러졌다고 했고, 또 어떤 사람은 건물의 창문을 닦다가 미끄러져 떨어졌다고 했다. 주위 분위기는 흥분과 쑥덕거림으로 가득 차 있었으나 정확히 무슨 일이 벌어졌는지 정확히 아는 사람은 아무도 없었다. 마샤는 옆에 있는 두 여자의 대화에서 사태를 파악하려고 애썼지만, 그녀가 들을 수 있었던 말은 "아이고, 불쌍해라. 얼굴이 말이 아니네요. 부인이 얼마나 충격을 받겠어요!"가 전부였다. 마샤의 생각은 자신이 병원에 입원해 있던 때로 거슬러 올라갔다. 병실은 일층에 있었고 바로 옆에 응급실이 있었는데, 그녀는 앰뷸런스가 들어올 때마다 무척 흥분했다. 인도에 쓰러져 있던 남자가 일어서려고 하자 조금 실망했지만 구급대원이 그를 저지하고 들것에 몸을 고정해 앰뷸런스에 태우는 것을 보고 마샤는 옅은 미소를 띠며 돌아서서 사무실로 돌아왔다.

노먼과 레티는 신선한 공기에 끌렸다. 노먼은 무엇보다도 치과 치료에 대한 불안에서 벗어나야 했고, 레티에게는 어떻게든 매일 산책해야 한다는, 다소 강박적이고 고집스러운 믿음이 있었다. 결국 두 사람은 상대의 산책 계획을 모르는 채 각자 사무실에서 나와 가장 가까운 공원인 링컨스 인 필드로 향했다.

노먼은 네트볼을 하는 소녀들 쪽으로 가서 엉거주춤 자리를 잡고 앉았다. 그는 자신을 그리로 이끈 충동이 어떤 것인지 스스로 분석할 수 없었다. 치통에 시달리며 화가 난 이 작은 체구의 남자는 이래저래 기분이 좋지 않았다. 네트볼 경기장을 둘러싼 구경꾼이 대부분 자기처럼 늙수그레한 남자라는 사실에도 화가 났지만, 주변 잔디밭에 머리 긴 젊은 남녀들이 반쯤 벌거벗고 누워 있는 꼬락서니도 그랬고, 사람들이 자리에 앉아서 샌드위치나 아이스캔디, 아이스크림콘을 먹고 포장지를 바닥에 그대로 버리는 짓거리에도 화가 났던 것이다. 깡충거리며 신이 나서 이리저리 뛰어다니며 네트볼을 하는 소녀들을 지켜보던 그의 뇌리에 난데없이 '색욕'이라는 단어와 '개처럼 히죽거린다'는 성경 문구가 떠올랐다. 그러자 어떤 개들은 혀를 축 늘어뜨리고 정말로 웃는 것처럼 보였던 것이 생각났다. 그는 한동안 경기를 구경하다 일어나서 삶에 대한 불만을 품은 채 사무실로 향했다. 돌아가는 길에 킹스웨이에서 한쪽 면이 완전히 부서져 엉망이 된 채 레커차에 견인되는 자동차를 보자 그는 마샤가 앰뷸런스 사이렌 소리를 들었을 때 느꼈던 것과 똑같은 것을 느꼈다. 그러나 자기 집 밖에 며칠 전부터 주차돼 있는 버려진 차가 기억났고, 경찰이나 시에서 무슨 조처를 했어야 한다는 생각이 들자, 그는 또다시 화가 치밀었다.

운동과 신선한 공기라는 주제를 염두에 둔 레티는 그런 것들을 즐길 준비가 돼 있었다.

봄날 숲 속에서 샘솟는 영감 하나가
인간과 도덕적 선악에 대해
어떤 현자들보다도
더 많은 가르침을 우리에게 준다네.[16)]

그녀는 이 구절의 의미를 깊이 새겨볼 생각이 별로 없었지만, 그래도 모두 알 것만 같았다. 그녀는 힘차게 걸었고, 앉을 생각을 하지 않았다. 어차피 앉을 만한 자리는 이미 누군가가 차지했고, 빈자리가 있는 벤치에는 거북한 사람들, 예를 들어 혼자 중얼거린다거나 이상한 걸 먹고 있는 사람들이 앉아 있었다. 날씨도 덥고 잠시 쉬고 싶은 생각이 들긴 했지만 차라리 계속해서 걷는 편이 나았다. 풀밭에서 키스하거나 포옹하고 있는 젊은 남녀가 종종 눈에 띄어도 화가 나지는 않았다. 레티 자신은 그들 또래였던 사십 년 전에 그렇게 처신하지 않았지만, 그들 행동이 거슬리지는 않았다. 하지만 정말 그렇게 다른 걸까? 그 시절에는 젊었으니 그런 행동을 의식하지 않았던 것이 아닐까? 레티는 암 연구센터 건물 앞을 지날 때 마샤를 떠올렸다. 마샤 자신도 전에 어떤 일이 있었음을 넌지시 말한 적이 있었다. 누구에게나 살면서 한 번쯤은 그런 일이 일어나지 않던가? 대부분 그런 일을 말할 때면 은근히 암시

16) One impulse from a vernal wood/ May teach you more of man,/ Of moral evil and of good,/ Than all the sages can.: 윌리엄 워즈워스의 시 〈The Tables Turned〉의 한 구절.

해서 듣는 이가 아무것도 아닌 일을 가지고 사람들이 괜히 과장한다는 의심이 들게 한다.

사무실에서는 휴가가 주요 화제가 돼 있었다. 에드윈이 수집한 여행 소개 소책자들이 비현실적인 즐거움을 홍보하며 벌써 몇 주째 그의 책상에 펼쳐져 있었지만, 그는 그것을 읽기만 했지 정작 그런 여행은 하지 않는다는 것을 다들 알고 있었다. 왜냐면 그는 매년 예외 없이 딸네 가족과 휴가를 보내기 때문이다.

"그리스야." 표지에 아크로폴리스 사진이 인쇄된 소책자를 집어 들고 노먼이 말했다. "나는 늘 그리스에 가고 싶었지."

마샤가 깜짝 놀라 고개를 들었다. 다른 두 사람도 놀랐지만 내색은 하지 않았다. 뭐야? 노먼이 자기 인생의 새로운 국면을 보여주겠다는 건가? 전에는 한 번도 드러낸 적 없는 새로운 열정을 발산하겠다는 건가? 한 번도 잉글랜드를 벗어난 적이 없었던 그의 휴가는 대체로 실패로 끝났다.

"그리스의 햇빛에는 뭔가 특별한 게 있다던데요?" 레티가 전에 어디서 들었거나 읽은 적이 있는 구절을 옮겼다. "그리고 와인색 어두운 바다가 있다던가… 사람들이 그렇게 말하더군요."

"아, 난 바다 색깔 따위엔 관심 없어요." 노먼이 말했다. "내가 정말 하고 싶은 건 수영이에요."

"스킨 다이빙이나 뭐 그런 것 말인가?" 에드윈이 놀라서 반문했다.

"왜, 나라고 못할 거 있나?" 노먼의 말은 도전적이었다. "스킨다이빙하는 사람 많잖아. 보물을 찾기도 한다던데."

에드윈이 웃기 시작했다. "아, 자네 작년 휴가하곤 조금 다른 것 같아서 그래." 그가 농담조로 말했다. 지난해 웨스트컨트리로 버스 여행을 떠났던 노먼은 휴가에서 돌아온 뒤에 이유는 밝히지 않고 다시는 그런 곳으로 휴가를 가지 않을 거라고 짧게 말한 적이 있었다. "자네가 '작년 여행지에서' 보물을 찾은 것 같지도 않고."

"사람들이 왜 자기 집을 떠나서 휴가를 보내려 하는지 나는 도무지 이해가 안 돼요." 마샤가 말했다. "사실, 노인들한테는 휴가가 필요 없는 것 같은데…." 노먼의 마음에 정말로 그런 비밀스러운 갈망이 있다면, 점심시간에 대영박물관에 가서 사라진 문명의 풍요로움에 대해 생각에 잠기는 것으로 충분하지 않을까? 마샤 자신은 절대로 집을 떠나지 않았고, 출근하지 않을 때면 자기만의 은밀한 계획을 실천하며 시간을 보냈다.

"아, 그래요…. 사진이나 보면서 만족하겠죠." 노먼이 말했다. "레티와는 다르게 말이죠."

"나도 그리스엔 가본 적이 없어요." 레티가 말을 받았다. 하지만 네 사람 중에는 그래도 그녀가 여행 경험이 가장 많았다. 그녀는 마조리와 함께 여러 번 패키지 여행을 했고, 스페인, 이탈리아, 유고슬라비아 등지에서 보낸 엽서들이 아직도 사무실 벽에 붙어 있었다. 그러나 올해에는 마조리도 자기 시골집에서 지내고 싶어

하는 듯했고, 은퇴 후 마조리 집에서 함께 살 예정인 레티도 조금씩 시골 생활을 익히는 편이 나으리라는 생각에 이번에는 마조리네 집에 가기로 했다. 마조리의 시골집에서 지내는 이 주일 동안 날씨가 허락한다면 주변 경치 좋은 곳으로 소풍을 나가서 점심도 먹고 전원생활을 미리 맛볼 수 있을 터였다.

"대문을 온통 장미꽃으로 장식한다든지, 뭐 그런 거 말입니까?" 레티가 은퇴 후 계획에 대해 말할 때마다 노먼은 부러운 듯 말했다. "물론 날씨가 모든 걸 망칠 수도 있어요." 그는 덧붙이지 않을 수 없었다. "그런 거라면 내가 제일 잘 알지!"

다섯

플랫폼으로 들어오는 기차를 전혀 개의치 않고, 꿩 한 마리가 한가로이 들판 한가운데 앉아 있었다. 기차역 주차장에는 더 크고 날렵하게 생긴 자동차 사이에 마조리의 먼지투성이 파란색 모리스 1000이 서 있었다. 레티는 마조리가 1930년대에 이십오 파운드를 주고 사서 '베엘제붑'[17]이라고 불렀던 첫 차를, 사십 년이 지난 지금도 기억하고 있었다. 요즘 젊은 사람들도 자기 차에 그런 식으로 유머러스한 이름을 지어주는지 궁금했다. 운전이 옛날처럼 그냥 재미있는 일이 아니라 상당히 진지한 일이 된 요즘, 자동차는 사회적 신분의 상징이 됐고, 심지어 원하는 차량 번호를 얻으려고 큰돈을 내는 사람도 있다.

---

17) Beelzebub: 베엘제붑, 베엘제불Beelzebul. 본래 구약성서에서 아카론의 신 바알즈붑(Baalzebub, 바알 신의 왕자)을 말하는 것인데 유다인들이 이교도 신이라 경멸해 마귀의 두목, 파리의 신(유다인들은 파리를 마귀로 인정했다), 똥의 신으로 여겼다. 유다인들은 Beelzebub의 마지막 글자 b를 l로 바꾸어 더러운 신의 뜻으로 사용했다. 신약성서에서는 '마귀의 두목'으로 쓰여 있다(마태 10, 25; 12, 27; 마르 3, 22; 루까 11, 15).

마조리는 레티의 가방을 차의 트렁크에 넣었다. 남편을 먼저 보내고 시골에서 혼자 넉넉하게 사는 그녀는 비록 어느 정도의 로맨틱한 화려함을 아직 지니고 있긴 해도 레티가 기억하는 세련된 멋쟁이와는 많이 달랐다. 최근 부임한 교구 목사에게 좀 지나치다 싶을 정도로 관심을 보이는 마조리가 뜻밖에 레티를 교회에 데려가겠다고 고집하는 바람에 그녀는 일요일 아침 처음으로 그 목사를 보게 됐다. 데이비드 라이델 목사(그는 남들이 '신부'라고 불러주기를 더 좋아한다고 했다)는 피부가 가무잡잡하고 키가 큰 사십 대 중반 남자로, 제의를 입은 모습이 멋져 보였다. 이 따분한 시골 마을에 관심의 대상이 될 만한 목사가 새로 왔으니 마조리에게는 잘된 일이라고, 레티는 너그러운 마음으로 그렇게 생각했다. 그 마을 주민은 대부분 은퇴한 부부들이었고 손주들이 딸려 있었다. 마을 사람들은 서로 친목을 다지고자 집에서 셰리주를 나눠 마셨다. 어느 날 저녁 마조리는 과묵하고 점잖은 퇴역 장교와 그보다 훨씬 말을 잘하는 부인, 그리고 라이델 목사를 집으로 초대했다. 가까이에서 본 '평상복' 차림의 라이델 목사는 실망스러웠다. 연한 적갈색 트위드 재킷에 바지통이 너무 넓든지, 아니면 너무 좁든지, 아무튼 요즘 사람들이 잘 입지 않는, 맵시 없는 회색 플란넬 바지 차림의 그는 지극히 평범했다.

몇 차례 술잔이 돌아가고 나서 퇴역 장교 부부는 너무 이르지도 늦지도 않게 자리에서 일어났지만, 그날 저녁 식사 계획이 불분명했던 라이델 목사는 돌아갈 기미가 보이지 않았다. 그래서 마조리는 그에게 저녁 식사를 하고 가라고 권하지 않을 수 없었다.

"아무래도 조금 불리하네요." 마조리가 저녁 식사 준비를 하러 가고 레티와 둘이 남았을 때 라이델 목사가 뜬금없이 말했다.

"아, 뭐가요?" 레티는 그 목사 자신이 불리하다는 것인지, 그냥 인간이 보편적으로 불리하다는 것인지 이해하지 못했다.

"이런 환대에 보답할 길이 없으니까요." 그가 설명했다. "마조리는 제게 아주 친절하게 대해주거든요."

그렇게 그는 마조리를 성이 아니라 이름으로 불렀다. 전에도 여러 번 식사 초대를 받은 것이 분명했다.

"작은 마을에 사는 사람들은 대체로 누구에게나 친절하죠." 그의 말을 막으며 레티가 말했다. "최소한 런던 사람들보다는 훨씬 더 친절하다는 거예요."

"아, '런던'…." 그는 조금 지나치다 싶게 한숨을 내쉬었다.

"데이비드는 건강 때문에 여기 머무는 거야." 마침 방으로 들어오던 마조리가 대화에 끼어들었다.

"시골 생활이 건강에 도움이 되나요?" 레티가 물었다.

"이번 주 내내 설사에 시달렸답니다." 민망한 대답이 돌아왔다.

순간적으로 —몇 분의 일 초에 지나지 않는 찰나였겠지만— 대화가 끊겼다. 하지만 마조리와 레티는 깜짝 놀라기는 했어도 당황하지 않았다.

"아, 설사…." 레티가 또렷하고 사려 깊은 말투로 되풀이했다. 그러나 그 단어를 입에 올리는 것 자체가 배려 부족으로 느껴져서 그녀는 입을 다물었다.

"신부님이 교구에서 끊임없이 마시는 차보다는 증류주가 더 도움이 될 거예요." 마조리가 단언하듯 말했다. "예를 들면 브랜디 같은 것 말예요."

"엔트로바이오폼[18] 같은 약이 더 낫지 않나요?" 레티가 말했다.

그는 측은해 보이는 미소를 지었다. "여행 중인 영국인들에게는 그게 도움이 될지 모르지요. 하지만 제 경우는 조금 달라서…."

그는 말꼬리를 흐림으로써 뭐가 다른지는 여자들의 상상에 맡겼다.

"여행 중에… 우리가 '나폴리'에 있을 때는…." 마조리의 말투에 갑자기 쾌활한 장난기가 어렸다. "레티, 우리가 소렌토에 갔을 때 생각나?"

"나는 레몬나무 숲밖에 생각 안 나." 화제를 바꿀 요량으로 레티가 말을 잘랐다.

데이비드 라이델은 눈을 감고 의자에 깊숙이 기대앉은 채 이 점잖은 여자들과 함께 있는 현재의 만족스러운 기분에 한껏 젖었다. 이 분위기는 그가 과거에 익숙했던 분위기에 훨씬 더 가까웠다. 이곳에 처음 부임했을 때 시골 사람들의 거친 목소리가 몹시 거슬렸고 그들은 때로 아주 잔인한 말도 서슴없이 내뱉었다. 교회

18) enterovioform: 여행 중에 설사가 날 때 주로 복용하는 요오드 염화수소 퀴놀린iodochlorhydroxyquin 성분의 약.

의 미사를 '개선'하려는 어떤 시도도 경멸과 반감의 대상이 됐고, 신자들의 집을 방문했을 때는 TV를 끄는 예절 따위는 아예 없어서 그도 그들과 함께 하릴없이 TV를 보기도 했다. 상수도 시설도 정수 시설도 없는 집에 살면서 TV라는 바보상자의 노예가 돼 있는 신자들을 보고 그는 충격을 받았다. 예전에는 회중의 중심 역할을 했을 나이 든 여자들마저도 이제는 차로 데려오고 데려다준다고 해도 교회에 나오려 하지 않았다. 추수감사제와 전사자 추모일[19] 미사, 성탄절에 캐럴과 함께 드리는 미사에만 그나마 신자들이 조금 모였다. 그런 사람들과는 달리 마조리와 (이름을 기억하지는 못하지만) 그녀의 친구 미스 아무개는 대단히 교양 있어 보였고, 그는 그 교양 있는 여자들과 함께 풀레 니수아즈[20]를 먹고 프랑스와 이탈리아 여행 얘기를 들으며 흡족한 시간을 보냈다.

"오르비에토[21]는," 그가 입속으로 웅얼거리듯 말했다. "물론 산지에서 마시는 게 가장 좋지요." 두 여자는 당연히 그의 말에 동의했다.

레티는 사실 그가 다소 지루하다고 느꼈지만 친구 앞에서는 그런 말을 입 밖에 내지 않았다. 좋은 날씨에 친구와 함께 차를 마시거나 한가로이 시골길을 산책하면서 굳이 논란을 일으킬 소지

19) Remembrance Sunday: 영국에서는 11월 11일에 가장 가까운 일요일이 전사자, 특히 제1, 2차 세계대전 전사자들을 추모하는 날로 지정돼 있다.

20) poulet niçoise: 프랑스 남부 도시 니스의 전통 닭요리.

21) orvieto: 이탈리아 움브리아산의 백포도주로, 쌉쌀한 것, 달콤한 것 등 여러 가지가 있다.

가 있는 말을 꺼내고 싶지 않았던 것이다. 게다가 은퇴 후 마조리의 집에서 함께 살 예정인 그녀 처지로는 앞으로도 종종 집에 들를 것 같은 목사에 대해 너무 비판적인 반응을 보이지 않는 편이 낫겠다고 판단했다. 둘이 함께 산책할 때 죽은 새라든가 말라붙은 고슴도치의 사체 따위를 발견하는 쪽은 레티였고, 함께 드라이브할 때 도로 한가운데 널브러진, 심하게 훼손된 토끼 사체를 알아보는 쪽도 언제나 레티였다. 마조리는 여태까지 그런 것들을 너무 자주 봐서 익숙한 나머지 이제는 그런 것을 봐도 마음이 불편하지 않은 모양이라고, 레티는 생각했다.

레티 휴가의 마지막 날, 그들은 가까이에 있는 경치 좋은 곳으로 소풍을 가기로 돼 있었다. 그날은 평일이었으므로 그곳이 덜 붐비고, 바로 출발 직전에야 마조리가 털어놓았지만 무엇보다도 데이비드 라이델이 합류할 수 있어 잘된 일이라고 했다.

"그 사람은 평일에도 할 일이 있지 않아?" 레티가 항의했다. "미사는 없어도 아프거나 나이 든 신자들을 방문해야 하는 거 아냐?"

"지금은 몸이 아픈 신자가 한 사람뿐인데 그 사람이 지금 병원에 있거든. 게다가 노인들은 성직자가 찾아오는 걸 달가워하지 않아." 마조리가 대답했다. 친구의 말을 듣고 레티는 자신의 낡은 생각이 요즘 같은 복지 국가 시대에는 맞지 않으며 모든 사람의 건강이 공개되고 이웃 사람들의 입에 오르내리는 시골 마을에서는 더욱 적용되기 어렵다는 것을 깨달았다. "나는 말이야… 데이비드를 되도록 자주 야외로 데리고 나가려고 해." 마조리가 덧붙였다. "그 사람은 지금 당장 그런 데서 휴식을 취할 필요가 있거든."

레티는 친구가 '야외'라는 말을 사용한 데에는 어떤 특별한 의미가 있음을 감지할 수밖에 없었다. 그리고 데이비드 라이델에게 필요하다는 휴식을 생각하자 그녀는 자신이 어느 결에 마조리 차의 뒷좌석에 소풍 용품들과 늙은 애완견 실리엄테리어와 함께 끼어 앉아 있음을 발견하고도 놀라지 않았다. 레티가 말쑥한 네이비블루 바지에 달라붙는 희고 뻣뻣한 개털에 온통 정신이 팔린 동안 앞좌석에 나란히 앉은 데이비드와 마조리는 레티가 끼어들 수 없는 마을의 여러 가지 문제에 대해 활발하게 이야기꽃을 피웠다.

소풍 장소에 도착하자 마조리는 차의 트렁크에서 접이식 천 의자 두 개를 꺼내 잔디에 놓았고, 사실상 바닥에 편히 앉기를 좋아하는 레티는 서둘러 풀밭에 깔개를 펼치고 거기 앉겠다고 말했으므로 두 의자는 자연스럽게 마조리와 데이비드 차지가 됐다. 그래도 결과적으로 혼자 낮은 곳에 앉게 된 레티는 자신이 하찮고 초라한 존재가 된 것 같은 느낌을 지울 수 없었다.

햄과 삶은 달걀을 먹고 화이트 와인을 마시고 나서 —와인을 가져온 것은 흔한 일이 아니었는데, 그건 오로지 데이비드 때문인 듯했다— 세 사람 사이에는 대화가 별로 이어지지 않았다. 대낮에 와인을 마셨기 때문인지 자연스레 잠이 쏟아졌다. 잠을 자기에는 자리 배치가 어색했지만, —세 사람 중 두 사람은 의자에 앉고 한 사람은 바닥에 앉아 있으므로— 레티는 어느새 자기도 모르게 스르르 눈을 감았고, 깜빡 잠이 들었는지 주변 상황을 전혀 의식하지 못했다.

다시 눈을 떴을 때 그녀는 마조리와 데이비드가 똑바로 올려다보이는 자세로 엉거주춤 누워 있었고, 두 의자는 아주 가까이 붙어 있어 두 사람이 거의 포옹하고 있는 것처럼 보였다.

당황한 레티는 얼른 고개를 돌리고 다시 눈을 감았다. 혹시 꿈을 꾸고 있는 것은 아닌가 하는 생각마저 들었다.

"커피 더 마실 사람 없나요?" 마조리가 밝은 목소리로 물었다. "저쪽 보온병에 남았어요… 레티, 넌 자는 줄 알았는데?"

레티가 일어나 앉았다. "응, 깜빡 잠들었나 봐." 그녀가 시인했다. 조금 전 그 장면은 그녀의 상상이었을까, 아니면 시골에서 친구와 함께 살려면 익숙해져야 할 또 한 가지 과제일까?

레티가 휴가에서 복귀하자 이번에는 에드윈이 휴가를 떠났다. 사무실에서는 그가 버스를 타야 할지 기차로 가야 할지를 두고 열띤 토론이 벌어졌고, 그 두 가지 교통수단의 장단점이 끝없이 분석됐다. 결국 기차가 이겼다. 버스도 자동차 여행이고, 기차가 비용은 더 들어도 빠르다는 장점이 있고 어차피 에드윈은 딸의 가족과 함께 자동차 여행을 또 해야 하므로 기차 편이 더 나았다. 이스트본은 가까운 데다 멋진 교회도 많아서 에드윈은 큰 기대를 품고 있었다. 거기서 그들은 사파리 공원에도 가고 여러 멋진 저택도 구경할 참이었다. 더 멀리 롱릿[22]에서 사자를 볼 수 있을지도 몰랐다. 그러려면 차를 타고 고속도로를 여럿 달려야 할 텐데, 앞좌석에는 남자들이 타고, 뒷좌석에는 에드윈의 딸과 아이들이 타면 될 것 같았다. 이 여행은 그들 모두에게 만족스러운 휴식이 될 것이 분명했다. 하지만 아이들은 점점 자라서 오래지 않아 스페인에 가고 싶어 할지도 모르는데, 그럴 때 에드윈을 어떻게 해야 할까? 그는 스페인을 좋아하지 않을 수도 있었다. 혹은 사무실에서 일하는 동료 한 사람과 함께 휴가 여행을 떠날 수도 있었다. 그것이 이 문제의 해결책일 수 있었다.

휴가 중인 에드윈은 사무실 동료와 떨어져 있으면서 그들을 거의 생각하지 않았다. 그나마 유일하게 그의 머리를 스친 사람은 마샤였으며, 그 이유도 예사롭지 않았다. 그가 기차를 타기 전 읽을거리를 찾아 기차역 매점에 서 있을 때였다. 이미 포르투갈 스트리트에서 이번 주 『처치타임스』를 사 왔지만 여정이 길어서 읽기에는 부족할 것 같았다. 매점 카운터에는 표지가 다채로운 잡지들이 진열돼 있었고 그중 일부는 유혹적인 자세로 가슴을 드러낸 젊은 여자들을 보여주고 있었다. 그는 무심하게 그 표지들을 죽 훑어봤다. 그의 아내 필리스에게도 가슴이 있었지만 이 잡지 표지에 나오는 것처럼 둥근 풍선 같은 모양이었는지는 기억나지 않았다. 그러다가 불현듯이 마샤와 그녀의 수술이 생각났다. 유방절제

22) Longleat: 영국에서 가장 유명한 놀이동산 중 하나. 사파리 공원.

술이라고 했던가. 당시 노먼이 알려준 수술 명칭이었다. 그 명칭대로라면 마샤는 유방 하나를 잃었을 것이다. 유방을 잃는 것은 어떤 여자에게든 상실이 아니겠는가? 비록 마샤에게 잡지 표지에 나오는 여자들처럼 젖가슴이 풍만했으리라고는 믿기지 않지만 상황은 마찬가지였다. 비록 마샤가 사랑스러운 부류의 여자는 전혀 아니라 해도 그녀에 대해 측은한 마음이 들지 않을 수 없었다. 지난번 저녁에 클래펌 공원 맞은편 길로 접어들어 그녀가 사는 동네를 지날 때 그녀 집에 잠깐 들렀어야 했다. 그는 그날 문이 잠겨 있었던 그 교회에 마샤가 간 적이 있는지, 아니면 그 교회 목사가 그녀 집을 방문한 적이 있는지 궁금했다. 마샤는 그런 얘기를 한 적이 없었지만, 분명히 교회에서 누군가가 그녀를 계속해서 지켜보고 있을 터이며, 남과 어울리지 못하고 혼자 지내기 좋아하는 그녀가 어떤 식으로든 관심을 두고 지켜봐야 할 대상이라는 것을 알고 있었을 것이다. 비록 교회가 사회복지 사업의 연장선에 있다고는 보지 않지만, 요즘 양심적이고 선의에 넘치는 선량한 사람이 그렇게 생각한다는 것을, 그는 잘 알고 있었다. 따라서 마샤는 절대 방치된 상태는 아닐 테니 그녀를 걱정할 필요는 없으리라. 아무튼 빅토리아역에 서 있는 이 시점에서 '그 자신'이 그녀를 위해 할 수 있는 일은 아무것도 없었다. 그는 마샤를 떠올리게 하는 잡지들을 외면하고 돌아서서 『리더스 다이제스트』를 산 뒤에 마샤에 대한 생각을 머리에서 떨쳐냈다.

교회 사람들은 마샤에게 기울이는 작은 노력의 하나로 교회에서 웨스트클리프 온씨(그곳은 사우스엔드 온씨[23]보다 훨씬 더 멋지다면서)로 버스 여행을 떠나는데 함께 가지 않겠느냐고 물었다. 그러나 마샤는 가고 싶지 않았고 그들은 함께 가자고 강요할 수 없었다. 제니스 브레이브너도 마샤가 휴가를 가지 못할까 봐 걱정돼 여러 가지 제안을 했지만, 마샤는 아무것도 마음에 들지 않는다고 했다. "미스 아이보리는 너무 '까다로운' 대상자야." 제니스는 의료 관련 사회복지사인 친구에게 투덜거렸다. "아, 그런 사람들은 도움받기를 원치 않는 것 같아. 하지만 그러다가도 어떤 사람은 아주 고마워해. 그러면 기분이 얼마나 좋은지 몰라. 그럴 때 그동안 들인 노력에 보람을 느끼지…." 친구의 말에 제니스는 한숨 쉬었다. 아무래도 마샤 아이보리는 그런 부류가 아닌 것 같았다.

비록 아무에게도 털어놓지 않았지만 마샤에게는 이번 휴가를 위해 아껴둔 두 가지 계획이 있었다. 첫 번째는 병원에 외래 환자로 방문해 스트롱 씨에게 받기로 돼 있는 정기 검진이었다. 그녀의 예약 카드에 적힌 시각은 오전 열한 시 삼십오 분이었다. 그처럼 오 분 단위로 예약을 받는 것은 어찌 보면 웃기는 일이었다. 그것은 제시간에만 도착하면 기다릴 필요가 없다는 인상을 주지 않는가? 그녀는 정확히 제시간에 병원에 도착해 접수하고 앉아서 기다렸다. 기다리는 동안 환자들은 대개 잡지를 뒤적이거나 자판

23) Southend-on-Sea: 영국 잉글랜드 동남부 에식스주 템스강 어귀에 있는 도시.

기에서 음료를 사 마시거나 화장실에 다녀오기도 했다. 그러나 마샤는 그러지 않았다. 오로지 앞만 바라보고 앉아 있었다. 일부러 다른 사람들과 떨어진 자리를 골라 앉아 있던 그녀는 어떤 여자가 다가와 말을 걸려 하자 짜증이 났다. 병원 대기실에서 진료를 기다리는 환자들은 보통 서로 얘기를 나누지 않았다. 이곳 분위기는 개인병원 대기실과 비슷했지만 좀 더 신성했다. 왜냐면 이곳 대기자들은 개인병원 대기실 환자에 비해 '뭔가가 잘못된' 심각한 환자들이기 때문이었다. 옆자리 여자가 두런두런 날씨 얘기를 꺼냈지만, 마샤는 한 마디도 대꾸하지 않고 앞만 바라보고 있었다. 그녀의 시선이 고정된 지점은 위쪽에 'Mr D.G. Strong'[24]이라는 명패가 붙어 있는 진료실 문이었다. 그 바로 옆 진료실 문 위에는 'Dr H. Wintergreen'이라는 명패가 붙어 있었다. 의자에 앉아서 기다리는 사람 중에 누가 외과 의사 미스터 스트롱의 환자이고 누가 내과 의사 닥터 윈터그린의 환자인지는 알 수 없었다. 환자들에게는 그것을 구분하는 표식이 전혀 없었고, 온갖 연령대의 남녀 환자들이 모두 다소 주눅 든 표정으로 뒤섞여 있었지만 더 상심한 듯 보이는 사람들도 있었다.

"닥터 윈터그린의 진료를 기다리세요?" 옆자리 여자가 끈질기게 말을 걸었다.

---

24) Mr D.G. Strong/Dr H. Wintergreen: D.G. Strong은 외과 의사이므로 Mr라는 호칭을 쓰는 반면, H. Wintergreen은 내과 의사이므로 Dr라는 호칭을 씀.

“아뇨.” 마샤의 대답은 짤막했다.

“아… 그럼, 미스터 스트롱의 환자시군요. 내가 삼십 분 전쯤에 왔는데 여태까지 그 방에 들어간 환자는 아무도 없었어요. 난 닥터 윈터그린의 진료를 기다리고 있답니다. 그분은 외국인이지만 정말 좋은 분이세요. 폴란드 출신이라지요, 아마? 더없이 친절하시고 눈빛이 따뜻한 분이시지요. 그분이 병동에서 회진을 도실 때 보면 상의 단춧구멍에 늘 카네이션 한 송이가 꽂혀 있더군요. 직접 카네이션을 재배하신다나 봐요. 헨던[25]에 큰 저택을 가지고 계시대요. 소화불량, 복통 같은 증세가 그분 전공 분야예요. 할리가[26]에도 개인병원을 개업하셨어요. 미스터 스트롱도 할리가에 개인병원이 있나요?”

“네.” 마샤가 차갑게 대꾸했다. 그녀는 지금 스트롱 씨에 대한 얘기를 입에 올리고 싶지 않았다. 더구나 알지도 못하는 여자와 자신이 신성하게 여기는 일에 대해 왈가왈부하고 싶지 않았다.

“외과 의사들은 레지던트한테 수술을 시키기도 한대요.” 옆자리 여자가 말을 이었다. “레지던트들도 어떻게든 배워야 하니까.”

바로 그때 간호사가 마샤의 이름을 불렀고, 그녀는 자기 차례가 됐음을 알고 천천히 몸을 일으켰다. 마샤는 방문 위에 스트롱 씨의 명패가 붙어 있다고 해서 그것이 그 방 안에 그가 있다는 사

25) Hendon: 영국 잉글랜드에서 전에 미들식스주에 속했다가 현재는 바넷의 일부인 지명.
26) Harley Street: 런던 중심부의 개인병원들이 밀집돼 있는 거리.

실을 보장한다고 믿을 정도로 순진하지 않았다. 그래서 반쯤 옷을 벗고 진찰대에 누워서 금발 머리의 젊은 외과 레지던트에게 진찰을 받을 때도 크게 실망하지 않았다. 그 젊은 의사는 매우 전문적인 태도로 그녀의 혈압을 재고 그녀의 가슴에 청진기를 대고 신중하게 귀를 기울였다. 그는 물론 마샤의 핑크색 새 속옷에 전혀 신경 쓰지 않았지만, 그녀의 몸에 남은 깔끔한 수술 자국—그것은 물론 스트롱 씨의 솜씨였다—에 대해서는 감탄했으며, 그녀가 너무 말랐다면서 음식을 더 많이 먹으라고 했다. 그렇기는 하지만 이제 막 스물다섯 살이 된 그 젊은 의사는 육십 대 여성의 몸이 어때야 하는지 정확히 알 수 없었다. 그들은 모두 이처럼 말랐을까? 그에게는 이 환자와 비슷한 연배의 이모할머니가 있었는데, 그가 직접 벗은 몸을 본 적은 없지만 마샤 정도는 아니었다.

"제 생각엔 아무래도 누가 환자분을 계속 지켜보면서 돌봐드려야 할 것 같습니다." 젊은 의사의 말투는 친절했고, 마샤는 그의 말에 거부감이 들지도 않았고, 짜증이 나지도 않았다. 그도 의료 관련 사회복지사들이나 교회에서 나온 사람들과 똑같은 말을 했지만, 병원은 달랐다. 그녀는 아무 말 없이 득의에 찬 표정으로 접수계로 가서 예약 카드를 내밀고 다음 진료를 예약했다.

마샤의 두 번째 계획은 스트롱 씨의 집을 방문하는 것… 이라기보다 그가 사는 집을 먼발치에서 바라보러 가는 것이었다. 그녀는 전화번호부를 뒤져 그가 할리가뿐 아니라 덜위치에도 주소를 두고 있음을 이미 알고 있었는데, 덜위치라면 삼십칠 번 버스를 타고 쉽게 갈 수 있는 곳이었다.

마샤는 이 소중한 두 계획 사이에 적절한 시간적 간격을 두기 위해, 병원에서 진료를 받은 뒤 일주일을 기다렸다가 날씨가 좋은 오후에 두 번째 계획을 실행에 옮겼다. 버스는 거의 비어 있었고 여자 안내원은 친절하고 똑똑해서 마샤가 목적지로 가려면 어느 정류장에서 내리는 것이 가장 편리한지 잘 알고 있었다. 하지만 마샤의 버스표를 검표하고 난 안내원은 병원에서 만났던 옆자리 여자처럼 수다를 떨고 싶어 하는 기색이 역력했다. 그녀는 그 거리에 아주 멋진 저택이 여러 채 있다면서 마샤의 지인이 그곳에 사는지 알고 싶어 했다. 하지만 마샤에게 그런 지인이 있을 것 같아 보이지 않았는지, 마샤가 혹시 그곳에 일자리를 알아보러 가는 길은 아닌지 궁금해했다. 끔찍한 일이었다. 사람들은 왜 남의 일에 쓸데없이 호기심을 품고, 원하는 대답을 듣지 못하면 기다렸다는 듯이 자기 개인사를 털어놓고 싶어 할까? 안내원도 자기 남편이나 아이들 같은, 마샤가 전혀 알 수 없는 사실에 대해 꽤 길게 얘기를 늘어놓았다. 마침내 버스는 정류장에 도착했고 마샤는 버스에서 내려 햇볕이 내리쬐는 도로를 따라 걷기 시작했다.

그 집은 이웃집들과 마찬가지로 웅장해서 스트롱 씨의 품위에 어울린다고 할 만한 저택이었다. 앞쪽 정원에는 관목들이 있었다. 마샤는 오월의 나도싸리나무와 라일락을 상상했으나 팔월 초인 지금은 그다지 감탄할 만한 모습이 아니었다. 저택 뒤쪽의 정원이 더 넓어 보였으므로 그녀는 거기 장미나무가 있으리라고 짐작했다. 그러나 눈에 보이는 것은 거대한 나무의 가지에 달린 그네가 전부였다. 물론 스트롱 씨에게는 가정이 있고, 자녀도 있었다.[27] 지금은 온 가족이 바닷가로 휴가를 떠났으므로 집에는 아무도 없었고, 그 덕분에 마샤는 길에 서서 창을 가린 윌리엄 모리스[28] 디자인의 세련된 커튼을 볼 수 있었다. 레이스 커튼은 보이지 않았으나 다시 생각해보니 레이스 커튼은 스트롱 씨에게 어울리지 않는 것 같았다. 마샤에게는 어떤 구체적인 생각이 있는 것은 아니었고, 그저 길에 서서 바라보는 것으로 충분했다. 그 뒤에 버스 정류장으로 걸어가 삼십 분 넘게 버스를 기다렸지만 버스가 연착되고 있다는 데에는 생각이 미치지 않았다. 한참 시간이 흘렀으나 버스는 오지 않았다. 그러다가 마침내 집으로 돌아온 마샤는 차를 끓이고 달걀을 한 개 삶았다. 음식을 많이 먹으라던 젊은 의사의 조언을 기억했고 스트롱 씨도 틀림없이 그 조언에 동의하리라 확신했다.

다음 날 마샤가 출근했을 때 동료들은 휴가를 어떻게 보냈는지 물었다. 하지만 그녀는 대답을 얼버무리며 사람들이 늘 그러듯이 날씨가 좋았고 잘 쉬었다고 대답했다.

27) 스트롱 씨 같은 지위의 남자는 당시 영국 사회에서 가장 바람직하고 일종의 특권으로 여겨진 '결혼'을 해서 가정이 있고 자녀도 있었다는 의미임. 이 소설에 나오듯이 당시에는 마샤와 레티처럼 결혼하지 못하고 홀로 사는 사람이 많았음.

28) William Morris(1834-1896): 영국 공예가, 시인, 사상가. 산업혁명으로 인한 예술의 기계화에 반발하여 손작업의 중요성을 강조했다. 도판, 벽지, 직물, 스테인드 글라스 등을 디자인했다.

노먼의 휴가 첫날은 눈부시게 화창한 날이었다. 시골이나 바닷가로 피서를 가거나 연인과 손을 잡고 큐 왕립 식물원에서 산책을 즐기기에 좋은, 그런 날이었다.

하지만 아침에 눈을 뜨고 오늘은 출근하지 않아도 된다는 것을 깨달았을 때, 노먼의 머리에는 이런 아이디어가 하나도 떠오르지 않았다. 아무튼 시간은 많았으므로 그는 먼저 여느 때처럼 콘플레이크나 올브랜 시리얼로 대충 때우기보다 베이컨과 달걀, 토마토와 버터로 구운 식빵 등을 갖춰 제대로 된 아침 식사를 차려 먹기로 했다. 그렇게 그는 노엘 카워드[29]의 연극에 나오는 등장인물처럼 파자마와 가운 차림으로 느긋하게 아침을 먹었다. 그들이 지금 내 모습을 보면 놀라겠지? 그는 에드윈, 레티 그리고 마샤를 떠올렸다.

그는 지금 화려한 레이온 새틴 천에 고동색과 '무광 주황색' 기하학적 무늬가 있는 가운을 입고 있었다. 노먼은 상점에서 할인 판매할 때 산 이 옷을 입은 자기 모습이 보기 좋은 것 같았고, 설명하기는 어렵지만 이 가운 덕분에 자신이 괜찮은 분위기를 풍기는 것 같았다. 그는 에드윈에게 이런 가운이 없으리라 확신했다. 아마도 그에게는 학창 시절부터 입던 낡은 격자무늬 모직 가운밖에 없으리라. 레티는 틀림없이 그가 일전에 켄을 병문안하러 갔을 때 여자 병실을 지나가면서 봤던, 프릴 달린 맵시 있는 가운을 걸

29) Noel Coward(1899-1973): 영국의 극작가이자 배우.

치곤 하리라. 하지만 마샤의 가운에 대해서는 생각조차 하기 싫었다. 묘하게도 그는 마샤가 떠오르면 급히 방향을 바꿔 다른 생각을 하곤 했다. 그때 튀김 냄새가 난다고 투덜대는 집주인 아주머니 불평 소리가 들렸고, 그의 생각은 이내 현실로 돌아왔다.

노먼은 휴가를 대부분 이렇게 빈둥거리며 보냈다. 사실을 말하자면 그는 일하지 않을 때 여가를 즐기는 데 익숙하지 않았다. 지난주에는 치과에 가서 새 의치를 잇몸에 맞게 조정하고 그 의치로 음식 씹는 훈련을 해야 했다. 요크셔 출신 치과 의사는 지나치게 쾌활해서 노먼의 취향에 맞지 않았다. 그리고 건강보험에 가입돼 있어도 이 상당히 불편한 치료에 꽤 큰 금액을 치러야 했다. 이건 별로 달갑지 않은 일이야! 그는 비통한 마음으로 투덜거렸다. 이제 겨우 적응돼 수프나 마카로니 치즈 말고 다른 음식을 먹어보기로 작정할 무렵 노먼은 출근하기로 했다. 휴가가 며칠 더 남아 있었으나 '언제 또 휴가가 필요할지 모른다'고 생각해서 아껴두기로 했던 것이다. 그러나 한편으로는 남은 휴가가 요긴하게 쓰이지 못하고 가을철 길에서 굴러다니는 낙엽 더미처럼 쓸모없이 쌓여 있게 되리라는 것을 그 자신도 알고 있었다.

여섯

레티는 데이비드 라이델과 결혼할 거라는 마조리의 편지를 받았을 때 별로 놀라지 않았다. 그녀는 그 이유를 알 수는 없었지만 시골에 살면 그처럼 짧은 기간에 그처럼 많은 변화가 일어날 수도 있는 모양이라고 생각했다.

“데이비드와 나는 둘 다 외로운 사람들이잖아. 그래서 같은 처지에 있는 사람끼리 서로 많은 걸 줄 수 있다는 걸 깨달았어.” 마조리는 편지에 그렇게 썼다.

레티는 자기 친구가 외로울 수도 있다는 생각을 해본 적이 없었다. 평화로운 시골에서 사는 과부의 삶이 늘 부러웠고, 그 작은 마을에서는 소소하지만 그래도 관심을 끌 만한 흥미로운 일도 자주 일어날 것만 같았던 것이다.

“목사관은 아주 불편해.” 그녀의 편지는 계속됐다. “손봐야 할 부분이 ‘엄청나게’ 많지. 그리고 너 이거 알아? 부동산 중개인 말로는 우리 집을 팔면 이만 파운드나 받을 수 있대! 그렇기는 해도…. 너도 눈치챘겠지만 지금 내게는 딱 한 가지 걱정거리가 남아 있어. 그건 바로 사랑하는 내 친구인 네 거취야. 네가 은퇴 후에 목사관에 와서 우리와 함께 살기는 어려울 거야(너도 그걸 원치 않겠지). 그래서 말인데… 나는 네가 홈허스트에 들어가면 어떨까 싶어. 오래지 않아 (한 사람이 '숨을 거둬서') 거기 빈방이 하나 날 것 같거든. 너만 좋다면 어서 알려줘. 왜냐면…." 이 대목에서 편지는 이런저런 세부 사항을 장황하게 늘어놓았는데, 요점은 홈허스트의 운영 책임자가 그녀의 친지여서 자기가 힘을 써서 '레티를 그곳에 넣어줄 수 있다'는 것이었다. 홈허스트는 '개인적인' 추천을 받아 엄선된 신청자만이 들어갈 수 있는 곳이므로 양로원과는 전혀 다르다고도 했다….

레티는 편지의 나머지 부분은 읽는 둥 마는 둥 했다. 편지에서는 마치 소녀처럼 한껏 들뜬 마조리의 열정이 느껴졌다. 하긴 예순 살이 넘은 여자도 사랑에 빠지면 열아홉 소녀처럼 황홀경에 빠지지 말라는 법은 없다. 레티가 대강 훑어본 마조리의 편지 마지막 장에는 데이비드가 대단히 좋은 사람이라는 것, 전에 있던 교구에서는 그가 제대로 인정받지 못한 탓에 대단히 외로웠고 지금 그 마을에서도 몇몇 사람은 그에게 불친절하다는 것, 마지막으로 두 사람의 사랑은 매우 강하므로 나이 차이("물론 나는 그보다 열 살 넘게 나이가 많지만")는 조금도 문제 되지 않는다는 것을 설명해놓았다. 그들의 나이 차이는 십 년이 아니라 이십 년이 아닌가 하는 생각이 언뜻 들었지만, 레티는 도저히 이해할 수 없는 그들의 사랑을 있는 그대로 받아들일 준비가 돼 있었다. 요컨대 그녀에게 사랑은 그녀가 살면서 한 번도 경험해보지 못한 미스터리였다. 젊은 시절에는 누군가를 사랑하고 싶었고, 당연히 그래야 한다고 믿었다. 그러나 그런 일은 일어나지 않았다. 결국 그녀는 뭔가 부족한 삶에 익숙해져야 했고 이제는 사랑을 생각조차 하지 않게 됐다. 하지만 마조리가 아직도 사랑할 수 있는 나이라는 사실이 당혹스러웠고, 조금 충격적이기까지 했다.

그녀는 마조리를 만나러 가는 길에 여러 번 지나쳤던 넓은 잔디밭 딸린 커다란 붉은 벽돌집 홈허스트를 머리에 떠올렸다. 물론 그곳에 입주하고 싶은 생각은 전혀 없었다. 한번은 홈허스트를 지나다가 우연히 나무 울타리 사이로 바깥을 내다보고 있는 한 노파의 얼굴을 본 적이 있었다. 그때 그 노파의 혼란스러운 표정이 아직도 그녀의 뇌리에서 떠나지 않고 있었다. 그녀는 이제 얼마 후에 은퇴하겠지만, 은퇴 후에도 당분간은 지금의 단칸방에서 지내기로 마음먹었다. 런던 시내에서도 박물관, 미술관, 연주회, 극장을 찾아다니며 얼마든지 유쾌한 나날을 보낼 수 있으리라. 런던을 떠나 시골에 사는 교양 있는 사람들이 늘 그리워하고 못 잊는다는 이런 문화생활을 마음껏 누릴 참이었다. 마조리에게는 당연히 답장을 보낼 것이다. 무엇보다도 친구의 결혼을 축하(라는 표현이 맞을 것이다)해주고, 레티 자신의 은퇴 후 계획에 차질이 빚어진 것을 미안해하지 말라고 쓸 것이다. 하지만 서둘러 답장을 보낼 필요는 없을 것 같았다.

퇴근길에 레티는 지하철역 근처에 손수레를 세워놓고 꽃을 파는 상인을 보았다. 그러자 집주인 여자가 세입자들을 초대한 저녁 커피 모임에 들고 갈 꽃다발을 사야겠다는 생각이 들었다. 일 년 내내 피는 국화 말고 아네모네나 제비꽃처럼 송이가 작고 너무 야단스럽지 않은 꽃을 사고 싶었지만, 그런 꽃은 없었다. 청록색이나 진분홍색으로 물들인 데이지 비슷한 꽃은 값이 쌌지만, 레티는 차마 그런 걸 살 수는 없어서 결국 아무것도 사지 않았다. 레티가 집에 거의 도착했을 무렵, 같은 집에 사는 헝가리 출신 마르야가 그녀를 바로 뒤따라왔다. 마르야의 손에는 레티가 사지 않았던, 청록색 꽃다발이 들려 있었다.

"이 꽃 좀 봐요. 참 예쁘죠?" 마르야가 신이 나서 말했다. "게다가 십 펜스밖에 안 하더라고요. 미스 엠브리가 오늘 저녁 커피 모임에 우리를 초대했잖아요. 꽃을 사 가야겠다고 생각했어요."

레티는 늘 그러듯이 오늘도 마르야가 자기보다 더 영악스럽게 처신한다는 것을 인정할 수밖에 없었다. 그녀는 세입자들이 공동으로 사용하는 화장실에 물이 뚝뚝 떨어지는 빨래를 여기저기 걸어놓기도 했고, 실수인 척하며 별 읽을거리가 없는 자기 신문 대신 레티의 『데일리 텔레그래프』를 들고 가기도 했다.

집주인 미스 엠브리는 일층에 살았다. 약속 시간인 오후 여덟 시 삼십 분이 되자 세 명의 세입자—레티, 마르야, 미스 엘리스 스퍼전—는 굴에서 기어 나오는 동물처럼 각자 방에서 나와 계단을 내려갔다. 미스 엠브리가 건네주는 크라운 더비[30) 잔에 든 커피를

30) Crown Derby: 더비산(産) 도자기. 왕실이 인가했다는 의미의 왕관 표시가 있음.

받아 들면서 레티는 역시 집주인이라 신경 써서 장만한 듯한 좋은 '세간'을 갖췄다고 생각했다. 그런데 집주인 말을 들어보니 그녀는 이제 이 멋진 세간을 가지고 레티가 입주하기를 거부하는 바로 그곳일지 모르는 어느 시골 양로원으로 들어가려 한다고 말했다.

"내 남동생이 수고스럽게도 이 일을 전부 주선해줬다오." 미스 엠브리는 이 소식을 세입자들에게 전하며 흡족한 듯 미소 지었다. 자기 세입자들에게는 그런 일을 대신 해줄 남자가 없다는 사실을, 그녀는 의식하고 있을 것이다. 세입자들은 하나같이 결혼하지 않고 혼자 사는 여자들이었고 친척을 포함해 그들을 찾아오는 사람 중에 남자는 한 명도 없었다.

"우리 아서가 '모든 일'을 아주 잘 처리했어요." 미스 엠브리가 힘줘 말했다. 그녀가 말하는 '모든 일'에는 집 문제도 포함돼 있었다. 즉 집을 팔았으되 상당히 이례적인 일이지만 매입자가 세입자들을 모두 떠안는다는 조건을 받아들였다고 했다.

"그럼, 새 집주인은 어떤 사람이죠?" 세입자들의 생각을 대변하듯 처음 입을 뗀 사람은 미스 스퍼전이었다.

"아, 대단히 훌륭한 신사예요." 미스 엠브리가 더없이 온화한 태도로 대답했다. "그분 가족이 일층과 지하실을 쓴다고 했어요."

"식구가 많은가 보죠?" 마르야가 물었다.

"내가 알기로는 가까운 친척이 그와 함께 살 거예요. 세상 어디에선가 친족 간의 친밀한 유대가 아직도 그렇게 존중받고 있다는 건 좋은 일이지요."

이 말을 듣자마자 레티는 주저하며 혹시 그 새 집주인이 영국인이 아니냐고, 다시 말해서 외국인이냐고 물었고, 미스 엠브리도 레티와 마찬가지로 신중한 태도로 '말하자면 그렇다'고 했다.

"그 사람 이름이 뭔가요?" 마르야가 물었다.

"야곱 올라턴드 씨예요." 미스 엠브리는 마치 발음 연습을 미리 해뒀다는 듯이 철자를 하나하나 주의해서 발음했다.

"그럼, 흑인이네요?" 이렇게 직설적인 질문을 서슴없이 한 사람은 역시 헝가리 출신 마르야였다.

"그분 피부색이 우리가 흔히 말하는 흰색이 아닌 것은 분명합니다. 하지만 우리 중에 누구 피부가 진짜로 흰색이라고 말할 수 있지요?" 여기까지 말한 미스 엠브리는 세 세입자를 한 사람씩 바라봤다. 핑크색 피부의 레티, 누르스름한 올리브색 피부의 마르야, 담황색 피부의 미스 스퍼전, 이들의 피부색은 서로 많이 달랐다. "모두 알다시피 나는 중국에서 산 적이 있어요. 그래서 피부색은 나에게 의미가 없지요. 새 집주인 올라턴드 씨는 나이지리아 출신이에요." 그녀가 분명한 말투로 딱 부러지게 말했다.

미스 엠브리는 몸을 뒤로 기대며 두 손을 포갰다. 그녀의 창백한 손에서 갈색 반점이 눈에 띄었다. 그녀가 커피를 더 권했다.

마르야만이 "이처럼 맛있는 커피" 운운하는 아첨 섞인 말을 입속으로 중얼거리며 커피를 더 달라고 했다. 미스 엠브리는 미소 지으며 그녀에게 커피를 한 잔 더 따라줬다. 그것은 사실 그녀 자신이 원해서 초대한 손님들에게 내는, 갓 갈아놓은 비싼 원두 커피가 아니었다. 하지만 마르야가 가져온 기이한 색으로 물들인 꽃도 자기 거실을 꾸미는 데에는 절대로 쓰지 않을 터였으므로 어떻게 보면 피장파장이었다.

"자, 그러면 이제 얘기는 다 끝난 것 같군요." 오늘 회의를 주재한 미스 엠브리가 폐회를 선언했다. "올라턴드 씨는 성 미카엘 축일[31]부터 여러분의 집주인이 될 거예요."

세입자들은 돌아가는 길에 계단에 서서 얘기를 나눴다.

"나이지리아는 최근까지도 영국령이었잖아요? 그걸 잊어서는 안 돼요." 미스 스퍼전이 말했다. "지도에도 전에는 핑크색으로 표시돼 있었죠. 오래된 지도책에는 아직도 그렇게 돼 있더군요."

그러나 레티는 현재 돌아가는 상황으로 봐서 핑크색은 어디에도 없다고 생각했다. 그날 밤, 잠을 이루지 못하며 침대에 누워 있던 그녀는 지나온 일생이 눈앞에서 주마등처럼 펼쳐지는 듯한 기분을 느꼈다. 물에 빠져 죽어가는 사람이 이런 경험을 한다던데… 하는 생각이 뇌리를 스쳤다. 그녀는 실제로 물에 빠져본 적도 없었고, 앞으로도 그럴 일은 없을 터였다. 죽음이 닥쳐온다 해도 이와는 다른 형태로, 즉 그녀 같은 사람에게 더 '어울리는' 형태로 오지 않을까? 아무튼 그녀가 물에 빠져 죽는 일은 절대 없으리라.

"아, 이런, 이런! 하긴 불운은 한꺼번에 닥친다더니." 이튿날

31) Michaelmas quarter day: 9월 29일을 말한다.

아침 사무실에서 레티가 자신의 은퇴 후 계획에 새로운 변수가 생겼음을 털어놓았을 때 노먼이 말했다. "친구의 결혼 소식에다 이번에는 그런 일까지…. 그다음엔 또 무슨 일이 생기려나? 세 번째 일이 반드시 일어날 테니 두고봐요."

"그래, 안 좋은 일은 세 가지가 한꺼번에 온다고들 하지." 에드윈이 말을 받았다. 다른 사람의 불행을 보면 어쩔 수 없이 흥미가 생기고, 인정하기 어렵지만 심지어 기쁨조차 느껴지기도 한다. 에드윈도 아주 잠시 그런 걸 느꼈지만, 이내 머리를 흔들고는 레티에게 닥칠지 모르는 세 번째 재앙이 무엇인지 생각해봤다.

"당신도 결혼할 예정이라는 말은 제발 하지 말아요." 노먼이 놀리듯 말을 이었다. "그거야말로 세 번째 불운이 될 테니까."

이런 얘기를 들으면 으레 미소로 답하는 법이므로 레티는 이 황당한 제안에 미소로 답해야 했다. "흠, 그럴 가능성은 전혀 없어요." 그녀가 대꾸했다. "하지만 내가 원한다면 아직은 시골로 내려가서 거기서 살 방도는 있어요. 그 마을에 괜찮은 시설이 하나 있는데, 그곳 방을 하나 얻을 수 있대요."

"양로원 말이오?" 노먼이 곧바로 반문했다.

"정확히 말하면 양로원은 아니에요. 각자 자기 가구를 가지고 들어갈 수 있다니까."

"자기 가구를 가지고 들어갈 수 있는 양로원이라…. 그러니까 이런저런 잡동사니나 손때 묻은 물건을 버리지 않고 그대로 간직할 수 있다는 거군요." 노먼이 말했다.

"하지만 런던에 있는 그 방을 꼭 떠날 필요는 없지 않소?" 에드윈이 끼어들었다. "새 집주인이 좋은 사람일 수도 있으니까. 우리 교회에도 서아프리카 출신 교우들이 많이 들어왔는데, 그 사람들은 교회 예식에 호의적으로 성실히 참석하더군요. 전례나 교회 행사도 좋아하고…."

그러나 에드윈의 말은 레티에게 별 도움도, 위로도 되지 못했다. 그 점, 즉 전례와 행사를 좋아하는 바로 그것이 걱정이었다. 사무실에서 일하는 흑인 소녀만 봐도 알 수 있듯이, 레티 자신의 기질과 달리 요란하고 생동감 넘치는 그들의 기질이 바로 그녀가 걱정하는 점이었다. "아, 하지만 그 사람들 생활 방식은 레티와 아주 다를 걸요." 노먼이 말했다. "그게 문제지. 음식을 조리할 때 나는 냄새 같은 것 말예요. 나도 단칸방에 사니 그런 고충을 잘 알지요."

사무실에서 오가는 이런 얘기를 들으면서도 마샤는 한 마디도 하지 않았다. 그녀 마음속에는 비록 심각하지는 않아도 한 가지 두려움이 있었다. 그것은 어쩌면 자기 집 빈방 하나를 레티에게 내줘야 하는 일이 생길지도 모른다는 걱정이었다. 어쨌든 레티는 늘 그녀에게 친절했고, 퇴근 전에 차를 한 잔 끓여주겠다고 말한 적도 있었다. 비록 그 제안을 받아들이지는 않았지만 마샤는 레티의 친절을 잊지 않았다. 하지만 그렇다고 해서 레티가 은퇴한 뒤 기거할 곳을 제공해줘야 할 의무가 그녀에게 있는 것은 아니었다. 마샤에게 그것은 불가능한 일이었다. 그녀는 누구와도 함께 살 수 없었다. 두 여자가 주방 하나를 함께 쓰다니…. '그럴 수는 없다'고, 그녀는 다짐하듯 속으로 중얼거렸다. 그녀는 주전자에 물을 끓이거나 토스트를 한 쪽 구울 때 말고는 주방을 별로 사용하지 않는다는 사실을 잊고 있었다. 하지만 식품 통조림들을 보관하는 수납장을 사용하는 방식이나 빈 우유병들을 정리해두는 방식도 문제가 될 테고, 그 밖에도 화장실을 사용하는 방식이라든가 세면도구를 정리하는 방식 등 이런저런 극복하기 어려운 문제가 생길 것이 틀림없었다. 혼자 사는 여자들은 이 세상에서 살아갈 길을 스스로 개척하게 마련이니, 레티도 역시 그 정도야 알고 있을 터였다. 설사 그녀가 스스로 그 길을 개척하기 어렵더라도 그녀 주변에 제니스 브레이브너 같은 인물이 있어서 사적인 질문이나 어리석은 제안을 하기도 하고, 그녀가 원치 않는 일을 하라고 종용하지 않겠는가? 자기 집이 있고 그 집에서 혼자 산다고 해서 레티에게 빈방을 내줄 의무는 없다고, 마사는 생각했다. 이런저런 생각을 하다 보니 마음속에서 화가 치밀어 마사는 스스로 물었다. '대체 내가 왜 그래야 하는데?!' 하지만 이 질문에 답은 없었다. 그리고 애초에 아무도 그런 질문을 하지도 않았다. 레티 자신은 물론이고 아무도 그런 일은 생각조차 하지 않을 테니까.

"시간을 두고 생각해보려고요." 레티가 분별 있게 말했다. "아무튼 이 무더운 팔월에 방을 구하러 다니고 싶지는 않아요. 시기가 안 좋으니까."

"맞아요, 팔월은 사악한 달이지요." 노먼이 어디선가 봤던 구절을 인용해 말했다.

사악하다기보다는 불편한 달이지, 라고 에드윈은 생각했다. 오늘—팔월 십오 일—은 성모승천 대축일이어서 오후 여덟 시에 장엄미사가 있었다. 서아프리카 출신 성실한 교우들이 있다 해도 필요한 전례 도우미 수를 채우기는 어려울 것 같았다. 이 더운 여름날 저녁 미사에 나오기를 꺼리는 사람이 많았다. 로마 교황청은 좀 더 편리한 시기를 골라야 하지 않았나 싶었다. 하지만 성모승천의 기본 교리는 1950년에 선포됐고, 이십 년 전인 당시 이탈리아에서 신앙생활은 1970년대인 지금 영국에서의 신앙생활과 사뭇 달랐을 것이다. 영국 국교회의 앵글로 가톨릭파가 아무리 가톨릭의 전통을 중시한다 해도 요즘은 영국인들은 대부분 교회에 가지 않고, 특히 팔월에는 휴가를 많이 떠나므로 필요한 전례 도우미 수를 채우기가 더 어려워진 것 같았다. 가톨릭 성향이 짙은 앵글로 가톨릭파인 G. 신부를 향해 '지나치게' 도를 넘는다고 비난하는 사람도 더러 있었다. 하지만 물론 에드윈은 오늘 저녁에도 고작 두세 명이 자리를 지키고 있을 그곳에 있을 터였고, 무엇보다 중요한 것은 바로 그 사실이었다.

"어쩌면 내가 올라턴드 씨와 잘 지낼 수 있을지도 모르죠." 레티가 밝고 씩씩한 목소리로 말했다. "어쨌든 서둘러 결정하지는 않으려고 해요."

일곱

미스 마샤 아이보리 집을 방문할 때면 제니스는 늘 마음을 단단히 먹어야 했다. 마샤는 그녀가 담당한 다른 할머니들과 달랐다. 사실 '할머니'라는 표현 자체가 그녀를 묘사하기에 적절치 않아 보였고, 그렇다고 해서 괴팍하거나 밉지 않은 괴짜 노인이라고 말하기도 어려웠다. 복지 관련 봉사 일을 하다 보면 늘 이런 부류 대상자가 있었다. 하지만 이 상황을 도전으로 받아들이는 제니스는 마샤를 설득하고 그녀가 무슨 생각을 하는지 이해하려고 노력해야 했다.

제니스는 다음 방문을 저녁 시간보다 토요일 오전에 하기로 정했다. 경험에 비춰 볼 때 직장에 다니는 사람들은 토요일 아침에는 대개 집에 있고, 비록 마샤는 그러지 않았지만 적절한 시간대에 방문하면 커피를 대접하는 사람도 있었다. 마샤도 최소한 문은 열어주지 않았던가? 그만 해도 다행이라고, 그녀는 생각했다.

"요즘 어떻게 지내세요?" 들어오라는 말은 없었지만 현관 안으로 한 걸음 들어서며 제니스가 물었다. '접근하는 것', 그것은 아주 중요한 일이었다. "집안일은 혼자서 잘 해내고 계신가요?" 현관 복도의 장식용 탁자에 쌓여 있는 먼지를 보면 설명이 필요 없었고, 바닥에도 지저분한 먼지와 흙이 쌓여 있었다. 먼지가 이렇게 많이 쌓였을 수도 있구나 하는 생각에 제니스는 자기도 모르는 사이에 미소가 떠올랐다. 그러나 이 상황에서 미소를 지어서는 물론 안 됐다. 제니스는 마샤가 어떻게 사는지 진심으로 걱정스러웠다. 그녀가 사람을 불안하게 하는 시선으로 빤히 바라보지만 말고 하다못해 틀에 박힌 말이라도 한마디 해주기를 바랐다. 그런데 가만히 보니 현관 복도에 있는 의자 위에 장바구니가 놓여 있었다. 이것이 대화를 시작할 계기가 될 수 있겠다 싶어 제니스는 안도하며 얼른 말을 꺼냈다.

"장을 보셨나 봐요."

"네, 토요일이 장 보는 날이에요."

이것은 고무적인 일이었다. 마샤도 다른 여자들과 마찬가지로 장 보는 날을 정해둔 것이다. 하지만 대체 뭘 샀을까? 얼핏 보니 통조림뿐인 것 같았다. 이 대목에서 요령 있는 핀잔이나 친절한 조언이 필요해 보였다. 완두콩 통조림보다는 양배추 한 포기라도 신선한 채소가 낫고, 복숭아 통조림보다는 사과나 오렌지가 나을 것이다. 과연 마샤에게 몸에 좋은 음식을 살 돈은 있을까 걱정되기도 했지만, 한편으로는 어쩌면 그녀가 몸에 좋은 식사를 하는 데 별로 관심이 없을지도 모른다는 생각도 들었다. 그것이 바로 제니스가 담당한 대상자들의 짜증 나는 점이었다. 하지만 마샤는 얼마 전까지 병원에 있었다. 그러니 아직은 정기적으로 의사를 찾아가 진료를 받을 것이 당연했다. 그렇다면 담당 의사는 그녀의 식단에 관해 묻고 관리하지 않았다는 말인가?

"나는 늘 집에 통조림 식품을 많이 비축해두고 있어요." 제니스가 신선한 식품이 몸에 더 좋을 거라고 말하려는 순간, 마샤가 다소 딱딱한 태도로 말했다.

"아, 네, 물론 통조림은 아주 유용하죠. 특히 밖에 나갈 수 없거나 가게에 가기 싫을 땐 더없이 편리해요." 다른 사람의 안내나 조언 따위가 먹히지 않는 마샤 같은 사람에게는 아무리 우겨봐야 소용없는 일이다. 그녀는 마샤가 간섭하기보다는 잠자코 지켜봐야 하는 대상자임을 깨달았다. 그러니 집안일을 언급하거나 지적하지 않는 편이 낫겠다 싶었다. 실제로 집안일에 신경 쓰지 않는 사람도 많지 않은가?

"그럼, 안녕히 계세요." 제니스가 작별 인사를 했다. "나중에 다시 들를게요."

제니스가 가고 난 뒤 마샤는 장바구니를 주방으로 가지고 가서 내용물을 꺼냈다. 그녀는 매주 식료품 수납장에 넣을 통조림을 몇 개씩 사 왔고, 지금은 그것들을 정리하는 데 공을 들이고 있었다. 이 일에는 많은 노력이 필요했다. 통조림을 크기뿐 아니라 종류에 따라 고기류, 생선류, 과일류, 채소류, 수프류, 기타로 나눠 정리해야 했다. 마지막 범주, 즉 기타에는 분류할 수 없는 품목, 예를 들면 토마토 퓌레, 포도나무 잎으로 싼 요리(이것은 충동 구매한 상품이었다), 타피오카 푸딩 등이 포함돼 있었다. 이런저런 통조림을 분류하는 데에는 꽤 시간이 걸렸으나 마샤는 이 일을 즐겼다.

그날은 날씨가 좋았으므로, 마샤는 통조림 정리 작업을 마치자 곧바로 마당으로 나갔다. 오랫동안 깎지 않아 잎이 길게 자란 잔디밭을 지나 그녀는 우유병을 모아둔 헛간으로 갔다. 이 우유병들도 가끔 점검해야 했고, 때로는 쌓인 먼지도 털어줘야 했다. 때로 우유병 한 개를 우유 배달부에게 내주는 경우도 있었지만, 그녀는 헛간 안의 우유병 비축량이 일정한 높이를 밑돌지 않게 늘 조심했다. 요즘에는 매우 흔한 일이 돼버린 국가 비상사태가 발생하거나 심지어 전쟁이 발발하면 우유병이 부족해질 수 있고, 지난 전쟁 때 슬로건처럼 'No bottle, no milk(병이 없으면 우유도 없다)' 상황에 빠질지도 모르는 일이었다. 마샤는 병 사이를 이리저리 다니다가 줄줄이 쌓여 있는 'United Dairy(연합 유제품)' 브랜드 우유병 가운데 처음 보는 브랜드의 우유병이 하나 끼어 있는 것을 발견했다. 그 병에는 'County Dairy(시골 유제품)'라고 쓰여 있었다. 이건 대체 어디서 났을까? 전에는 알아보지 못했다. 그리고 우유 배달원도 자기 회사 우유병만 받으니 이 병은 회수해 가지 않을 것이다. 그녀는 병을 손에 든 채 이것이 대체 어디서 났는지 기억해내느라 한동안 눈살을 찌푸린 채 꼼짝도 하지 않고 서 있었다. 그러다가 문득 기억이 떠올랐다. 사무실에서 레티가 그녀에게 우유병을 건넨 적이 있었다. 그녀는 시골에 사는 친구에게 가서 며칠 머물다 오면서 그곳 우유를 한 병 가져왔고, 점심 식사 때 자기가 마시고 난 나머지를 마샤에게 줬다. 그랬다. 바로 그 우유병이었다. 마샤는 이 생소한 우유병을 자신에게 떠맡긴 레티에 대해 갑자기 짜증이 솟구쳤다. 이 빈 병은 레티에게 반드시 돌려줘야 했다.

우유병 한 개를 손에 들고 나오는 마샤를 보고 마침 정원에 나와 있던 옆집 남자 나이젤은 아내 프리실라가 늘 권했던 대로 이웃에게 친절함을 과시할 좋은 기회라고 생각했다.

"미스 아이보리, 제가 그 댁 잔디를 좀 깎아드릴까요?" 울타리 쪽으로 한 걸음 다가서며 그가 물었다. "잔디 깎는 기계를 꺼낸 김에 해드리려고요." 하지만 사실대로 말하자면 마샤 집의 길게 자란 잔디를 깎으려면 기계보다는 낫을 쓰는 편이 나을 것 같았다.

"고맙지만 사양할게요." 마샤가 정중하게 거절했다. "그냥 이대로가 좋아요." 말을 마친 그녀는 지체 없이 집 안으로 들어가 버렸다. 그녀는 우유병 때문에 레티에게 난 화가 아직 풀리지 않았다. 이제 레티에게 방을 하나 내주는 일에 대해서는 두말할 여지가 없었다. 그녀는 한 지붕 밑에서 함께 살 만한 부류의 사람이 아니었다.

그날 저녁 레티는 바깥에서 나는 시끌벅적한 소리를 들으며 자기 방 안에 앉아 있었다. 그것은 요란한 파티 정도가 아니었다. 찬송가 부르는 소리, 기쁨에 넘쳐 고함을 지르는 소리…. 미스 엠브리가 웅얼거렸듯이 새 집주인 올라턴드 씨는 '알라두라'[32]라는

32) Aladura: 기도하는 사람들을 뜻함.

아프리카 기독교 종파의 사제였던 것이다. 하지만 종파의 명칭은 아무래도 좋았다. 문제는 그 집에 끊임없이 드나드는 사람들과 그들이 종교 모임을 진행할 때 내는 소리였다. 이제야말로 레티는 진짜로 물에 빠져 죽어가는 사람이 된 것 같았다. 여태까지 살아온 과정의 모든 사건, 특히 자신이 이 지경에 몰리게 된 원인이라 할 사건이 눈앞에 펼쳐졌다. 1914년 잉글랜드 서부에 있는 몰번의 중산층 영국인 가정에 태어난 영국 여성인 그녀가 지금 열광적으로 고함을 지르며 찬송가를 부르는 나이지리아인들에게 둘러싸인 런던 시내의 작은 방 안에 속수무책으로 앉아 있다니…. 어쩌다가 이 지경이 됐을까? 이건 분명히 그녀가 결혼하지 않은 탓으로 생긴 일이었다. 어떤 남자도 그녀를 주일에만 경건하고 차분한 찬송가 소리가 들리고, 아무도 미친 듯이 고함치지 않는 어느 조용한 교외로 데려가 안전하게 지낼 수 있게 해주지 않았다. 왜 이렇게 됐을까? 사랑이 결혼에 꼭 필요한 조건이라고 믿었던 탓일까? 지난 사십 년 삶을 돌아보니 이제는 그렇게 확신할 수 없었다. 진정한 사랑을 찾는다며 허비한 그 모든 시간! 이런 생각을 하는 동안 실내는 어느새 조용해졌고, 그 잠깐의 잠잠한 틈을 타서 그녀는 용기를 내 아래층으로 내려갔다. 그리고 자신이 너무 소심하다고 느끼며 올라턴드 씨네 문을 두드렸다.

"저기…. 소리를 조금만 줄여주시면 안 될까요?" 그녀가 물었다. "이 건물에는 그런 소리가 방해된다고 느끼는 사람도 있으니까요."

"기독교란 게 본디 방해되는 것이지요." 올라턴드 씨가 대답했다.

레티는 예상치 못했던 그의 말에 뭐라고 대답해야 좋을지 몰라 아무 말도 하지 못했다. 그러자 올라턴드 씨가 만면에 미소를 지으며 말을 이었다. "당신도 기독교 여성인가요?"

레티는 대답을 망설였다. 그녀는 즉각 본능적으로 "그렇다."라고 대답하려 했다. 그녀 자신이나 자신이 속한 계층이 딱히 그렇게 표현하지는 않겠지만, 물론 그녀는 기독교 여성이었다. 그녀가 믿는 기독교—전반적으로 너무 튀지 않고, 늘 격식을 차리는 점잖은 종교이며, 절제된 의식을 치르고, 세상 모든 사람에게 온화하고 보편적이며 부담스럽지 않은 친절을 베푸는 종교—를 이 활력과 열정 넘치는 흑인에게 어떻게 설명해야 할까? "어… 죄송해요." 그녀가 말했다. "사실 불평할 생각은 아니었…." 그러면 어떻게 할 생각이었다는 것인가? 만면에 미소를 가득 머금고 있는 사람들을 마주하자 그녀는 시끄럽다고 불평할 수가 없었다.

밝은색 긴치마를 입고 머리에 띠를 두른 잘생긴 여자가 한 걸음 앞으로 나섰다. "우리는 지금 저녁 식사 중이에요." 그녀가 말했다. "들어와서 함께 식사하지 않을래요?"

음식의 강한 향신료 냄새가 훅 끼쳐오자 노먼의 말이 생각났다. 레티는 그녀에게 정중하게 감사하다고 말하고는 이미 저녁을 먹었다고 덧붙였다.

"우리 나이지리아 음식이 입에 맞지 않으실 것 같군요." 올라턴드 씨가 당연하다는 듯 말했다.

“아마 그럴지도 몰라요.” 재촉하듯 계속해서 미소 짓고 있는 수많은 얼굴을 보고 당황한 레티는 자기도 모르게 한 걸음 뒤로 물러섰다. 우리가 모두 똑같을 수는 없겠지, 하고 하릴없이 생각했다. 에드윈이나 노먼이나 마샤라면 이런 상황에서 어떻게 했을지 궁금했지만, 그건 알 수 없는 일이었다. 다른 사람들의 반응을 미리 짐작할 수 없으나 에드윈이라면 기꺼이 그들과 섞여 식사했을지도 모르고, 심지어 그들 예배에 적극 참여했을지도 모른다. 평소에 홀로 있기를 좋아하는 노먼과 마샤도 의외로 이 친절한 사람들에게 이끌려 안으로 들어갔을지 모를 일이었다. 레티만이 고집스럽게 밖에 남아 있었다.

여덟

사무실에서는 이미 며칠 전부터 지금 레티가 처한 어려운 상황과 그녀가 앞으로 해야 할 일에 대해 많은 얘기가 오갔다. 그리고 시간이 흐름에 따라 그 문제는 더 절박해졌다. 미르야가 입주 가정부 일자리를 얻어 햄스테드의 한 가정으로 들어갔고, 미스 스퍼전은 양로원에 들어가기로 결정했던 것이다.

"이런, 이젠 그 집에 혼자 남았군요." 노먼이 유쾌한 어조로 말했다. "묘하게도 내 말이 맞았네, 그렇죠?" 아마 이것이 그가 예고했던 대로 (안 좋은 일은 세 가지가 한꺼번에 닥친다고 했던 대로) 레티에게 닥친 세 번째 불운인 셈이었다.

"그 새 집주인은 성직자라면서요?" 마샤가 물었다.

"네, 그런 셈이죠." 레티는 마조리의 안락의자에 깊숙이 기대앉아서 두 눈을 감고 오르비에토를 홀짝이던 라이델 목사의 모습을 머릿속에 떠올렸다. 그의 그런 모습은 올라턴드 씨와 너무도 달랐다. 하지만 세상에는 이런 성직자도 있고 저런 성직자도 있는 법이다. "아무튼 그 집에 사는 사람들한테 불평해서 그분 기분을 상하게 하고 싶지는 않았어요." 그녀가 덧붙였다. "아주 선량한 사람 같았거든요."

"함께 살 만한 친구는 없소?" 에드윈이 물었다. "이제 곧 결혼한다는 그 친구 말고…." 레티 같은 여자에게는 친구가 많을 것 같았다. 예를 들면 여성 자원봉사대원들이라든가 그가 다니는 교회의 여성 교우들 —그들이라고 다 선량하지는 않겠지만— 같은 선량한 여자들이 분명히 있지 않겠는가?

"이럴 때 친척이 있으면 제일 좋은데." 노먼이 말했다. "친척들은 당신한테 뭐든 해줄 의무가 있으니까. 어쨌든 피는 물보다 진하고, 촌수가 아무리 멀어도 친척이라면 이럴 때 의지가 돼줄 의무가 있을 것 같은데."

레티는 어린 시절 이후 한 번도 본 적 없고 지금은 잉글랜드 서부 어딘가에 살고 있다는 몇몇 사촌을 떠올렸다. 하지만 그들 중 누구에게서도 그녀에게 방을 내주기를 기대할 수 없었다.

"아, 참! 마샤 당신은 혹시 세입자 들일 생각이 없소?" 마샤 쪽을 돌아보며 에드윈이 뜬금없이 질문을 던졌다.

"그래, 맞아. 월세를 받으면 유용하게 쓸 수 있고." 노먼이 거들고 나섰다. "은퇴 후에는 유용할 거라는 얘기요."

"아, 나는 뭐… 돈이 필요 없어요." 마샤가 조바심하며 대답했다. "그러니까 내가 세입자를 받을 필요는 전혀 없다는 거죠." 에드윈의 제안을 듣자마자 그녀의 머릿속에 떠오른 말은 '상상도 할 수 없는 일'이었다. 특히 그 우유병을 생각하면 더욱 그랬다. 하지만 레티도 역시 그녀와 함께 사는 것을 반기지 않을 터였다. 이미 레티도 당황한 표정으로 뭐라고 이의를 제기하고 있었다.

"여자들을 도와주는 기관이나 봉사자들도 있으니…." 에드윈이 그 특유의 달래는 듯한 부드러운 어조로 말했다.

"가끔 날 찾아오는 젊은 여자가 있는데, 그 여자는 내게 뭔가 도움이 필요하다고 생각하는 것 같더라고요." 마샤가 냉소를 흘렸다. "내 생각엔 그 반대인데 말이죠."

"하지만 얼마 전까지만 해도 당신은 병원에 입원해 있었잖소." 에드윈이 마샤에게 말했다. "그러니까 그 사람들은 혹시 도움이 필요할지도 모르니 당신을 지켜봐야 한다고 생각하는 거겠지요."

"그래요. 하지만 그래서 내가 정기적으로 스트롱 씨 병원에 진료 받으러 가잖아요." 마샤가 미소를 지었다. "그러니까 젊은 사람이 나한테 완두콩 통조림을 사지 말라는 충고 따위를 할 필요는 없다는 거죠."

"글쎄, 난 사람들이 아직도 남에게 마음을 쓴다는 게 기쁘네요." 완두콩 통조림 정도가 아닐지도 모른다는 생각을 얼핏 하며 레티도 한마디 거들었다. "그건 그렇고…. 실제로 은퇴하고 나면 무슨 수가 생기지 않겠어요? 어쨌든 아직 은퇴한 건 아니니까."

"하지만 이제는 정말 얼마 남지 않았잖소." 노먼이 말했다. "그리고 국가에서 나오는 연금에 회사에서 주는 연금을 더해봤자 얼마 안 되지 않아요? 게다가 물가상승률도 고려해야 할 테고…." 그는 도움이 안 되는 말을 계속했다.

"물가 상승은 우리가 고려하고 말고 할 수 있는 문제가 아니죠." 레티가 말했다. "그건 그냥 불시에 닥치는 거니까."

"맞아요, 맞아." 노먼은 주머니를 뒤지더니 가장 최근에 슈퍼마켓에서 받았던 영수증을 꺼냈다. "들어봐요." 그는 영수증에 적힌 내용을 큰 소리로 읽었다. 그가 읽는 품목 중에서도 그를 가장 화나게 한 것은 강낭콩과 수프 통조림이었는데, 내역을 듣다 보면 그의 하루 식단을 대충 짐작할 수 있었다.

하지만 그것을 신경 써서 듣는 사람도 없었고 뭐라고 대꾸하는 사람도 없었다. 마샤는 갖가지 통조림으로 잘 채워진 수납장을 머릿속에 떠올리며 만족스러워하고 있었고, 레티는 점심을 일찍 먹고 나서 버스를 타고 옥스퍼드가에 있는 상점에 들를 생각을 하고 있었다. 레티와 그녀의 당면 문제에 신경 쓰는 사람은 자신이 늘 여성을 도우려는 사람이라고 자부하는 에드윈뿐이었다.

모든 성인 대축일[33]인 십일월 일 일은 평일이었는데 그날 저녁 미사에는 참례자가 아주 많았다. 그리고 그다음 주일에 에드윈은 이웃 교구의 어느 교회에서 진행되는 아침 미사 후 커피 모임에 참석했다. 그가 늘 다니는 교회는 아니었지만, 한때 그 교구에서 살았던 적이 있어서 가끔 갔는데, 이번에는 특히 레티를 염두에 두고 그 모임에 참석했던 것이다.

---

33) All Saints' Day: 11월 1일.

커피 준비는 그 자체가 여성 교우들에게 부과된 일종의 의례 같은 일이었고, 그들은 모두 교회에 가끔 오는 에드윈을 알고 있었다. 그가 청년회원들이 요란하게 장식해놓은 음침한 실내에 들어가는 순간, 비스킷에 대해 목청을 돋우어 불평하는 어느 노부인의 목소리가 들렸다.

"커피에 굳이 비스킷까지 줄 필요는 없잖아." 그녀가 말했다. "따뜻한 음료 한 잔이면 충분해."

"커피 마실 땐 함께 먹을 주전부리가 있어야 하잖아요." 회색 코트를 입은 몸집 작은 여자가 항의했다. "포프 부인이 연세에 비해 정정하시다는 건 우리 모두 알고 있고, 연세 드신 분들에게는 먹을 것이 많이 필요하지 않죠. 하지만 비스킷 통이 비어 있다는 걸 미리 알았더라면 어떤 조처가 있었을 거예요. 아마 비스킷을 더 사놓았겠죠."

그런 논쟁이 한창 벌어지는 가운데 실내로 들어온 에드윈은 다짜고짜 용건부터 툭 던지고 나섰다. "여러분 중에 집에 빈방이 있는 분 계신가요?"

그러자 순간적으로 침묵이, 에드윈이 느끼기에 어색한 침묵이 흘렀다. 잠시 후 논쟁 중이던 두 여자는 마치 가기 싫은 결혼 잔치에 초대받은 손님처럼 이런저런 변명을 늘어놓기 시작했다. 방이 손톱만큼 작다느니, 방 안에 바자회에 쓸 물건들이 꽉 들어차 있다느니, 친척이 들어와서 살 예정이라느니…. 에드윈은 이 마지막 카드를 감춰두지도, 어떤 말을 먼저 하고 어떤 말을 나중에 할 것인지를 미리 생각해두지도 않았다. 무엇보다 먼저 레티가 어떤 사람인지를 그들에게 알리고, 그녀에게 어떤 문제가 닥쳤는지 간략히 설명한 다음, 그녀에게 방이 필요하다는 점을 강조함으로써 그들의 선한 마음에 호소해 가슴에 와 닿게 하는 편이 나았을 것이다. 하지만 그들에게 레티를 누구라고 소개할 것인가? 친구? 하지만 그녀를 자기 친구라고 하기는 어려웠고, 그가 혼자 사는 여자의 친구라고 하면 사람들 입방아에 오르내릴 수도 있었다. 그냥 아는 여자? 그건 너무 빤하고 내숭 떠는 것처럼 들릴 것이다. 같은 사무실에서 일하는 직장 동료? 그렇게 말하는 것이 가장 좋을 듯했다. 여자, 일, 사무실 등 표현은 뭔가 괜찮은 여성을 상상하게 할 테니까. 온종일 직장에 나가서 일하는 여자, 집에 있을 때는 뜻이 맞는 다정한 친구가 될 수 있는 여자….

그래서 에드윈은 조곤조곤 다시 설명을 늘어놓았다. "그러니까 문제는 이겁니다. 우리 사무실에서 일하는 여자 하나가 곤란한 처지에 놓였습니다. 그 여자가 사는 집이 세입자들을 떠안는 조건으로 팔렸는데 새 집주인과 그의 가족이 그 여자에게 익숙한 부류 사람들이 아니라는 겁니다. 실제로 몹시 시끄러운 사람들이라고 합니다."

"흑인들인가요?" 포프 부인이 재빨리 반문했다.

"네… 뭐, 그렇습니다." 에드윈이 상냥한 말투로 시인했다. "그… 올라턴드 씨는 아주 좋은 사람이라고 합니다. 어떤 면에서는 성직자이기도 하지요."

"어떤 면에서는 성직자라는 게 대체 무슨 말이에요?" 포프 부인이 반문했다. "성직자면 성직자고 아니면 아니지. 어떤 단서가 붙을 수는 없는 거 아닌가요?"

"그 사람은 아프리카 종파의 사제거든요." 에드윈이 설명했다. "그래서 그 사람들의 예배 방식은 우리와 많이 다르다고 하더군요. 아주 큰 소리로 찬송가를 부르고 고함을 지르기도 한답니다."

"그런데 그 여자는… 점잖은 여자겠죠?"

"아, 그럼요. 그런 면에는 문제없을 겁니다." 에드윈이 무심하게 대답했다. 그것이 포프 부인이 암시한 기준이라면 레티야말로 모든 점에서 대단히 훌륭할 것이다.

"그 집이 그 여자에게 너무 시끄럽다는 말이죠?"

"네, 그렇습니다. 그 여자는 아주 조용한 사람이거든요." 그것은 강조해 마땅한 점이었다.

"사실 지금 우리 집에 큰 방이 하나 비어 있긴 해요. 그리고 누군가와 함께 사는 것도 나쁘진 않을 것 같고."

에드윈은 포프 부인이 혼자 산다는 사실을 기억해냈다.

"내가 계단에서 구르거나 양탄자에 발이 걸려 넘어져 일어나지 못할 수도 있으니…."

"네, 그렇게 되면 누군가가 오기까지 몇 시간이고 누워서 꼼짝 못하게 되겠죠." 회색 코트를 입은 몸집 작은 여자도 한마디 거들었다.

"이제는 늙어서 뼈가 쉽게 부러질 수도 있어요." 포프 부인이 말을 계속했다. "그리고 뼈가 부러지면 심각한 합병증이 생길 수도 있고."

에드윈은 그들이 본론에서 벗어나고 있다고 생각했다. 이쯤에서 레티가 그 방을 확실히 얻는 것으로 얘기를 마무리하고 싶었다. 포프 부인이 아직 활동적이고 독립적으로 생활할 수 있는 사람이라는 것은 분명한 사실이지만 이제 연로했다는 것도 틀림없는 사실이므로, 그녀가 아프거나 사고를 당했을 때 같은 여성인 레티가 큰 도움을 줄 수도 있을 것이다. 그뿐 아니라 레티도 교회 달력에 따라 자연스럽게 살아가면서 지친 마음을 달랠 수 있을 것 같았다. 모든 성인 대축일이 지나면 바로 뒤이어 위령의 날[34]이 온다. 그렇게 모든 이가 성인들과 망자들을 기리며 마음을 나누고 나면 그다음에는 대림주간[35]이 이어질 테고, 바싹 뒤따라 —종종 두 축제일이 너무 가깝다고 느껴지지만— 크리스마스가 올 것이다. 크리스마스 뒤에는 박싱 데이[36]이자 자신의 수호성인 축일이 아닌 경우 거의 아무도 관심을 보이지 않는 성 스테파노 첫 순교자 축일[37]이 오고, 그다음에는 성 요한 사도 복음사가 축일[38], 죄

---

34) All Souls' Day: 11월 2일.

35) Advent: 성탄절 전의 4주간을 가리킴.

36) boxing day: 크리스마스 다음 날인 12월 26일을 말한다. 옛 유럽의 영주들이 이날 주민에게 상자에 담은 선물을 전달한 데서 유래했다. 미국, 영국 등에선 이날 소매점들이 재고를 처분하기 위해 대규모 할인 판매를 한다.

37) Feast of St. Stephen: 12월 26일.

38) Feast of St. John the Evangelist: 12월 27일.

없는 아기 순교자들 축일[39], 그리고 주님 공현 대축일[40]이 온다. 성 바오로의 회심 축일[41]과 주님 봉헌 축일[42]이 지나면 날이 점점 길어지면서 사순절[43]이 온다. 그 사순절의 첫날인 재의 수요일[44]은 대단히 중요한 날이어서 장엄한 저녁 미사가 집전되며, "흙에서 왔으니 흙으로 돌아갈 것이니라."라는 말과 함께 재를 이마에 끼얹는 의식을 치르는데, '침울하다'거나 '기분이 별로 좋지 않다'고 이런 의식을 좋아하지 않는 사람도 더러 있다.

"그 방에는 찬물과 더운물이 나오는 세면대가 있어요. 그리고 가끔 목욕실을 사용할 수도 있을 거예요. 그 여자가 매일 목욕하려 들지는 않겠지요?" 사실 너무 자주 씻으면 피부에 좋지 않아요. 더운물에 계속해서 몸을 담그면 지방질이 빠져나가 피부가 거칠어지니까…. 포프 부인은 레티와 함께 사는 쪽으로 생각이 기울었고, 에드윈은 교회 행사 일정을 따르는 삶으로 그녀를 인도할 생각에 빠져 있어서 레티가 얼마나 자주 목욕을 하고 싶어 할 것인지에 대해서는 대답하지 못했다.

비록 제대로 지키지는 않아도 사람들은 모두 사순절에 관해

---

39) Feast of the Innocent: 12월 28일.

40) Epiphany: 1월 첫째 일요일

41) Conversion of St. Paul: 1월 25일.

42) Candlemas: 2월 2일. 성모 마리아의 정결 예식과 아기 예수의 성전 봉헌을 기념하는 날.

43) Lent; 재의 수요일부터 주님 부활 대축일 전날까지의 40일간.

44) Ash Wednesday: 사순절의 첫날.

당연히 잘 알고 있었다. 성지주일[45]에 시작되는 성주간이 부활절의 서막을 열면, 그 일주일 동안에 요즘 의식들은 옛날 같지 않지만 특정 의식의 일부가 아직도 치러지는 성목요일,[46] 성금요일, 그리고 파스카 성야인 성토요일이 있다. 부활절 다음에 오는 첫 일요일은 늘 그 전의 모든 엄숙한 시기에 비하면 다소 맥이 빠진 것 같지만, 그 후에 곧 주님 승천 대축일[47]이 오고, 이어서 오순절이라고도 부르는 성령 강림 대축일[48]이 온다. 그날이 지나면 삼위일체 대축일[49]과 그리스도의 성체 성혈 대축일[50]이 이어지고, 그 뒤로 기나긴 더운 여름날들이 연이어 오며, 그 사이사이에 사제가 초록색 제의를 입는 날들과 성인들의 축일들이 포진한다…. 교회에 다니는 사람들은 늘 이처럼 교회 달력에 따라 살아왔고, 유행을 따르는 젊은 사제가 소위 최신식 예배 형태를 도입해 기타를 치며 로큰롤을 연주하거나 외국 가수 그룹 써드워드에 대한 토론을 하는 것으로 저녁 미사를 대신하려 한다고 하더라도 이 전통적인 신앙인의 삶은 앞으로도 꾸준히 계속되리라. 그러나 레티가 과연 교회에 다닌 적이 있는지 에드윈은 확실히 알지 못했다. 그가 사무실에서 교회 얘기를 꺼냈을 때 그녀는 한 번도 말을 거든 적

45) Palm Sunday: 주님 부활 대축일 직전의 일요일.
46) Maundy Thursday: 성만찬 예식과 함께 세족예식이 거행됨.
47) Ascension Day: 주님 부활 대축일로부터 40일 후가 되는 날.
48) Whit Sunday: 주님 부활 대축일 뒤의 제7일요일.
49) Trinity Sunday: 성령 강림 대축일 다음의 일요일.
50) Corpus Christi: 삼위일체 대축일 다음의 일요일.

이 없었다. 그렇기는 해도 일단 그녀가 포프 부인의 집에 들어가서 살게 되고 정년퇴직을 하고 나면 그녀의 삶이 어떻게 바뀔지 누가 알겠는가?

아홉

"아 당신이 바로 미스 크로우구먼."

첫인사치고는 별로 우호적이지 않네, 라고 레티는 생각했다. 하지만 빼꼼 열린 문틈으로 이쪽을 내다보는 여자가 포프 부인인가 보다 하고 생각하며 자기가 미스 크로우라고 얼른 시인하는 수밖에 다른 도리가 없었다. 게다가 집주인과 세입자 관계에서 우호적인 인사를 기대할 이유가 과연 있겠는가? 집주인이 당연히 우호적인 태도를 보이리라고 기대해서는 절대 안 될 터였다. 이곳은 우편번호가 NW6인 지역이었지만, 택시를 타고 오다 보니 생각보다 북쪽으로 훨씬 멀리 온 것 같았고, 아무튼 따뜻한 날씨를 기대해서는 안 될 것이 분명했다.

에드윈은 레티에게 성탄절이 얼마 남지 않은 오늘이 성녀 루치아 동정 순교자 기념일[51]이라고 귀띔해줬다. 물론 그렇다고 해서 성녀 루치아가 그녀의 이사와 무슨 특별한 관련이 있는 것은

51) St. Lucy's Day: 12월 13일.

아니었다. 노먼은 오늘이 해가 가장 짧은 날임을 강조하면서 너무 늦지 않게 도착하라고 조언했다. "어두워진 뒤에 낯선 곳에서 헤매고 싶지는 않겠죠?"

"늙은이는 늘 조심해야 해." 안심한 듯 문을 열어주며 포프 부인이 말을 계속했다. "요즘엔 사기꾼이 너무 많아서 말이야."

포프 부인은 절대로 사기꾼에게 속을 타입이 아니라는 느낌이 강하게 들었지만, 레티는 잠자코 고개를 끄덕여 그녀의 말에 동의했다. 에드윈은 그녀가 나이에 비해 건강한 여든 살 노인이라고 말했다. 그러나 레티가 보기에 그녀는 거의 로마인 같은 귀족적 이목구비에 체격이 당당한, 건장한 노부인이었다. 헤어스타일은 '빽빽하다'고 할 만큼 숱이 많은 흰머리를 옛날식으로 공들여 끌어올려 묶어놓았다.

활기차고 따뜻한 올라턴드 씨네 집과 비교하면 어두운색 무거운 가구가 배치된 포프 부인의 집은 음산하고 적막한 인상을 풍겼다. 집 안에는 대형 괘종시계가 재깍거리는 소리를 내며 걸려 있었는데, 그 시계 소리에 익숙해지기까지는 아무래도 소음 때문에 잠을 설칠 것 같았다. 포프 부인은 레티가 식사를 준비할 수 있는 주방과 음식을 보관할 찬장을 보여줬다. 욕실과 화장실은 레티를 데리고 다니며 안내할 만한 곳이 아니라서 그냥 손으로 가리키기만 했다. 화장실에 들어가 보니 창문으로 뒷마당이 보였다. 서리가 내린 땅에 시커먼 나무 그루터기가 있었고, 그 너머로 철길이 보였다. 그 철길 위로 기차들이 덜커덕거리며 다니리라. 따지고 보면 이곳은 거주지로 선택할 만한 지역은 아닌 것 같았다. 그러나 물론 노먼이 지적했듯이 레티는 '얻어먹는 주제에 쓰다 달다 할 수 없는' 처지에 놓여 있었다.

방은 상당히 쾌적했다. 가구가 별로 없었는데, 그 점이 더 마음에 들었다. 그리고 에드윈이 말해준 대로 더운물과 찬물이 나오는 세면대가 있었다. 레티는 마치 자신이 빅토리아 시대 배경의 소설에 흔히 나오는, 새로운 주인집에 막 도착한 입주 가정교사라도 된 것 같은 기분이 들었다. 하지만 물론 이 집에는 아이도 없었고, 혼자 사는 집주인이나 잘생긴 아들과 연분이 날 가능성도 없었다. 과거 빅토리아 시대에는 지금 그녀가 놓여 있는 것 같은 상황 자체가 아예 존재하지 않았다. 요즘 낯선 사람의 집에 도착하는 여성은 광고에서 자주 볼 수 있는 '독신 직장 여성', 결혼하지 않고 나이 먹은 직장 여성이었다. 레티는 과거에도 여러 번 이런 상황에 놓였듯이 자기 몫으로 지정된 서랍장과 옷장에 옷을 정리해 넣고, 자기가 어떤 인간인지를 보여주는 단서가 될 소유물들을 주섬주섬 꺼내놓았다. 우선 그녀의 책들이 있었다. 비록 『현대시 제2집』 이후의 것은 없지만 시 선집(選集)이 여러 권 있었고 최근 도서관에서 빌려온 책들도 있었다. 그 밖에 트랜지스터라디오 한 개와 막 꽃이 피려는 히아신스 화분 한 개, 꽃무늬 크레톤 사라사 천 가방 안에 든 뜨개질감이 있었다. 사진은 전혀 없었다. 친구 마조리의 사진도 없었고, 고향집의 사진이나 부모님의 사진도 없었으며, 심지어 고양이나 개 사진도 한 장 없었다.

레티는 조용한 주방에서 토스트와 수란으로 저녁을 준비하면서 적어도 이 집에서 맞는 첫날인 오늘 저녁만은 포프 부인이 자기 혼자 있을 수 있게 해줘서 다행이라고 생각했다. 저녁을 먹고 난 그녀는 며칠 안 가서 자기 몸처럼 익숙해질 테지만 아직은 낯선 침대 속으로 들어갔다. 그리고 잠을 이루지 못하면서, 자신이 일단 행동했고 이사했으며 상황에 대처하고 있음을 실감했다. 그녀가 잠을 못 이루는 동안 층계참에서 발소리가 나더니 쿵 하는 소리가 들렸다. 포프 부인이 넘어진 걸까? 노인인 데다가 몸집이 육중한 그녀를 일으키려면 안간힘을 써야 할 것이다. 레티는 자기가 그런 일에 대처해야 하지 않아도 되기를 바라다가 마침내 스르르 잠들어 더는 아무 소리도 듣지 못했다.

이튿날 아침 사무실은 거의 흥분 상태라고 할 만큼 기대에 들떠 있었다. 그들은 모두 레티가 새 거처에 잘 정착했는지 알고 싶어 했다. 에드윈은 레티의 이사에 대해 당연히 알 권리가 있다고 생각했다. 어쨌든 자기가 방을 구해줬으니 그럴 만도 했다. 다른 사람들도 에드윈이 올라턴드 씨에게서 레티를 구출해준 셈이니 좋은 일을 했다고 입을 모았다. "나는 그저 도둑을 피하려다 강도를 만나는 격이 되지 않기를 바랄 뿐이야." 노먼이 말했다. "그러니까 레티, 노인하고 살다 보면 피할 수 없는 여러 가지 귀찮은 일을 떠맡게 되니 조심해요."

"아, 하지만 포프 부인은 정정해." 에드윈이 재빨리 말했다.

"교구 위원회에서 지금도 아주 활동적으로 일하고 있거든."

"그건 그럴지도 모르지." 노먼이 말을 받았다. "하지만 그렇다고 해서 그 노파가 자기 다리를 완벽하게 쓰라는 법은 없잖소. 그러니까 실수로 넘어질 수도 있다는 거요."

"그래요, 어젯밤엔 나도 얼핏 그 생각을 했어요." 레티가 말했다. "하지만 그런 일은 누구에게나 일어날 수 있잖아요. 우리도 실수로 넘어질 수 있죠."

방금 레티가 한 말을 심각하게 되짚어보려는 사람은 없는 것 같았고, 에드윈은 자기가 포프 부인에게 레티 얘기를 처음 꺼냈을 때 머릿속에 떠올랐던 생각을 또다시 되풀이했다. "여자들은 그런 일에 잘 대처한다고." 그는 다소 날카로운 어조로 노먼에게 말했다. "당신이나 나 같은 남자들은 그런 일을 당하면 소란이나 피우지만 여자들은 그렇지 않아."

"말은 바로 해야지!" 노먼이 반박했다. "그건 우리 남자들이 여자들한테 일을 미루려고 만든 말 같은데? 아무튼 그런 일이 생기면 대체 어떻게 대처해야지? 내게도 알려줘."

"남자 여자를 떠나서 인간이라면 마땅히 다른 인간에 대해 느껴야 할 보편적인 책임을 느끼면서 행동하는 거죠." 레티가 말했다. "내게 실제로 그런 일이 생기면 최선의 선택을 해서 잘 대처하기만을 바라요."

"하지만 넘어진 사람을 함부로 옮기면 결과가 안 좋을 수도 있다던데요?" 노먼이 말을 이었다. "그렇게 하면 이로운 게 아니라

오히려 해로울 수 있대요."

"그럴 땐 얼른 앰뷸런스를 불러야 해요. 구급대원들은 응급조치하는 법을 잘 아니까." 가만히 듣기만 하던 마샤가 처음으로 입을 열었다. "그런데 주방은 쓰고 싶을 때 마음대로 쓸 수 있나요?" 그녀가 레티에게 물었다. 그녀는 레티에게 방을 내주지 않은 데 대해 여전히 약간의 죄책감이 들었지만, 스스로 되풀이해 말했듯이 레티와 한집에서 함께 지내는 것은 있을 수 없는 일이었다. 이번에도 그녀는 문제의 그 우유병을 사무실에 가져오는 것을 깜빡 잊었다.

"응, 그런 건 문제없어요. 어제도 거기서 저녁을 만들어 먹었고, 오늘 아침에도 식사 준비를 했거든요. 그 집 주방에는 내게 익숙한 전기 오븐이 하나 있고, 내 물건을 둘 공간도 넉넉해요."

"그래, 통조림을 보관할 공간이 넉넉하다는 건 아주 중요하죠." 마샤가 말했다. "그런 건 포기하지 말고 지켜야 해요. 통조림 같은 걸 침실에 둘 수는 없잖아요."

"흠, 나는 방 하나 안에 모든 걸 두고 있는데요?" 노먼이 말했다.

"그래, 하지만 자네가 수없이 말했듯이 얻어먹는 놈이 쓰다 달다 할 수는 없는 법이지." 에드윈이 노먼에게 말했다. "나는 그저 레티의 이번 이사가 좋은 결과로 이어지길 바랄 뿐이야." 그가 말을 덧붙였다. "뭐든 잘못되면 내 책임인 것처럼 느껴질 테니까."

"어찌 되든 당신이 그렇게 느낄 필요는 전혀 없어요." 레티가 에드윈을 안심시켰다. "각자가 스스로 환경에 적응해야 할 뿐이죠."

"그래, 맞아. 그건 자신에게 달린 문제예요." 노먼이 쾌활하게 말했다. "그래요. 그러니까 잘해봐요."

포프 부인은 레티가 집에서 나갈 때까지 일층 거실에서 조용히 기다렸다가 위층으로 올라갔다. 지금쯤 레티는 아마도 버스 정류장이나 지하철역을 향해 걸어가고 있으리라 생각하면서 마음 놓고 레티의 방으로 들어갔다.

레티가 방문 열쇠를 달라는 요구를 하지 않았으므로, 포프 부인은 그녀가 방을 비운 동안 모든 것이 잘 정돈된 상태 그대로 유지되도록 살피는 것이 집주인인 자기 임무라고 생각했다. 그러면서도 그녀의 마음 한구석에는 새 세입자의 소유물을 살펴보고, 그것으로 그녀가 어떤 사람인지 파악하겠다는 속셈이 도사리고 있었다. 레티는 오후 여섯 시 반이 돼서야 집으로 돌아올 테니 시간은 충분했다.

레티의 방을 보고 포프 부인이 받은 첫인상은 청결함과 질서 정연함이었다. 사실 아직 정리가 끝나지 않아서 뭔가 흥미로운 것들이 방 안 여기저기에 놓여 있기를 기대했던 그녀는 살짝 실망했다. 포프 부인은 브레이스웨이트 씨—그녀는 그를 '에드윈'이라 부르지 않았다—가 추천한 이 세입자가 당연히 점잖고 어쩌면 교회에도 다니지 않을까 기대했다. 하지만 놀랍게도 레티의 침대 옆 탁자에는 종교 서적이 한 권도 놓여 있지 않았고 심지어 성경조차 없었다. 캠던 도서관에서 빌린 소설책만 한 권 놓여 있을 뿐이었다. 포프 부인은 위인들의 전기는 높이 평가했지만 소설에는 아무 관심도 없었기에 그쪽으로는 두 번 다시 눈길조차 주지 않았다. 세면대로 시선을 돌린 그녀는 그곳에서 칫솔과 치약, 꽃무늬 수건 한 장, 탤컴파우더[52]와 데오도란트, 영양크림 한 통, 그리고 스테라던트[53]알약 통 하나를 발견했다. 세면대 위 작은 벽장에는 아스피린과 식물성 변비약이 들어 있었고, (핸드백에 넣어 들고 다니는지는 알 수 없지만) 어떤 종류의 이상한 약도 눈에 띄지 않았다. 화장대에는 몇 가지 화장품이 하나같이 가지런히 정돈돼 있었다. 어깨 너머로 문 쪽을 힐끗 보고 나서 포프 부인은 서랍장의 맨 위 서랍을 열었다. 그 안에는 단정하게 접힌 스타킹, 타이츠, 여러 켤레의 장갑과 스카프, 그리고 작은 가죽 보석함이 하나 들어 있었다. 보석함에는 모조임이 분명한 작은 진주 목걸이 하나, 구슬 목걸이 몇 개, 귀고리 몇 쌍, 그리고 반지 두 개가 들어 있었는데 그중 하나는 여러 개의 작은 다이아몬드가 말발굽 모양으로 박혀 있는 금반지(어머니의 약혼반지일까?)였고 다른 한 개는 나비 날개 모양의 싸구려 은반지였다. 포프 부인이 판단하기에 값나가거나 관심 끌 만한 물건은 없었다. 서랍장에는 아주 깨끗하고 단정하게 접힌 속옷들과 역시 말쑥하고 깨끗한 스웨터와 블라우스가 차곡차곡 들어 있었다. 방 안의 다른 것들을 보면 옷장 안 상태도 미루어 짐작

---

52) talcum powder: 주로 땀띠약으로 쓰이는, 몸에 바르는 분.
53) Steradent: 틀니 치료제나 치아 미백제로 쓰이는 알약.

할 수 있었기에 포프 부인은 옷걸이에 걸린 원피스, 정장, 스커트를 그저 힐끗 보기만 했다. 레티 나이 여성이 흔히 입는 정장 바지도 있었는데, 그것 역시 다른 옷들과 마찬가지로 점잖고 수수했다. 유일하게 포프 부인의 눈길을 사로잡은 옷은 미스 크로우의 다른 옷들과는 전혀 어울리지 않는, 다소 화사한 무늬의 면 기모노였다. 이것은 일본에 선교하러 가 있는 어떤 지인, 이를테면 친척에게서 선물로 받은 옷이었을까? 하지만 그런 것을 본인에게 물어볼 수는 없는 일이었고, 아무튼 앞으로 언젠가 이 옷을 입고 욕실에서 나오는 미스 크로우를 볼 수 있으리라 생각했다. 포프 부인은 다소 불만스러운 표정으로 계단을 내려왔다. 다 둘러보고 나서 미스 크로우에 대해 할 수 있는 말은 그녀가 이상적인 세입자라는 것, 혹은 적어도 그 반대 증거는 없다는 것이 전부였고, 결국 방을 다 뒤지고도 그녀에 대해 알 수 있는 것은 거의 없었다.

열

"성탄절은 일 년에 한 번 오지만
그때가 되면 기쁨도 따라온다…."

노먼이 이 구절을 그의 특유한 빈정대는 말투로 낭송했다. 아무도 그 내용에 토를 달거나 그의 말투에 시비를 걸지 않았다. 왜냐면 이제 젊지 않고 함께 사는 가족도 없고 가까운 친척도 없는 사람들에게 성탄절은 사실상 마냥 즐겁게만 보내기 어려운 축제 기간이었고, 그들도 역시 연말연시에 생기는 어려움에 대해 저마다 생각하고 있었다. 그들 중에는 에드윈만이 아버지이자 할아버지로 제 역할을 하면서 남들처럼 전통적이고 즐거운 성탄절을 보낼 수 있었다. 사람들은 흔히 성탄절이 아이들을 위한 날이라고 하지 않던가? 에드윈은 이 말에 전적으로 공감하면서 그에 걸맞게 보낼 준비가 돼 있었다. 하지만 사실 그의 진심은 성탄절 기간에 집에서 혼자 조용히 지내면서 교회의 여러 미사에 참례하고, 중간중간에 종교와 상관없이 축제 분위기에서 G. 신부와 어울려 가볍게 한 잔씩 하는 쪽에 있었다.

노먼의 매제 켄과 그의 여자 친구는 그를 성탄 만찬에 초대했다. 그러면서 켄과 (먼저 간 그의 아내이자 노먼의 누이를 앞으로 대신하게 될) 그의 여자 친구는 지난번에 병문안하러 온 노먼을 봤을 때처럼 "아무튼 지금 곁에 아무도 없을 테니까."라고 합창하듯 말했다. 노먼 쪽에서는 '그들이 애써 준비한 칠면조를 함께 먹어줘야 한다'고 생각했다. 그리고 그날에는 버스가 다니지 않지만, 켄이 자기 차로 그를 자기 집에 데려갔다가 데려다주기로 했으므로 교통 문제도 없었다. 노먼이 그토록 싫어하는 자동차도 때로는 쓸모가 있었다.

진짜 걱정해야 하는 사람들—제니스 브레이브너의 표현에 따르자면 '다소 문제가 되는 사람들'—은 레티와 마샤였다. 성탄절을 함께 보낼 친척이 없는 두 여자에게 연말연시는 되도록 빨리 지나기만을 바라는 기간이 돼버렸다. 최근 몇 년간 레티는 그 축제 기간을 마조리와 함께 보내곤 했다. 하지만 올해에는 레티의 기억에 편안한 의자에 깊숙이 파묻혀 앉아서 포도주를 홀짝이는 모습으로 영원히 고착된 라이델 목사가 마조리 곁에 딱 붙어 있을 터였다. 포도주는 부르고뉴산 버건디 혹은 때가 때이니만큼 설탕과 향신료를 넣어 데운 보르도산 클라레가 선택될 가능성이 크지만, 포도주야 어떤 것이 선택되든 올해에는 그녀 자신이 불청객이 되리라는 느낌이 강하게 들었고, 심지어 마조리에게서 아예 초대받지도 못했다. 초대장을 보내지 못한 마조리도 적잖이 난처해하고 있을 테니 성탄절은 그녀에게도 순수한 행복과 휴식의 시기가 되지 못하리라. 속담에도 이르듯이 전쟁에는 승자가 없는 법이며, 이 일에 그 속담을 적용하는 것이 부적절한지는 모르겠지만 거기에는 뭔가 새겨들을 만한 것이 있었다.

마샤는 해가 갈수록 점점 더 성탄절에 대해 무관심해졌다. 그녀의 어머니가 살아 있었던 때에도 성탄절은 그저 평소보다 조금 더 큰 닭을 요리해 먹는 정도로만 조용히 기념하는 날에 불과했다. 단골 정육점 주인은 성탄절을 둘이서만 조용히 보내는 모녀에게 '고급 닭'을 추천해줬고, 그 닭으로 만든 음식은 그들 모녀뿐 아니라 늙은 고양이 스노위에게도 특별한 성찬이 됐다. 어머니가 먼저 간 뒤에 마샤는 스노위와 함께 성탄절을 보내는 것으로 충분히 만족했고, 그 고양이마저 죽은 뒤에는 성탄절에 별다른 의미를 두지 않았다. 그래서 그녀에게 성탄절은 그저 회사에 출근하지 않아도 되는 연말 휴가 시즌에 속하는 여러 날 중 하루일 뿐이었다.

"아무래도 미스 아이보리를 위해 무슨 일이든 해야 할 것 같아." 나이젤과 프리실라 부부는 그 점에 대해 의견을 같이했다. 연말이 되면 여기저기 나붙어 있는 문구에 쓰여 있듯이 성탄절은 노인이나 '고령자'를 위해 무슨 일인가를 '해야 하는' 날이었다. '고령자'라는 단어는 프리실라의 머릿속에 미스 아이보리 같은 사람이 아니라 몸집이 더 작고 더 늙은 동양 할머니를 떠오르게 했지만….

"당신 그거 알아? 고령자들에게 가장 견디기 힘든 건 혼자 있는 외로움이래." 프리실라가 말했다. "그 불쌍한 사람들은 대화 상대를 간절히 바란다잖아." 그녀는 며칠 전에 마샤네 집 문을 두드리기도 하고 초인종을 누르기도 하던 제니스를 만났다. 계속 초인종을 눌러도 마샤가 나오지 않자 그녀는 '아무 반응도 없다'며 'No joy whatsoever' 라는 표현을 썼는데 그 상황에서 마샤에게 'joy'라는 단어를 쓰는 것은 정말 외람되지 않나 하는 생각이 들었다. 제니스가 성탄절을 보내러 멀리 가야 한다며 마샤를 걱정하자, 프리실라는 자기가 마샤를 지켜보고 집으로 초대해 식사도 함께 하겠다고 약속했다. 이웃 사람 마샤를 배려할 때 성탄절 칠면조 요리를 함께 나누는 것보다 더 좋은 일이 어디 있겠는가?

나이젤은 이 일에 대해 조금 떨떠름한 반응을 보였다. "따지고 보면 미스 아이보리가 그렇게 늙고 무력한 사람은 아니잖아." 그가 말했다. "조금 특이한 점이 있기는 해도 직장에 다닐 만큼 독립적인 생활이 가능한 사람인데. 의향을 물어보는 건 좋지만 그 여자가 당신 할아버지 할머니와 잘 어울릴 것 같지는 않아."

"우리 초대를 거절할지도 모르지." 프리실라가 말했다. "그래도 초대는 할 거야."

"전에 내가 그 집 잔디를 깎아주겠다고 한 적이 있었어. 그런데 그 여자가 거절하더라고!" 마치 이번에도 마샤가 거절하기를 기대한다는 듯한 말투였다.

"하지만 성탄절은 경우가 조금 다르지." 프리실라가 말했다. 그리고 초대를 받자 보일 듯 말 듯 미소부터 지은 것으로 봐서 마샤도 분명히 그렇게 생각하는 것 같았다.

프리실라의 조부모는 마샤에게 더없이 친절하게 대했다. 그들은 자기가 마샤처럼 다른 사람들이 뭔가를 '해줘야' 하는 존재가 아니라는 사실에 무척 감사하고 있었다. 머리를 아름답게 꾸미고, 핑크색와 흰색 기조의 세련된 파스텔 톤 의상으로 대단히 우아하게 차려입은 프리실라의 할머니는 까맣게 물들인 머리와 전혀 어울리지 않는 밝은 청색 원피스 차림 마샤와 지극히 대조적이었다. 프리실라의 조부모는 은퇴 후 잉글랜드 남부 버킹엄셔에서 충만하고 흥미로운 나날을 보내고 있었다. 프리실라와 함께 지내는 동안에도 그들의 일과는 늘 가치 있고 뜻 깊은 활동들로 채워져 있어서 아침부터 부지런히 움직이며 극장에 가기도 하고 미술관이나 박물관을 찾기도 했다. 그들은 마샤에게 직업적으로 어떤 일을 하는지, 다음해에 은퇴하면 무엇을 할 것인지 물었다. 대단히 정중하고 상냥한 태도로 조심스럽게 물었지만 마샤는 납득할 만한 대답을 하지 않았다. 게다가 그들이 공들여 장만한 전통적인 성탄절 음식도 잘 먹지도 않았다. 그녀가 술을 전혀 입에 대지 않는다는 사실을 알게 됐을 때 흥겨웠던 성탄절 분위기가 조금 깨졌고, 가뜩이나 조금밖에 받지 않은 음식도 그녀의 접시 한쪽에 그대로 있는 것을 본 프리실라는 공들여 음식을 준비한 사람으로서 실망하지 않을 수 없었다. 마샤는 자기가 평생 음식을 많이 먹는 편이 아니었다고 입속으로 중얼거렸지만, 프리실라는 마샤가 자신을 초대한 사람들의 노고를 생각해서 최소한 먹는 척이라도 하는 매너를 보여줬어야 한다고 생각했다. 실제로 제니스는 마샤의 이런 점에 대해 프리실라에게 이미 경고한 적이 있었다. 마샤 같은 사람을 챙기다 보면 보람을 느끼기 어렵고, 제니스 자신도 그저 묵묵히 봉사를 계속할 수밖에 없다는 사실을 알고 있었다. 마샤가 훨씬 더 나이 든, 정말로 '아주 연로한 노인'이었다면 모든 면에서 일이 오히려 훨씬 더 쉬웠을 것이다.

점심 식사 후 그들은 난로 주위에 둘러앉았고, 프리실라는 커피와 초콜릿을 돌렸다. 자연스럽게 졸음을 느낀 그들은 털썩 주저앉아 두 눈을 감고 싶었지만 그럴 수 없었다. 마샤가 그처럼 눈을 반짝이며 자신을 빤히 바라보고 있는데 잠들 수는 없었던 것이다. 그래서 마샤가 갑자기 벌떡 일어나서 이제 그만 가봐야겠다고 했을 때 그들은 모두 안도의 한숨을 내쉬었다.

"남은 성탄절 휴가는 어떻게 보내실 거예요?" 필요하다면 더 도와주기로 작정이라도 한 듯이 프리실라가 물었다. "박싱 데이에는 특별한 계획이라도 있으신가요?"

"박싱 데이?" 마샤는 그것이 뭔지조차 모르는 듯했다. 하지만 잠시 후 그녀는 선언하듯 당당하게 말했다. "우리 같은 직장인에게는 여가가 무척 소중해요…. 그러니 특별히 무슨 계획을 세울 필요는 없지요." 그 자리에 있던 모든 사람은 당연히 그녀의 이 말을 존중했고 그녀의 즐거운 성탄절을 위해 더는 뭔가를 해줄 필요가 없음에 감사했다.

다음날 느지막하게 일어난 마샤는 오전 내내 헌 신문지와 종이 백이 가득 들어 있는 서랍을 정리했다. 오래전부터 벼르던 일이었다. 그 일을 끝내자 식료품 수납장 안을 일일이 점검하면서 다시 한번 정리했다. 그녀는 이런 일을 하며 온종일 아무것도 입에 대지 않다가 저녁에야 작은 정어리 통조림을 하나 열었다. 이 통조림은 스노위를 주려고 따로 보관했던 것 중 하나였기에 결국 자기 저장 식품을 축낸 것은 아니었다. 정어리에는 중요한 단백질이 들어 있다는 정보를 어딘가에서 읽은 것 같기도 하고, 누군가에게 들은 것 같기도 했다. 하지만 그 때문에 이 통조림을 개봉한 것은 아니었다. 그녀는 병원 젊은 의사가 음식을 더 많이 더 잘 먹어야 한다고 조언했던 일조차 기억하지 못했다.

레티는 외로움이 감히 자신에게 접근할 수 없게 용기를 내고, 일종의 의도적 배짱으로 당당하게 성탄절을 맞기로 했다. 혼자 지내는 데는 이골이 났기에 성탄절을 혼자 지내기가 정말로 걱정되지는 않았다. 그보다는 성탄절에 아무에게도 초대받지 못했다는 것을 사람들이 눈치채고 측은하게 여길까 봐 그것이 걱정이었다. 늙지도 외롭지도 않고 운도 충분히 좋아서 성탄절에 집으로 초대해야 할 불쌍한 친척이나 이웃이 없는 사람들에게 막연한 집단 죄의식을 조장하는 신문 기사와 라디오 프로그램들을, 그녀는 묵묵히 참아냈다. 그녀는 이 축제 기간에 자신이 최소한 그런 죄의식에 사로잡힐 필요는 없다고 스스로 타일렀다. 레티가 보기에 마조리에게도 그런 죄의식은 없는 것 같았다. 그녀는 레티가 어디서 성탄절을 보낼지, 그 점에 대해서는 아예 언급하지 않았고 그 문제를 두고 서로 오해가 없도록 하려는 듯이 전에 없이 일찌감치 크리스마스카드와 선물(멋진 포장에 들어 있는 거품목욕제와 핸드크림)을 보내왔다. 그렇잖아도 데이비드 라이델이 있는 너의 집에 갈 생각은 전혀 없었어, 라고 레티는 결연하게 중얼거렸다. 성탄 미사 때문에 바쁘기는 하겠지만 라이델은 틀림없이 어떻게든 시간을 내서 약혼자와 함께 지내려 할 테고, 지난번 피크닉 때처럼 그들 사이에 끼어 개밥에 도토리 같은 신세가 되고 싶은 생각은 추호도 없었다.

그래서 레티는 성탄절을 혼자서 보내기로 단단히 각오하고 있었다. 그녀가 알기로 포프 부인은 버크셔 시골 마을에 사는 여동생 집에 가서 성탄절을 맞을 예정이었다. 하지만 막바지에 여동생과 여러 번 전화가 오가더니, 느닷없이 계획이 바뀌어서 포프 부인은 성탄절을 집에서 보내기로 했다고 말했다. 그녀가 계획을 변경한 것은 난방 문제로 여동생과 의견 차이가 생겼기 때문이었다. 그녀의 여동생은 일월이 되기 전에는 축열식 난방기를 켜지 않겠다고 했는데, 그렇게 되면 그 작고 비좁은 집은 춥고 습해질 것이 분명했다.

"난 절대로 '가지 않을' 거야. 앞으로도 '영원히' 안 갈 거야." 여든 살이 넘은 노부인으로서 품위를 갖추고 전화기 옆에 당당히 서서 포프 부인이 선언했다.

"이렇게 추운 계절에는 따뜻한 곳에서 지내며 정상 체온을 유지하는 게 아주 중요하죠." 사무실에서 저체온증에 대해 토론했던 일을 기억하고 레티가 말했다.

"응, 그런데… 당신은 어때? 성탄절에 특별한 계획이라도 있나?" 포프 부인이 물었다.

여태까지는 두 사람이 아침이나 저녁에 각자의 식사 준비를 하느라고 주방에서 마주친 적은 가끔 있었지만 아직 함께 식사한 적은 없었다. 그래서 레티는 포프 부인이 성탄절에 뭔가를 함께 준비하거나 함께 먹자고 제안하리라고는 전혀 예상하지 못했다. 처음에 그녀는 성탄절에 먹을 닭을 한 마리 사뒀다는 사실을 밝히지 않으려고 했다. 왜냐면 비록 작은 닭이라도 혼자 다 먹을 생각을 했다는 것이 거의 야만적으로 들릴 것 같았기 때문이다. 하지만 포프 부인의 속마음을 알고 나자 사실대로 털어놓지 않을 수 없었다.

"나한테는 햄이 좀 있고 크리스마스 푸딩[54]도 있어. 이 푸딩은 작년에 내가 만들어둔 거야. 그러니까 우리 둘이 함께 식사하면 좋을 것 같은데…. 어떻게 생각해?" 포프 부인이 제안했다. "한집에 사는 두 여자가 성탄절 만찬을 각자 따로 한다고 생각해봐. 웃기잖아…. 성탄절이라고 해도 내가 뭐 별다른 음식을 먹는 건 아니지만 말이야. 어떤 경우에나 늙은이가 잔뜩 먹는 건 현명하지 못한 일이거든."

---

54) Christmas pudding: 영국에서 전통적으로 성탄절에 먹는 검은색 푸딩.

그래서 레티는 어쩔 수 없이 성탄절에 포프 부인과 함께 저녁 식사를 하게 됐고, 그러면서 그녀가 입버릇처럼 하는 얘기, 즉 사람들은 대부분 지나치게 많이 먹는다는 등의 따분한 얘기를 잠자코 듣는 수밖에 없었다. 그것은 결코 즐거운 식사에 도움이 되는 화제가 아니었다. 그런 얘기를 듣다 보니 올라턴드 씨네 집에 그대로 머물러 있는 편이 나았을지 모른다는 생각이 불쑥 들었다. 그 집 사람들은 틀림없이 그녀를 그들 나름의 떠들썩하지만 유쾌한 나이지리아식 성탄절 행사에 초대했으리라. 거기까지 생각하자 이 집으로 이사한 것이 정말 잘한 일이었는지 의문이 들기 시작했다. 따지고 보면 그런 의문이 든 것은 이번이 처음이 아니었다. 어쨌든 그래도 그녀가 무사히 보낸 성탄절도 이제 저물어가고 있었다. 중요한 것은 바로 그 점이 아니겠는가?

라디오에서는 코미디 프로가 진행되면서 방청석에서 왁자지껄하게 웃고 떠드는 소리가 들려왔다. 레티는 그것을 듣고 있을 기분이 아니었고, 어린 시절과 다시 돌아올 수 없는 시절이 떠올라서 기분이 울적해지는 캐럴도 듣고 싶지 않았다. 결국 그녀는 라디오를 끄고 도서관에서 빌린 책을 들고 앉아 읽기 시작했다. 세 명의 사무실 동료는 오늘 어떤 성탄절을 보냈을지 궁금했다. 그러다가 켄싱턴 세일이 박싱 데이 다음 날 시작된다는 데 생각이 미치자 레티는 금세 기분이 좋아졌다.

"흠, 오늘은 돈을 좀 쓰기로 한 거야?" 잔을 다시 채워주는 켄에게 노먼이 전에 없이 유쾌한 어조로 물었다.

"네. 지금처럼 정말 맛있는 음식을 먹을 땐 좋은 술을 곁들여야 한다는 게 평소 소신이거든요." 켄이 대꾸했다.

"나는 그러다가 자네가 힘들어지지 않기를 바라네." 노먼은 이 축제에 약간 침울한 분위기를 더하려는 유혹을 뿌리치지 못했다. 어쨌든 지난번 만났을 때 켄은 병상에 누워 자기연민에 빠진 가엾은 환자일 뿐이었다. 하지만 지금 그는 그때의 어려움을 무사히 극복하고 조이스라는 이름의 여자 친구와 함께 있다. 켄이 조이라는 애칭으로 부르는 그녀는 예쁘장하고 요리도 잘하고 돈도 있고 심지어 (그게 어떤 의미인지는 정확히 모르지만) 영국선진운전자협회에서 시행하는 시험에도 통과했다고 한다. 그러니 켄이 돈을 좀 쓰기로 한 것도 무리는 아니리라.

식사 후 노먼은 내키지는 않았지만 설거지를 돕겠다고 나섰다. 그러나 켄과 조이가 만류하는 바람에 결국 못 이기는 체하며 난롯가에 자리를 잡고 앉았다. 켄과 조이는 나란히 싱크대에 붙어서서 함께 설거지를 하면서 온갖 사랑놀이를 벌였는데, 노먼은 못본 체하기로 했다.

"자, 여기 다리를 쭉 뻗고 편히 앉으세요." 조이가 말했다. "조금 휴식을 취하세요. 아무튼 일하시는 분이잖아요."

노먼은 그렇게 따지자면 켄도 일하는 사람이 아닌가 하는 생각이 들었다. 그와 켄은 둘 다 앉아서 일하면서 하루 대부분 시간을 보내지만, 켄은 운전면허 시험용 자동차 조수석에 앉아 열심히 일하는 반면, 자신은 책상 앞에 앉아 거의 하는 일 없이 시간을 보내고 있었다. 그렇다고 해서 잠시 휴식을 취하는 데 불만이 있다는 것은 아니었다. 특히 맛있는 음식을 배불리 먹은 뒤여서 더욱 그랬다. 그리고 난방을 하기 위해 미터기에 넣을 동전[55] 걱정할 필요 없이 느긋하게 석탄이 벌겋게 타고 있는 난롯불을 보고 있다니…. 불을 보고 있는 것은 어쨌든 기분 좋은 일이었다.

"저분은 정확히 어디 살아?" 핑크색 고무장갑을 낀 두 손을 설거지물 속에 담근 채 조이가 물었다.

"노먼? 킬번 공원 근처에 있는 단칸방에서 살고 있지."

"그럼 내내 혼자 지내는 거야? 세상에! 너무 외롭겠다."

"혼자 사는 사람 많아." 켄이 말했다.

"하지만 성탄절에… 혼자 지내는 건 처량하지."

"그래서 오늘 우리가 초대했잖아. 안 그래? 우리가 뭘 더 해줄 수 있겠어?"

"함께 살 생각은 안 해봤어?"

"뭐, '함께 산다고?' 장난하지 마!"

"아, '지금' 그러라는 게 아니야. 하지만 당신 아내 메리골드가…." 조이는 떠듬떠듬 그 이름을 입에 올렸다. 그녀는 아무리 애써도 켄의 아내 이름에 익숙해지지 않았다. 그리고 진짜 이름이

55) 영국의 셋집 방에는 전기 미터기가 설치돼 있어서 각 세입자가 자기 방 미터기에 동전을 넣어 히터를 작동시킴.

메리골드라는 사실도 실감 나지 않았다. "그러니까 내 말은… 그 여자가 먼저 세상 뜨고 당신이 혼자 남았을 때…."

켄은 아무 말도 하지 않고 조이의 다음 말을 기다렸다. 조이는 대체 무슨 생각을 하고 있는 걸까? 먼저 세상을 뜬 아내의 오빠라는 것 말고는 아무 공통점도 없는 노먼에게 자기 집에 와서 함께 살자고 말했어야 한다는 것인가? 노먼과 한집에서 살다니! 그런 황당한 일은 생각만 해도 기분이 상했고, 그와 함께 사는 삶이 어떨지 머릿속에 그려보자 기가 막히다 못해 우스워서 자기도 모르게 입가에 미소가 흘렀다. 그래서 다시 가벼워진 분위기에서 그는 조이에게 마른 행주를 휘두르며 장난을 쳤다.

주방에서 켄이 조이와 장난치며 웃는 소리가 들려왔지만 노먼은 그를 시샘하거나 부러워하지 않았다. '나보다 자네가 즐거워하니 다행이다'라고 생각했다. 새로 산 켄의 노란색 자동차를 얻어 타고 자기 집 문 앞에 도착한 노먼은 더없이 만족한 표정으로 자신만의 보금자리인 단칸방으로 들어갔다. 이번 성탄절을 나름대로 흡족하고 활기차게 보낸 그는 이제 사무실 동료들은 어떻게 지냈는지를 궁금해하며 즐거운 마음으로 출근을 기다렸다.

딸네 가족과 함께 성탄절을 보내고 돌아오는 기차에서 에드윈은 진이 빠지기도 하고 지치기도 했지만 해방된 느낌이 들었다. 그들은 물론 더 머물다 가라고 붙잡았지만, 그는 여러 가지 약속이 있어 바쁘다며 끝내 서둘러 돌아왔다. 성탄절에는 장엄미사처럼 진지한 미사가 아니라 조금 부족한 '가족 성찬식'에 참여했고, 그다음 날인 박싱 데이에 전날 식사하고 남은 칠면조 고기와 시끌벅적한 아이들을 바라보면서 그는 있을 만큼 있었다는 생각이 들었다. 사위가 그를 역까지 데려다줬고, 나머지 가족들은 예정했던 대로 팬터마임 공연을 보러 가서 친가 조부모와 그쪽 아이들과 함께 모였다. 거기서는 모두가 떠들썩하게 웃고 즐기는 가족 파티가 한창이겠지만, 정확히 말하면 그 파티는 그가 있을 '자리'가 아니었다. 노먼이라면 아마도 그렇게 표현할 것이다.

에드윈은 수첩을 꺼내 성탄절 이후 일정을 점검했다. 십이월 이십칠 일인 오늘은 성 요한 사도 복음사가 축일이어서 그를 수호성인으로 모시는 클래펌 공원 건너편 교회에서 저녁 때 장엄미사가 열릴 예정이었다. 그 교회 담임 사제는 G. 신부의 친구였다. 그리고 그다음 날인 십이월 이십팔 일은 죄 없는 아기 순교자들 축일이었다. 그날에는 해머스미스에 있는 교회에 찾아갈 생각이었다. 성탄절 당일 말고도 그 후에 여러 축일이 이어지지만, 사람들은 그걸 잘 모르는 것 같았다.

열하나

그들은 긴 연휴를 마치고 모두 일월 이 일 출근했다. 송년 파티로 생긴 피로를 풀고자 새해 첫날을 집에서 쉬겠다는 사람은 아무도 없었다. 과거에는 새해 첫날 출근하는 데 대한 불평이 늘 있었다. 그러나 이제는 휴가가 하루 더 늘었고, 연휴가 너무 길다는 느낌도 있어서 네 사람은 새해 첫날 사무실에 일하러 나오는 것을 오히려 좋아했다.

"일하는 흉내나 좀 내볼까?" 노먼이 의자에 깊숙이 기대앉은 채 드럼이라도 치듯이 손가락으로 책상을 두드리며 말했다.

"사실, 연초에는 별로 할 일도 없어요." 레티가 말을 받았다. "누구나 성탄절 전에 웬만한 일은 다 끝내놓으니까."

"책상은 깨끗이 치워둬야 해요." 오래전 어디선가 들은 구절을 인용해 마샤가 뜬금없이 점잔을 빼며 그들의 현재 상황과는 전혀 맞지 않는 말을 했다.

"그러고 나서 사무실에 다시 나오면 책상 위에는 당연히 아무것도 없겠지." 노먼이 언짢은 표정으로 말했다. 다른 사람들이 성탄절을 어떻게 지냈는지 듣고 싶었는데 화제가 그쪽으로 전개되지 않는 바람에 그는 지루해하고 있었다.

"어, 이것 좀 봐요. 이런 게 와 있네." 인쇄된 공문을 들어 보이며 에드윈이 말했다. 공문을 넘겨받은 노먼이 소리 내 내용을 읽었다.

"우리가 입사하기 전에 은퇴한 분을 위한 추모식이군요." 그가 말했다. "그게 우리와 무슨 상관이람?"

"난 그분이 돌아가신 줄도 몰랐는데…." 레티가 말했다. "전에 우리 회사 회장직도 맡았던 분이죠, 아마?"

"『런던 타임스』에도 부고가 실렸어요." 에드윈이 말했다. "우리 부서에서도 누군가는 대표로 추모식에 참석해야 할 거요."

"하지만 아무도 그 사람을 모르는데요? 그러니까 그쪽에서도 우리가 참석할 거라고 기대하지 않을 거예요." 마샤가 말했다.

"혹시 참석하고 싶은 사람이 있을지 모른다고 생각해서 회람을 돌린 것 같아요." 늘 그러듯이 너그러운 태도로 레티가 말했다. "그분하고 함께 일한 적이 있는 사람이 있을지도 모르잖아요."

"추모식 날짜가 바로 오늘이네." 노먼이 못마땅한 듯 말했다. "이렇게 촉박하게 알려주면 어떻게 참석하지요? 일은 어떻게 하고?"

그의 말에 아무도 대꾸하지 않았다.

"추모식은 열두 시에 시작된다네." 노먼이 짜증 난 말투로 말했다. "젠장! 우리더러 어쩌라는 거야?"

"아무래도 난 참석해야 할 것 같아." 손목시계를 들여다보며 에드윈이 말했다. "장소는 지금 대학에서 사용하는 교회야. 불가지론자를 위한 추모식으로는 안성맞춤이네."

"그 교회를 잘 아시나 봐요. 가본 적 있어요?" 레티가 물었다.

"알기는 하지요." 에드윈이 말했다. "거기는 일종의 비종파적인 교회여서 모든 종파의 행사를 수용할 거예요. 그러니 추모식 진행 방법을 아는 사람도 있겠지요."

"그러기를 바라야지. 자네가 추모식을 직접 진행할 게 아니라면!" 노먼이 빈정대며 말했다. 그는 왠지 에드윈이 부당이득이라도 취하는 것 같아 못마땅했다. 그러나 물론 그것이 정확히 어떤 점에서 그에게 이득이 되는지를 콕 집어 말하기는 어려웠다.

교회 창턱에는 빽빽하게 마른 포인세티아와 호랑가시나무 가지 등 성탄절 장식들이 아직 그대로 남아 있었다. 하지만 제단 한쪽 옆에는 꽃 장식 전문가의 작품인 듯 값비싸 보이는 하얀 국화꽃 장식이 놓여 있어 오늘 이 교회가 맡은 이중적인 역할을 강조하는 것 같았다.

에드윈은 추모식에 관해 잘 알지 못했다. 특히 자기와 공통점이 거의 없는 사람을 추모하는 행사여서 더욱 그랬다. 그 행사는 에드윈의 아버지, 어머니, 아내, 그리고 친가와 외가 여러 친척의 장례식과 사뭇 달랐다. 게다가 그것은 진정한 위령미사가 아니라 사교 모임에 가까웠다. 세련된 모자와 모피 코트로 한껏 멋을 부린 여자들과 검은색 정장과 두꺼운 코트를 차려입은 남자들은 그때까지 에드윈이 참석했던 장례식에서 봤던 조문객들, 옹기종기 모여 서서 고인을 애도하던 사람들과 전혀 달랐다. 물론 애도 기간이 지난 시점에서 열리는 이 추모식은 고인의 생애와 업적을 기리는 계기였으니 보통 장례식과는 분명히 차이가 있었다. 또 한 가지 눈에 띄는 차이는 일월 겨울날인데도 교회 안이 무척 따뜻하다는 점이었다. 에드윈의 발 주위를 감싸며 따뜻한 공기가 흐르고 있었고, 앞자리에 앉은 여자가 모피 코트의 깃을 벌리는 모습이 눈에 들어왔다.

선택된 찬송가 두 곡 중 하나는 '용감히 살려는 자여(He who would valiant be)'였고, 또 하나는 가장 공격적인 불가지론자나 무신론자들조차도 기분 상하지 않게 가사에 특별히 신경을 쓴 듯 보이는 찬송가였는데, 참석자 중 그 곡을 아는 사람은 없는 듯했다. 첫 성경 독서는 전도서 한 구절이었고, 이어서 한창 왕성하게 활동 중인 고인의 후배가 낮고 엄숙한 목소리로 간략하게 추모 연설을 끝냈다. 회사에서 그를 한두 번 본 적 있는 에드윈은 자기가 이 추모식에 참석한 것이 이로써 정당화된 듯한 인상을 받았다. 아무튼 그는 노먼, 레티 그리고 마샤를 대표해 이 자리에 와 있었고, 따라서 그의 참석은 전적으로 온당한 일이었다.

다른 참석자들과 함께 무심코 줄지어 밖으로 나가던 에드윈은 교회 문으로 나가지 않고 반쯤 열린 옆문을 통해 제의실 비슷한 방으로 미끄러지듯 들어가는 사람들을 봤다. 모든 추모객은 아니었고 몇몇 사람만 그리로 갔는데, 그들에게는 뭔가 특권이 있는 것처럼 보였고 에드윈은 곧 그 이유를 알아차렸다. 그가 슬쩍 안을 들여다보니 방 한가운데 탁자가 놓여 있었고, 그 위에 셰리주(추모식이니 위스키가 아닌 것이 당연했다)로 보이는 음료가 든 잔들이 진열돼 있었다. 에드윈은 사람들과 섞여 어렵잖게 안으로 들어갔다. 아무도 그에게 뭔가를 묻거나 막지 않았다. 키가 크고 회색 정장을 입은 채 엄숙한 표정을 짓고 있는 에드윈은 어느 모로 보나 그 자리에 있을 권리가 충분히 있는 사람처럼 보였다.

셰리주는 약간 단맛과 달지 않은 맛 두 가지만 있었고, 추모식 행사 성격에 맞지 않는 단맛 셰리주는 없었다. 에드윈은 셰리주를 한 잔 집어 들고 사무실에 돌아가 동료에게 들려줄 얘깃거리를 찾느라 주위를 찬찬히 둘러봤다. 영국 국교회에서 흔히 사용하는 전례용품들이 여기저기 놓여 있는 이 방은 그가 아는 다른 교회들 제의실과 별반 다르지 않았다. 한쪽 구석에는 화병과 촛대가 있고, 표지가 찢어진 것으로 봐서 틀림없이 속지도 몇 장씩은 사라졌을 찬송가집들이 어수선하게 포개져 있었다. 아마도 청소가 불가능하다고 여겨서인 듯 디자인이 매우 정교한 십자가상도 하나 버려져 있었다. 세탁소에서 흔히 사용하는 철사 옷걸이에는 손질이 잘돼 말쑥해 보이는 테릴렌 중백의[56]가 한 벌 걸려 있었고, 가

56) surplice: 성직자나 성가대원이 입는 무릎까지 내려오는 흰옷.

로장에는 주홍색 카속[57] 몇 벌과 먼지 앉은 낡은 검은색 카속 몇 벌이 걸려 있었다. 하지만 이런 얘기를 상세하게 들려줘봤자 노먼, 레티, 마샤의 흥미를 끌지는 못할 것이다. 그들은 누가 추모식에 참석했고, 그들이 어떻게 행동했으며, 무슨 말을 했는지가 궁금할 것이다.

"아무튼 우리는 이제야 그를 정식으로 보낸 셈이군." 에드윈 옆에 있던 나이 지긋한 남자가 입을 열었다. "그도 아마 우리가 여기서 셰리주를 마시는 걸 바랐을 거요." 그는 빈 잔을 내려놓고 새 잔을 집어 들었다.

"사람들은 늘 그런 식으로 말하죠." 한 여자가 그의 말을 받았다. "그리고 우리가 무엇을 하든 '그들'이 그것을 바랐으리라고 생각하는 것이 편리하기도 하고요. 하지만 매튜는 생전에 교회에 다닌 적이 없어요. 그러니까 추모식 행사에서 셰리주를 마시는 절차만이 아마도 그가 인정하는 부분이겠죠."

"그는 어릴 때 세례를 받고 교회에 다녔을 겁니다." 에드윈이 끼어들었다. 그러자 다른 사람들이 그의 주위에서 떠났으므로, 그는 자신이 이 말을 한 것도 그렇지만 추모식에 참석한 것 자체가 외람된 행동이 아니었나 싶었다. 그러나 비록 변변치 않은 직위에 있어도 그 역시 이 회사 직원이었고, 따라서 개인적 친분은 없다 해도 고인에게 경의를 표할 권리는 다른 사람들과 마찬가지로 그

57) cassock: 성직자들이 입는 검은색이나 주홍색 복장.

에게도 있었다.

에드윈은 잔을 비우고 빈 잔을 탁자에 조심스럽게 내려놓았다. 탁자는 흰 천을 씌워놓았는데 그는 거기에 혹시 어떤 기독교적 의미가 있는지, 쓸데없이 그런 것이 궁금해졌다. 그는 얼마든지 더 마실 수 있었지만 그만 하기로 했다. 그것은 적절한 행동이 아닌 듯했다. 또한 그런 행동을 하면 언젠가 '높은 사람들 귀에 들어갈지도' 몰랐다. 누가 알겠는가?

이제 점심을 해결할 문제만 남았다. 물론 사무실에 돌아가면 샌드위치가 있긴 했지만 그는 아직 동료를 만날 준비가 돼 있지 않았다. 그래서 사우샘프턴 거리에 있는 커피 하우스로 들어갔다. 커튼으로 가려놓은 칸막이 자리에 앉은 그는 진한 브라질 커피를 마시며 생각에 잠겼다.

그의 맞은편 자리에는 한 쌍의 연인이 앉아 있었지만 그는 그들을 전혀 의식하지 못했다. 그는 자기 장례식에 대해 생각했다. 비록 '추모식'을 할 만한 지위에 있지 않아도 그의 장례식은 당연히 오렌지색 양초를 켜고 향을 피우며 세부적인 의식을 모두 제대로 갖춘 정식 장례 미사로 진행될 것이다. G. 신부가 그보다 더 오래 살까? G. 신부가 더 오래 살아서 그의 장례식을 집전한다면 어떤 찬송가를 고를까? 그때 커피 하우스의 시계가 두 시를 알렸고 그는 사무실로 돌아가야 한다는 것을 깨달았다.

에드윈이 사무실로 들어가자 노먼은 심술궂은 표정으로 그를 올려다봤다. 뭔가 일거리가 생긴 모양으로, 노먼은 그 일을 처리하고 있었다.

"열두 시에 추모식에 가서 세 시간이나 자리를 비우다니…. 내가 그랬으면 좋았겠어." 노먼이 빈정댔다.

"정확히 두 시간 십이 분이야." 손목시계를 들여다보며 에드윈이 반박했다. "원한다면 자네도 참석할 수 있었잖아."

"아름다운 추모식이었어요?" 레티가 물었다. 어쩌다 한 번씩 교회에 가는 사람으로서 레티에게는 교회에서 치러지는 이런 식의 행사는 모두 아름답다는 선입견이 있었다.

"정확히 말하면 그렇지는 않았어요." 코트를 벗어 못에 걸며 에드윈이 말했다.

마샤의 자리 옆을 지나 자기 책상으로 가는 에드윈에게서는 커피 향과 술 냄새가 뒤섞여 끼쳤다. "뭘 하고 왔어요?" 마샤가 나지막한 목소리로 물었다. 그러나 대답을 기대하지는 않았다.

열둘

레티와 마샤가 근무하는 회사에는 직원이 퇴직할 때 송별회를 열어주는 관례가 있다. 하지만 레티와 마샤는 특별한 기술이 없는 나이 먹은 여직원인 만큼 저녁에 열리는 정식 송별 파티가 아니라 점심시간을 이용한 송별 모임 정도면 무난하다고 판단한 듯했다. 점심시간에 송별 모임을 하면 그 영향을 참석자들이 오후에 평소보다 조금 더 나른해지는 정도로 제한할 수 있었다. 그 밖에도 또 다른 장점이 있었다. 저녁에는 좀 더 색다르고 값비싼 음료, 즉 고급 포도주라든가 심지어 (그런 술을 잘 마시지 못하는 노먼의 신랄한 표현에 따르면) '독주'인 위스키나 진을 곁들여야 하지만, 점심때는 키프로스산 미디엄 드라이 셰리주 정도면 충분했다. 또한 점심시간 송별 모임에서는 보통 샌드위치가 제공돼 참석자들이 따로 점심을 챙겨 먹지 않아도 되므로, 식사보다 '더 나은' 다른 일을 할 수 있어 좋아하는 사람도 있었다.

대부분 직원에게는 아직 먼 얘기일지 모르지만, 은퇴는 신중하게 접근해야 하는 심각한 주제였다. 그것은 분명히 공부하고 준비해야 하는, 아니 '연구'의 대상이 될 만한 주제였다. 은퇴를 주제로 한 세미나도 이미 열렸다. 마샤와 레티에게 은퇴는 낙엽처럼 피할 수 없는 것이어서 세미나에서 도달한 결론이라든가 제시된 권고 사항이 그들에게는 실제로 상관없었다. 은퇴일이 됐으니 사람들에게 자기 나이가 알려질 것을 걱정할 수도 있었지만, 사실은 조금도 걱정할 일이 아니었다. 왜냐면 두 여자는 이미 사람들이 나이를 궁금해할 만한 시절을 이미 지내버렸고, 지금은 아무도 그들의 나이 따위에 신경 쓰지 않았다. 그들 각자에게 지급될 퇴직금은 얼마 되지 않겠지만, 어차피 앞으로 살아가는 데 필요한 기본적인 것들은 그다지 많지 않을 테고, 그마저도 국가가 책임질 터였다. 나이 든 여자들은 대체로 많이 먹지 않으므로 그들에게는 음식보다는 따듯한 마음이 더 필요했고, 레티나 마샤 같은 사람들에게는 저축해둔 돈이라든가 우체국이나 주택금융조합에 비축된 비상금[58]도 있었다. 그런 식으로 생각해야 아무래도 마음이 편했고, 설령 그들에게 그런 저금이나 비상금이 없다 해도 요즘은 사회복지 제도가 많이 좋아져서 굶어 죽거나 얼어 죽는 사람은 없었다. 게다가 국가가 이런 의무를 다하지 못한다 해도 제구실을 하는 대중매체가 있어서 TV에서는 시청자들의 양심에 호소하는 프로그램이 끊임없이 방영되고, 일요 신문과 그 컬러판 특집에는 독

58) savings, a nest-egg in the post office or a building society: 예전에 영국에서 흔히 볼 수 있었던 저축 종류.

자의 심금을 울리는 기사와 충격적인 사진이 실리곤 했다. 따라서 미스 크로우와 미스 아이보리의 미래를 걱정할 필요는 없었다.

송별 연설을 하기로 예정된 부이사보(직무대리)는 미스 크로우와 미스 아이보리가 회사에서 어떤 업무를 담당했는지 잘 몰랐다. 그들이 속한 부서의 담당 업무 자체가 미스터리에 싸여 있는 듯했고, 사람들은 두 여자가 회사의 기록물이나 문서의 정리와 보관에 관련된 일을 했다고 짐작만 할 뿐 정확히 알지는 못했다. 하지만 그들이 하는 일은 여자들이 담당한 업무로, 컴퓨터가 쉽사리 대체할 수 있는 것 같았다. 두 여자의 은퇴와 관련해 가장 눈여겨볼 점은 그들의 후임자가 없다는 사실이었다. 사실 그들이 일하던 부서 자체가 단계적으로 폐지되는 중이어서 거기 아직 남아 있는 두 남자가 은퇴할 때까지만 존속할 예정이었다. 하지만 급하게 마신 셰리주 탓인지 부이사보는 이 비관적인 요소조차 효과적으로 이용하려고 했다.

그는 방 한가운데로 나서서 연설을 시작했다.

"오늘 우리는 우리 회사를 떠나는 미스 크로우와 미스 아이보리에게 경의를 표하고자 이 자리에 모였습니다. 여기서 중요한 것은 두 분이 어떤 일을 해왔는지를 정확히 알거나 알았던 사람이 아무도 없다는 점입니다." 그가 분연히 선언했다. "이분들은 조용히 그리고 은밀히 일하는 사람들이었고 그건 지금도 마찬가지입니다. 말하자면 남모르게 회사에 도움이 되는 사람들인 것입니다. 도움이 되느냐고요? 네, 그렇습니다. 도움이 됩니다. 다시 말하거니와 도움이 됩니다. 요즘처럼 산업계가 불황인 시대에 우리 모두에게 모범이 되는 사람들은 미스 아이보리와 미스 크로우 —여기서 이름의 순서가 뒤바뀌었지만 그것은 중요하지 않아 보였다— 같은 분들입니다. 이분들을 대신할 만한 사람들을 찾지 못했기에 우리는 이분들을 많이 그리워하겠지만, 충분히 누릴 자격이 있는 은퇴를 하는 이분들에게 우리는 기꺼이 퇴직금을 드릴 것입니다. 회사와 임직원을 대표해 이 자리에서 제가 이 두 숙녀에게 장기간의 헌신적 노력에 대한 작은 감사의 표시를 전달할 수 있어 대단히 기쁘게 생각하며, 이분들의 미래에 행운이 깃들기를 기원합니다."

레티와 마샤는 차례로 한 걸음 앞으로 나와 수표와 함께 적절한 문구가 적힌 카드가 든 봉투를 하나씩 받았다. 곧이어 연설자는 점심 약속을 기억하곤 슬그머니 자리를 떴고, 빈 잔들이 다시 채워지고 여기저기서 떠들썩하게 대화가 시작됐다. 대화가 활발하게 꽃피어야 했지만, 뻔한 화제가 다 떨어지자 얘기가 쉽게 이어지지 않았다. 모임이 계속되는 사이에 사람들은 자연스럽게 근무 부서별로 모였고, 레티와 마샤도 자연스럽게 에드윈, 노먼과 어울렸다. 노먼은 조금 전 연설을 언급하면서 부이사보가 마치 두 사람이 은퇴하고 나면 자동차 산업계 전체를 개편하기라도 할 듯이 말하는 것 같더라고 했다.

마샤는 익숙한 사람들과 함께 있게 돼 기뻤다. 다른 부서 사람들을 대할 때면 자신에게 한쪽 가슴이 없다는 사실을 자기도 모르게 의식하게 됐고, 아무래도 그들이 자신의 결함, 즉 자신이 여성으로서 불완전하다는 사실을 눈치챌 것만 같았다. 그래도 다른 한편으로는 자기 얘기를 한다든가 화제를 병원이나 외과 의사로 옮긴다든가 숭배하는 마음이 담긴 나지막한 목소리로 스트롱 씨 이름을 부르기를 좋아했다. 좋아하지는 않지만 굳이 필요하다면 '내 유방절제술'이라고 말할 수도 있고, 또 그것이 어느 정도까지는 기분이 나쁘기만 한 것은 아니지만, '젖가슴'이라는 단어와 그 단어에서 연상되는 것들이 싫었다. 그러나 부이사보가 그녀의 은퇴를 두고 좀 더 문학적으로 운치 있는 연설을 하고자 했다면 ('사람들은 결코 희망을 버리지 않는다'는 문구[59]를 인용하면서) 젖가슴을 언급하거나 ("every bosom returns an echo"라는 문구[60]를 인용하면서) 가슴을 언급했을지 모르지만, 실제로는 그의 연설에 그런 언급이 없었고, 이후 참석자들의 대화에서도 마찬가지였다.

물론 미스 아이보리가 대수술을 받았다는 것은 알려진 사실이었다. 그러나 오늘 마샤가 입은 두꺼운 천 하늘색 원피스는 그녀의 바싹 마른 체구에 비해 많이 커서 몸매가 거의 드러나지 않았다. 그녀를 처음 본 참석자들은 그녀의 특이한 외모, 염색한 머리, 상대를 뚫어지게 바라보는 올빼미 눈이 신기하기만 했다. 그들 중

59) hope springs eternal in the human breast: 알렉산더 포프의 『인간론*An Essay on Man*』에 나오는 문구로, 사람들은 결코 희망을 버리지 않는다는 의미임.

60) with sentiments to which every bosom returns an echo: 새뮤얼 존슨이 자신의 저서 『*Life of Gray*』에서 토머스 그레이의 Elegy에 대해 언급하면서 쓴 표현 "The Church—yard abounds with images which find a mirror in every mind, and with sentiments to which every bosom returns an echo."에서 인용됨.

누군가가 만약 용기를 내 그녀와 대화를 시도했다면 흔치 않은 경험을 했으리라. 하지만 그런 용기를 낸 사람은 아무도 없었다. 나이도 들고 살짝 미쳐가는 데다 이제 막 은퇴하는 여자를 상대하기란 쉽지 않았으므로 사람들이 그녀를 피하거나 지극히 형식적인 말만 건넨 것도 놀랄 일은 아니었다. 앞으로 그녀의 은퇴 생활이 어떨지는 상상하기 어려웠다. 그런 생각은 불가능할 뿐 아니라 다소 섬뜩하기까지 했다.

마샤와 달리 레티의 사정은 지루할 정도로 단순했다. 그녀가 입은 꽤 괜찮은 초록색 무늬 저지 정장은 새로 다듬은 엷은 갈색 머리와 완벽하게 어울렸다. 영국의 전형적인 독신 여성인 레티는 시골 작은 집에서 은퇴 생활을 할 예정이었다. 그 집에서 그녀는 같은 처지의 다른 독신 여성과 함께 교회에 다니며 여성단체 모임에도 참석하고 정원을 가꾸고 바느질도 할 것으로 알려졌다. 따라서 이 송별 모임에 참석한 사람들은 기꺼이 그녀에게 말을 걸어 이런저런 얘기를 했으나, 겸손하고 예의 바른 레티는 이제 상황이 달라져 시골 작은 집에서 친구와 함께 살지 못하게 됐고 아마도 런던에서 여생을 보내게 될 거라고 새삼스레 털어놓을 수 없었다. 그러나 자신이 다른 사람들에게 그다지 흥미를 끄는 존재가 아님을 잘 알고 있었던 그녀는 상냥하게 자신의 미래 계획을 묻는 젊은 사람들에게 지루할 정도로 세세한 내용을 밝히지는 않았다. 그래도 오늘은 흑인 소녀 율라리아조차 그녀에게 환한 미소를 지어 보였다. 율라리아 옆에는 목이 석고 기둥처럼 매끈하고 곧은 또 다른 소녀가 있었는데, 타이핑이나 서류 정리 같은 일상 업무와는 전혀 어울릴 것 같지 않은 그 소녀는 레티에게 앞으로 은퇴하면 오후에도 TV를 볼 수 있어 좋겠다고 밝은 목소리로 말했다. 레티는 결국 그런 것이 은퇴의 주된 즐거움 중 하나라는 것을 깨달았지만, 그 친절한 소녀에게 자기에게는 TV가 없다고 차마 말할 수 없었다.

참석자들이 모두 일하러 돌아갔고, 마침내 사무실에는 레티와 마샤, 그리고 에드윈과 노먼이 남았다. 두 남자는 흡족해 보였다. 수많은 송별 모임에 참석했던 그들이 보기에 이번 송별 모임은 셰리주 돌린 횟수로 따졌을 때 분명히 평균 수준은 됐던 것이다.

"물론 낮술로 마시기에 셰리주는 좀 세지." 노먼이 말했다. "하지만 없는 것보다 나아요. 그것도 나름의 효과가 있으니까." 그가 취한 듯 코믹하게 몸을 살짝 휘청했다.

"난 두 잔이면 충분해." 레티가 말을 받았다. "그런데 내가 보지 않는 사이에 틀림없이 누가 내 잔을 채워놓았나 봐. 왜냐면 내가 느끼기엔…." 그녀는 지금 자기 느낌이 어떤지 혹은 그 느낌을 어떻게 묘사해야 하는지 정확히 알 수 없었지만, 두 잔 마신 것치고는 많이 취했다는 느낌이 들었다.

작은 잔으로 오렌지 주스만 한 잔 마신 마샤는 입을 다문 채 재미있다는 듯 미소를 지어 보였다.

"은퇴 후 최소한 음주 문제는 없겠군요." 노먼이 장난스럽게 말했다.

"난 술을 안 좋아해요." 마샤가 분명히 말했다.

레티는 자기도 모르는 사이에 앞으로 적막한 포프 부인의 집에서 보낼 외로운 밤을 생각했다. 셰리주 병을 아예 방에 두지 않는 편이 현명하리라…. 지금까지는 자신이 온종일 집을 비우므로 포프 부인과 그런대로 잘 지냈지만, 과연 은퇴 후에도 잘 해나갈 수 있을까? 포프 부인 집에서 사는 것은 확실히 일시 방편일 뿐이었다. 삭막한 런던 북서쪽 교외에서 여생을 보내고 싶지는 않았다. 마조리가 사는 시골 근처 마을에 방을 하나 얻지 말라는 법은 없을 것이다. 지난번에 보내온 편지에서 마조리는 얼핏 그 비슷한 얘기를 한 적이 있었다. 요컨대 마조리는 그토록 오랫동안 친하게 지냈던 친구와 연락을 끊은 채 살기를 원치 않았다…. 아니면 자기가 태어나고 자란 런던 서부로 돌아갈 수도 있으리라. 레티는 은퇴를 애써 긍정적으로 생각하면서 삶은 아직도 가능성으로 가득 차 있다고 자신을 설득하려 했다.

레티는 사무실 책상 서랍을 비웠다. 안에 있던 물건들을 정리해 쇼핑백에 넣으면서 보니 가져갈 물건이 많지 않았다. 구두를 벗고 바꿔 신어야 할 필요가 있을 때를 대비해 가지고 있던 가벼운 실내화 한 켤레, 화장지 한 상자, 편지지와 편지봉투, 소화제 한 통이 전부였다. 마샤도 뭔가를 중얼거리며 레티를 따라 책상 서랍 안에 있던 물건들을 꺼내 커다란 쇼핑백에 쓸어 담았다. 레티는 마샤의 서랍 안을 제대로 들여다본 적은 없었지만 마샤가 서랍을 열 때마다 거기서 비어져 나온 물건들이 보였으므로, 마샤의 서랍이 꽉 차 있음을 알고 있었다. 마샤가 어디에선가 사 와서 바로 그 날부터 사무실에서 쿵쾅거리며 신고 다니던 스포츠 샌들 한 켤레가 있는 줄은 알고 있었으나 고기, 강낭콩, 수프 등의 통조림을 여러 개 꺼내는 것을 보고 놀라지 않을 수 없었다.

"이런, 아주 미식가들의 성찬이 거기 있었구먼." 노먼이 말했다. "진작 알았더라면 좋았을 텐데."

마샤는 미소만 지어 보이고 아무 말도 하지 않았다. 노먼은 걸핏하면 짓궂은 농담을 하지만 운 좋게 문제가 생기지 않고 넘어간다고, 레티는 생각했다. 그녀는 마샤가 서랍에서 꺼내는 물건들을 더는 보고 싶지 않아 얼른 고개를 돌렸다. 마샤의 사생활을 침해하는 행동처럼 느껴졌기에 모르는 편이 나을 듯했다.

"앞으로 이 사무실에 두 사람이 없으면 아주 이상할 것 같아." 에드윈이 어색한 표정으로 말했다. 그는 무슨 말을 해야 좋을지 몰랐다. 일상적인 작별 인사나 퇴근할 때 나누는 인사 이상의 어떤 말이 필요했지만, 그들 중에서 무슨 말을 해야 할지 아는 사람은 아무도 없었다. 에드윈은 노먼과 자기가 사무실을 떠나는 여자들에게 뭔가 선물을 해야 하지 않을까 생각했다. 하지만 '어떤 선물'을 준단 말인가? 그와 노먼은 그 문제에 관해 얘기를 나눈 적도 있었지만, 그건 아무래도 너무 어려운 일이었다. "여자들은 선물을 기대하지 않을 거야. 우리가 그러면 오히려 어색해지겠지." 그들은 그렇게 결론지었다. "게다가 우리가 앞으로 다시는 안 볼 것도 아니잖아?" 그런 상황에서는 너무 깊이 생각하지 않고 이 정도에서 마무리하는 편이 훨씬 쉬웠다. 물론 그들은 모두 다시 만날 것이다. 레티와 마샤가 언젠가 '불쑥' 사무실에 찾아올 수도 있고, 네 사람이 밖에서 만날 수도 있을 것이다. 점심을 함께 먹는다거나 지금은 뭐라고 단정할 수 없지만 다른 '어떤 일'을 함께 하자고 정기적인 모임 같은 것을 만들 수도 있을 터였다…. 그렇게 막연하게 미래를 가정하자 최소한 지금으로서는 그들 모두 뿔뿔이 흩어져 각자의 길을 가기가 훨씬 수월해졌다.

열셋

"곧 은퇴하실 텐데 앞으로 뭘 하실지 생각해보셨나요?" 제니스 브레이브너가 밝은 목소리로 물었다.

"뭘 하다니?" 마샤가 멀뚱멀뚱 그녀를 응시했다. "그게 무슨 말이죠?"

"그러니까…." 제니스는 말을 더듬었지만, 나중에 누군가에게 말했듯이 마샤의 태도에도 굴하지 않고 계속 말을 이었다. "직장 때문에 시간이 없었지만 앞으로는 자유 시간이 많아질 거잖아요?" 마샤가 자기 직업을 정확히 밝힌 적이 없었지만, 제니스는 그 일이 그다지 흥미롭지 않을 거라고 미루어 짐작했다. 아무튼 마샤 같은 사람이 무엇을 할 수 있겠는가? 제니스는 마샤가 은퇴 뒤에 무엇을 할 거냐는 질문이 무슨 뜻인지 전혀 모르겠다는 듯이 묘한 시선으로 자신을 뚫어지게 바라보지 말기를 바랐다.

"여자에겐 늘 할 일이 많아요." 마침내 마샤가 말했다. "남자들과 달라요. 게다가 내겐 관리해야 할 집도 있고…."

"아, 네, 물론이죠." 이 집은 진짜로 관리가 필요하다고, 제니스는 생각했다. 하지만 마샤가 이 집을 관리하는 데 필요한 일을 과연 제대로 할 수 있을까? 마샤가 몸이 불편해 집안일을 못할 것 같지는 않았다. 그러니 설사 가사도우미를 찾을 수 있다 해도 그녀를 위해 가사도우미를 연결해주지는 않아도 될 듯했다. 하지만 집을 제대로 관리하려면 그에 적합한 마음가짐이 필요한데, 마샤에게는 바로 그 점이 부족해 보였다. 그녀는 지금 자기 집 곳곳에 수북히 쌓여 있는 먼지가 정말로 보이지 않는 걸까? 그런 데 관심이 없는 것일까? 어쩌면 그녀에게 새 안경이 필요할지도 모를 일이었다. 제니스는 안경에 대해 한마디 해줄까 하다가, 마샤가 생각날 때마다 그러듯이 한숨을 내쉬었다. 지금 당장은 해줄 수 있는 일이 없어 보였고, 그저 그녀가 어떻게 극복하는지 보러 가끔 들르는 수밖에 없었다.

은퇴 후 처음 맞은 월요일 아침, 마샤는 평소처럼 눈을 뜨자마자 서둘러 일어나 출근 준비를 하다가 오늘이 자신의 은퇴 첫날임을 기억했다. 큰 내기에서 이기거나 로또에 당첨되는 것처럼, 평생 실현되지 않을 것 같고 먼 훗날에도 일어날까 말까 한 일을 생각할 때 사람들은 "그런 날이 오면 좋겠어."라고 말하곤 한다. 그런데 그녀에게 이제 그런 날이 온 것이다. 그리고 여자에게는 늘 할 일이 많다.

마샤는 아침에 차를 마실 때 사용했던 쟁반을 가지고 아래층으로 내려갔다. 그러나 찻잔은 화장대 위에 그대로 남겨뒀다. 그 찻잔은 앞으로 며칠간 그 자리에 놓여 있을 것이고 바닥에 남아 있던 밀크티 찌꺼기는 시큼하게 상할 것이다. 출근할 필요가 없었으므로 그녀는 입고 있던 원피스를 벗고 토요일 아침에 입었던 낡은 스커트와 구겨진 블라우스로 갈아입었다. 그녀가 낡고 구겨진 옷을 입고 있다고 해서 눈총을 주거나 비난할 사람은 아무도 없었고 블라우스의 주름 따위야 체온으로 이내 펴질 터였다. 싱크대 위에 쌓여 있는 어제 설거지 그릇들을 씻으려던 그녀의 시선에 탁자에 놓인 비닐봉지가 들어왔다. 어, 저 비닐봉지가 왜 저기 있을까? 안에 무엇이 들었지? 요즘은 물건들을 종종 비닐봉지에 넣어두므로 그것이 뭐였는지 일일이 기억하기가 늘 어려웠다. 중요한 것은 그 비닐봉지들을 함부로 버리지 말아야 하고, 나아가 안전한 장소에 둬야 한다는 점이었다. 비닐봉지에 '질식할 위험이 있으니 아기와 어린이 손이 닿지 않는 곳에 보관하시오'라는 경고문이 적혀 있지 않던가? 이 문구는 중년이나 노년에게도 적용될 수 있었다. 왜냐면 그들은 때로 질식해 죽고 싶다는 억누를 수 없는 충동에 사로잡히기 때문이다. 그래서 마샤는 비닐봉지를 들고 이층으로 올라가서 판지 상자, 갈색 포장지와 끈 같은 물건들을 두는 방으로 들어갔다. 그리고 아기와 어린이 손에 닿지 않게 비닐봉지들을 이미 가득 차게 쟁여둔 서랍에 쑤셔 넣었다. 그러나 비닐봉지를 가지고 놀다가 질식할 위험이 있는 아기나 어린아이가 이 집에 오지 않은 지는 꽤 오래됐다. 아기는 한 번도 온 적이 없었다.

마샤는 그 방 안의 물건들을 이것저것 정돈하고 재배치하느라

오랜 시간을 보냈다. 서랍에 들어 있던 비닐봉지들을 전부 꺼내 모양별로, 크기별로 분류했다. 오래전부터 하려고 별렀지만 이래저래 짬을 내지 못해 미뤄뒀던 일이었다. 이제 은퇴 생활의 첫날 그녀 앞에는 영원만큼이나 긴 시간이 펼쳐져 있었다. 제니스 브레이브너가 그 섬세한 척 고상한 척 꾸민 목소리로 "앞으로 뭘 하실지 생각해보셨나요?"라고 묻던 일을 생각하는 마샤의 입가에 자기도 모르게 미소가 피어났다.

정리 작업을 마치고 나니 사무실에 있었다면 점심을 먹으러 갈 때가 됐다. 마샤는 에드윈과 노먼이 지금쯤 무엇을 하고 있을지 문득 궁금했다. 아마도 그들은 늘 하던 대로 각자 준비해 온 도시락을 먹고 있으리라. 에드윈은 까탈스럽게 챙겨 온 음식을 먹고 있을 것이며 노먼은 마샤가 남겨둔 커다란 통에 든 커피를 타서 마시고 있을 것이다. 식사를 끝내고 에드윈은 교회에 가서 어떤 행사가 있는지 둘러볼 테고, 노먼은 대영박물관에 가서 미라로 만든 동물 앞에 앉아 있을 것이다. 아니면 도서관에서 신문을 읽고 있을지도 몰랐다. 도서관에 생각이 미치자 마샤는 레티가 자기에게 떠맡긴 우유병이 여전히 그대로 있다는 사실을 기억했다. 최악의 경우에는 그 빈 병을 도서관에 슬쩍 놓아두고 올 수 있을 것이다. 아니, 이제는 그 도서관에 가지 않을 테니 아무 도서관에나 들어가 거기 두고 오면 되리라….

마샤는 정작 자기는 점심 먹을 생각을 전혀 하지 않고 있다는 것을 깨달았다. 그렇게 저녁이 돼서야 식사를 했는데, 빵 보관 통에 남아 있던 빵 조각 하나를 차와 함께 먹는 것이 전부였다. 그 빵 조각 둘레에 푸르스름한 곰팡이가 피어 있었지만 그녀는 그것을 보지 못했다. 아무튼 그다지 배가 고프지 않았던 마샤는 그 빵조각을 반쯤 먹고 나머지는 나중에 먹으려고 다시 통에 넣었다. 물론 내일이든 언제든 장을 볼 테고 아직도 인도인이 운영하는 식품점이 열려 있긴 하겠지만, 어쨌든 오늘은 장보러 나가지 않기로 했다. 오늘은 해야 할 일이 많고 아무튼 그녀는 많이 먹는 체질이 아니었다.

레티는 은퇴 후 맞은 첫날 아침 늦게까지 푹 자리라 생각했지만, 평소와 똑같이 눈을 떴다. 아니, 사실은 포프 부인이 아침 여섯 시에 일어나 부산스럽게 집을 나서는 바람에 평소보다 일찍 눈을 떴다. 포프 부인은 틀림없이 어느 성인의 축일을 기념하는 미사에 참례하러 교회에 갔을 것이다. 그러나 사십 년 습관은 무서운 것이어서 어쨌든 레티는 아침 일찍 눈을 떴을 것이다. 게다가 나이가 들수록 새벽잠이 줄어들게 마련이라니, 이 습관은 앞으로도 사라지지 않을 터였다.

"은퇴하면 무엇을 '하실' 예정이세요?"라고 사람들은 물었다. 어떤 사람은 진지하게 물었고, 또 어떤 사람은 쓸데없는 호기심에서 그렇게 물었다. 그리고 그녀는 자연스럽게 남들처럼 흔한 대답을 했다. 회사에 출근하지 않아도 되니 얼마나 좋은지 몰라요. 늘 하고 싶었던 것들을 모두(그것이 무엇인지는 구체적으로 말하지 않았

다) 하고, 전에는 짬이 없어서 읽지 못했던 책—『미들마치』[61]라든가 『전쟁과 평화』, 심지어 『닥터 지바고』에 이르기까지—을 읽을 시간이 생겼으니까요…. 그뿐 아니라 은퇴에 대해 말하자면, 마샤가 말했듯이 "여자에겐 할 일이 많다"고 대꾸할 수도 있었다. 중요한 것은 그녀가 여자라는 점이었다. 사람들은 흔히 은퇴한 남자를 측은하게 여긴다. 물론 한 가지 면에서 레티는 마샤와 달랐다. 그녀에게는 관리할 집도 없었고 단지 남의 집 방 한 칸만이 있을 뿐이었다. 이 방 안에서, 혹은 이 방을 위해 할 수 있는 일에는 한계가 있었다. 따라서 독서에 전념할 시간이 더 많아질 테고, 그러려면 도서관에 가야 한다는 것을 뜻했다. 그리고 은퇴 후 맞은 첫날 밖으로 나가 걸어야 할 목적이 있다는 것은 좋은 일이었다.

레티가 아침 식사를 준비하러 주방으로 내려가려고 할 때 포프 부인도 교회에서 막 돌아왔다. 포프 부인은 활기차고 도덕적인 분위기를 풍겼다. 그날 아침은 추웠지만, 교회에 걸어서 다녀왔기 때문인 듯했다. 새벽 미사에는 세 명밖에 나오지 않았다. 사제와 그를 돕는 복사까지 모두 다섯 명이 있었다. 요즘 새벽 미사는 한물갔고, 저녁 미사가 대세라는 말을 에드윈에게서 자주 들었던 레티는 포프 부인에게 뭐라고 말을 걸어야 할지 알 수 없었다. 그래도 에드윈을 떠올린 덕분에 포프 부인과 대화할 화제를 찾을 수 있었다. 그녀는 포프 부인에게 에드윈이 그녀가 다니는 교회와 어

61) Middlemarch: 조지 엘리어트의 소설.

떤 상관이 있느냐고 물었다.

"아, 그 사람은 우리 교회 신자가 아니야. 뭔가 특별한 행사가 있을 때만 오지." 토스트의 까맣게 타버린 부분을 박박 긁어내며 포프 부인이 대답했다.

"우리 교회 전례는 그 사람 마음에 들 만큼 까다롭거나 정교하지 않아. 우리는 향도 쓰지 않거든."

"향을 안 써요?" 레티는 포프 부인의 말을 이해하지 못했다.

"향이 맞지 않는 사람도 있어. 기관지가 좋지 않으면…. 아, 그런데 미스 크로우, 당신은 아침 식사 때 옷을 갖춰 입지 않나 보지?"

점잖은 푸른색 모직 실내복 차림으로 주방으로 내려왔던 레티는 비난받는다고 느꼈다. "오늘은 은퇴 후 첫날이어서요." 마치 그것이 충분한 이유가 된다는 듯이 그녀가 기어 들어가는 목소리로 변명했다.

"하지만 내 생각엔 너무 해이해지지 않는 게 좋을 것 같아. 은퇴하고 나서 몸과 마음이 무너지는 사람이 얼마나 많은데. 난 그런 사람들을 많이 봤어. 높은 자리에 있던 남자도 은퇴하면…."

"하지만 전 여자고 높은 자리에 있지도 않았어요." 레티가 말을 끊었다. "어쨌든 오늘 아침엔 도서관에 가려고 해요. 이제야 제대로 독서할 시간이 생겼으니까."

"아, 독서…." 포프 부인의 반응은 시큰둥했다. 그녀는 독서를 대수롭게 않게 여기는 듯했고, 레티와의 대화랄 것도 없는 대화를 이어가는 것도 시들해진 것 같았다. 빈속으로 교회에 갔던 그녀는 베이컨과 탄 부분을 긁어낸 토스트를 준비했고, 레티는 삶은 달걀 한 개와 얇은 귀리 빵 두 조각을 들고 자기 방으로 돌아왔다.

아침 식사를 마친 레티는 마샤가 은퇴 후 첫날 입었던 것보다 훨씬 더 신경 써서 옷을 입었다. 회사에 출근할 때 입기에는 너무 튀는 것 같아서 옷장에 모셔뒀던 새 트위드 정장을 입을 좋은 기회였다. 그녀는 평소보다 더 많은 시간을 들여 그 정장에 어울리는 스웨터와 스카프를 골랐다. 지금까지는 은퇴 전과 다르게 시간을 보냈지만, 열람증이 있는 사무실 근처 도서관에 간다면 회사에 다니던 때와 똑같은 길을 걷게 될 것임을 깨달았다. 그러나 지금은 평소보다 두 시간쯤 늦은 시각이어서 지하철이 덜 붐볐고, 역에서 내렸을 때에도 사람들은 계단을 뛰어 올라가기보다 에스컬레이터를 타고 천천히 올라갔다.

도서관에 가는 길에 어쩔 수 없이 회사 건물 앞을 지나가야 했던 레티는 밋밋한 회색 건물을 올려다보며 사층 사무실에서 에드윈과 노먼이 지금 무엇을 하고 있을지 생각했다. 커피를 마시고 있을 두 사람 모습을 그려보기는 어렵지 않았다. 회사에서 그녀와 마샤의 후임을 뽑지 않기로 했다니 그들 자리에서 그들이 하던 일을 하는 사람은 없을 것이다. 없어도 되는 일이라니 마치 있었던 적이 없는 일처럼 느껴졌고, 그녀와 마샤도 존재한 적 없이 감쪽같이 휩쓸려 버려진 것만 같았다. 레티는 속이 텅 빈 것 같은 느낌으로 도서관에 들어갔다. 어깨까지 내려오는 금발의 젊은 남자 직원은 여전히 자기 자리에 앉아 있었기에 최소한 그 점에만은 안도감이 들었다. 그녀는 본격적으로 독서를 시작하기로 단단히 마음먹고 '사회학'이라고 분류된 서가를 향해 당당히 걸어갔다. '사회학'이라는 명칭과 개념이 그녀의 시선을 끌었고, 사회에 대해 남김없이 알고 싶은 의욕으로 충만했다.

"지금쯤 여자들은 뭘 하고 있을까?" 노먼이 말했다.

"여자들?" 에드윈은 그가 누구를 말하는지 당연히 알고 있었지만, 레티와 마샤를 그런 식으로 말하거나 생각하기가 익숙하지 않았다.

"기분 좋게 늦잠 자고 나서 침대에서 아침 먹고, 아점은 아마 열한 시쯤 시내에서 먹을 테고, 상점을 구경하며 돌아다니다가 디킨스 앤 존스나 D. H. 에반스에서 늦은 점심을 먹겠지. 그런 다음에 러시아워가 되기 전에 서둘러 집으로 돌아갈 테고, 그다음에는…." 노먼의 상상력은 거기까지였고, 에드윈도 그 뒤는 상상하기 어려웠다.

"레티는 그런 식으로 지내겠지." 에드윈이 동의했다. "하지만 마샤는 그렇게 하루를 알차게 보내지 않을 것 같아."

"그래, 마샤는 상점 구경을 좋아하지 않을 거야." 노먼이 생각에 잠겨 말했다. "레티는 점심시간에 틈나는 대로 옥스퍼드가에 가곤 했지. 거기 가려면 버스를 기다려서 타야 하는데도 개의치 않더라고."

"나도 마가렛가에 있는 올세인츠 교회에 가려고 정류장에 줄서 있을 때 가끔 레티를 만나곤 했지."

"그런데도 레티한테 교회에 함께 가자고 설득하지 않았군." 노먼이 냉소적으로 말했다.

에드윈은 실제로 그렇게 했다가 거절당했는지 보기에 민망했으므로 노먼은 그 얘기를 중단했다. "두 사람이 여기 없으니 기분이 이상해." 그가 말했다.

"어쩌면, 언젠가는 불쑥 들를지도 모르겠네." 에드윈이 말했다.

"응, 그러겠다고 했지."

"하지만 진짜로 그러지는 않을 거야. 여기 오려면 엘리베이터를 타고 올라와야 하잖아, 안 그래? 그건 그냥 지나가는 길에 한번 들르는 것과 다르지."

"우리 사무실이 일층에 있어서 밖에서 지나가다가 들여다볼 수 있는 것도 아니고 말이야." 거의 아쉬워하는 말투로 노먼이 말했다.

"아무튼 이제 사무실을 좀 더 넓게 쓸 수 있게 됐어." 에드윈이 자기 점심 도시락에 들어 있던 것들—식빵 서너 조각, 마가린 통, 치즈, 토마토—을 레티가 쓰던 책상 위에 주섬주섬 늘어놓았다. 젤리 베이비 봉투를 꺼내던 그의 머릿속에 갑자기 레티의 모습이 아주 생생하게 그려졌다. 하지만 그는 왜 바로 이 순간에, 그것도 이처럼 강렬하게 그녀 모습이 떠오르는지 설명할 수 없었다. 그녀가 젤리 베이비와 무슨 연관이라도 있는 것처럼.

레티에게는 그날 하루가 아주 길었고 이상하게도 사무실에서 일하고 온 날만큼이나 피곤했다. 아침에 일찍 일어났고, 전에 생각지도 못했던 티타임과 저녁 식사 사이의 간격이 평소보다 길어진 탓인 듯했다. 그녀는 도서관에서 빌려온 책 중에서 한 권을 펴고 정독하려고 애썼지만, 그 내용을 이해하기 어려웠다. 본격적으로 독서에 몰입하는 요령을 터득하는 데 시간이 걸릴 테니 아침에 새로운 기분으로 다시 읽기를 시작하는 편이 나을 것 같았다.

마샤의 삶에 '속도'라는 개념은 어차피 존재하지 않지만, 하루가 순식간에 지나갔다. 시간의 흐름에 대한 감각이 전혀 없었던 그녀는 어느새 창밖에 내려앉은 어둠을 보고 깜짝 놀랐다. 사회복지사가 언제라도 불쑥 찾아올까 봐 그녀는 불을 켜지 않고 캄캄한 어둠 속에 앉아서 볼륨을 낮춰놓은 라디오에서 흘러나오는 출연자들의 수다를 듣고 있었다. 그녀는 은퇴 후 맞은 첫날 무엇을 했는지 기억하지 못했다.

열넷

은퇴 후 일주일이 지나고 첫 연금을 인출할 때쯤 레티는 사회학이 자신이 기대하던 것과 다르다고 결론지었다. '사회학'은 틀림없이 이보다 훨씬 재미있는 분야일 텐데 그녀가 책 선정에 실패했을지도 몰랐다. 그녀는 자기가 선택한 주제에 푹 빠져 즐기리라고 —푹 빠져 즐긴다는 표현이 실제로 자기가 사회학에 대해 상상하며 느낀 것에 비하면 지나친 표현일지 모르지만— 생각했다. 따분함에 지치고 어려운 용어들의 수렁에 빠져 당황하면서 커피를 마실 때가 되지 않았나 싶어 계속 시계를 보는 일은 없을 줄 알았다. 그녀가 뭔가 새로운 것을 배우기에 너무 늙고 머리가 퇴화한 것이 분명했다. 머리를 쓴 적이 과연 있기는 했던가? 지난 삶을 되돌아보다가 그녀는 이제 막 은퇴하고 떠난 그 직장에서는 물론이고 그 전에도 머리를 쓰는 일을 했던 적이 없었음을 깨달았다. 생각해보면 그녀는 학문을 하기에는 부족한 것 같았으나, 주위에서는 그녀보다 더 나이 든 사람들도 방송통신대학에서 공부하고 있었다. 포프 부인과 알고 지내는 칠십 대 할머니 한 분도 이 학년이었다. 포프 부인 주변에는 언제나 존경스러운 일을 하는 지인이 있는 것 같았고, 시간이 흐르면서 레티는 포프 부인을 피해 그녀가 분명히 주방에 없을 때만 자기 음식을 조리하러 내려가게 됐다. 그래서 자기 방에 쭈그리고 앉아 아래층에서 들리는 소리에 집중하기도 하고, 음식 냄새를 맡으려고 애쓰기도 했다. 하지만 포프 부인은 베이컨 말고는 뭔가를 굽거나 튀기는 경우가 드물어서 그것도 쉬운 일이 아니었다. 레티는 포프 부인이 주방에서 나가기를 기다리는 동안 두 잔째 셰리주를 따르곤 했다. 그러나 그녀는 자기가 세운 두 가지 규칙을 잘 지키고 있었다. 첫째는 저녁 전에 셰리주를 마시지 않는 것이었고, 둘째는 아침에 소설을 읽지 않는 것이었는데, 이 규칙은 사십여 년 전 학교에 다닐 때 여교장 선생님이 귀가 닳도록 들려준 규칙이었다.

사회학 책들의 대출 기간이 만료되자 레티는 죄책감과 불만을 품은 채 도서관에 책들을 반납했다. 그래도 누구나 은퇴하고 처음 몇 주일은 느긋하게 여유를 즐기지 않던가? 그 기간에는 푹 쉬면서 늘 하고 싶어 했던 일들을 하라고 사람들은 말했다. 그녀도 그냥 가벼운 소설이나 읽고, 라디오 듣고, 뜨개질하고, 옷차림에나 신경 쓰며 지내지 말라는 법이 어디 있겠는가? 그녀는 마샤가 요즘 무엇을 하며 어떻게 지내는지 궁금해졌다. 전화로 수다를 떨거나 만날 약속을 하면 훨씬 쉬울 텐데, 유감스럽게도 마샤에게는 전화가 없었다.

"여행이나 다니세요."라고 사람들은 조언했고, 레티도 그 말에 동의했다. 그러나 이제 마조리는 데이비드 라이델과 지내느라 바쁘므로 혼자 패키지여행을 가야 하는데 그런 여행은 상상하기 어려웠다. 라디오에서 진행되는 시청자 전화 참여 프로그램을 듣다가 독신인 사람들의 휴가 계획에 대한 질문과 답변을 들은 적이 있었다. 시청자들의 이런저런 답변을 듣다 보니 관심사가 같고 마음이 맞는 중년과 노년 남녀가 무리를 지어 식물원에 가거나 고고학 유적지를 탐방하거나 심지어 (쓸쓸히 혼자 마시는 것이 아니라) 다 함께 어울려 포도주를 마시는 모습이 머리에 떠올랐다. 그러나 그녀는 용기를 내지 못했고, 그리스 바닷속에 묻힌 보물을 찾는다던 노먼이 그랬듯이, 그녀도 역시 브로슈어를 살펴보는 것 이상의 행동은 하지 못했다. 그래서 그녀의 '여행' 시도는 주말에 그녀의 고향인 웨스트컨트리에 사는 먼 사촌을 방문하는 것으로 끝났다.

레티와 나이가 비슷한 그 사촌은 그녀를 다정하게 맞아줬고, 두 여자는 저녁마다 편히 앉아 함께 뜨개질을 했다. 레티는 오래전부터 남자 없는 삶에 익숙했고, 따라서 아이가 없다는 사실에도 익숙했다. 그 사촌은 과부였는데 레티가 (한 번도 결혼하지 못한 실패 때문에) 자격지심을 느끼지 않게 해줬다. 그래도 레티는 사촌과 함께 지내면서 또 한 가지 면에서 자기 인생이 실패임을 깨달았다. 그것은 전에 한 번도 생각하지 못한 일이었는데, 사촌의 사진첩을 넘겨보다가 그녀는 그것이 무엇인지 또렷하게 깨달았다. 그녀에게는 손주도 없었던 것이다! 바로 그것이었다. 하지만 그녀가 어떻게 그런 일을 그 옛날, 먼 옛날에 상상이나 할 수 있었겠는가?

그 주말여행에서 돌아오면서 레티는 또다시 마샤에게 연락해야겠다고 생각했다. 그녀에게 엽서를 보내 시내에서 만나 함께 점심을 먹거나 차를 마시자고 할 참이었다. 은퇴 이후 생활을 서로 비교하기에는 아직 이를지도 모르지만 하다못해 같은 사무실에서 일하던 지난 시절 얘기를 하며 수다를 떨 수는 있지 않겠는가?

제니스는 마샤가 은퇴한 뒤 일부러 몇 주일이 지나서야 그녀의 집을 방문했다. 그때쯤이면 마샤도 대체로 안정되고 어느 정도 새로운 생활의 틀이 잡혔으리라고 예상했던 것이다. 그녀는 틀림없이 회사 동료와 함께 지낼 때 느꼈던 일종의 동지애를 그리워할 것이다. 은퇴한 사람들은 보통 그렇게 말하곤 했다. 심지어 따분한 직업의 지루했던 일과조차도 그립다고들 했다. 그래도 마샤가 스스로 장담했듯이 여자에게는 늘 할 일이 있고, 실제로 그녀에게는 관리해야 할 집이 있었고, 가꿔야 할 정원도 있었다. 제니스는 마샤가 문을 열어주기를 기다리며 서 있는 동안 아래층 앞창을 거의 가린, 먼지가 잔뜩 쌓인 월계수의 높이 자란 나뭇잎들을 눈여겨보면서 정원도 손을 좀 봐야겠다고 생각했다.

마샤가 마지못해 미적거리며 문을 열었을 때 제니스는 그녀의 변한 모습에 충격을 받았다. 그 변화가 무엇인지를 깨닫는 데 몇 초가 걸렸다. 은퇴한 이래 마샤는 굳이 머리에 뿌리 염색을 하는 수고를 하지 않았고, 그 결과 눈처럼 하얀 머리카락이 나머지 뻣뻣한 암갈색 염색 머리 아래에 자라 있었다. 아마도 그녀는 머리카락이 자라나면서 염색된 부분이 자연스럽게 사라지게 하려고 일부러 뿌리 염색을 하지 않음으로써 제니스가 방문하는 대부분 연금 생활자처럼 부드러운 흰머리가 자연스럽게 구불거리게 할 생각인 듯했다. 그러나 마샤가 그러지 않으리라는 데 생각이 미치자 제니스는 그녀가 염색된 부분을 잘라버리고 다른 노인들처럼 짧고 단정한 헤어스타일을 해야 한다고 생각했다. 제니스는 일부 미용실에서 연금 생활자들에게 할인 요금을 적용해준다는 정보를 어떻게 하면 그녀 기분을 상하지 않게 잘 전달할 수 있을지 고민했다. 하지만 그런 수고까지 할 필요가 있을까? 마샤 같은 사람들에게는 단도직입적으로 솔직하게 말하는 편이 나을지도 몰랐고, 당장 실행하는 것이 최선이었다.

"월요일과 화요일 오전 아홉 시부터 열두 시까지 마리에타 미용실에 가시면 할인 요금으로 머리를 하실 수 있다는 거 알고 계시나요?" 상냥한 태도로 제니스가 말했다. 자신이 어떤 혜택을 받을 수 있는지, 그리고 자신을 돕기 위해 다른 사람들이 얼마나 '최선을 다하는지'를 모르는 사람이 너무 많다는 것이 사회복지사들의 한탄 섞인 주장이었다.

"그런 정보가 전부 들어 있는 전단지를 도서관에서 가져왔어요." 마샤가 다소 짜증이 섞인 목소리로 말했다. 제니스는 이제 그만 가라는 말을 들은 듯한 기분이 들었다.

"잊지 마시고 언제든 한번 센터에 나오세요." 제니스가 발길을 돌리며 말했다. "센터에는 은퇴하신 분들이 많이 계셔요. 같은

배를 탄 사람끼리 함께 대화하길 좋아하시는 것 같아요." 아마도 이것은 그다지 듣기 좋은 표현은 아니리라. 게다가 많은 은퇴자가 어떤 배 안에 모두 함께 타고 있는 모습을 상상하니 코믹하기까지 했다. 그들을 모조리 어딘가로 보내버리는 것도 좋겠다는 생각이 들 때도 있었다. 제니스의 남편 토니도 그런 농담을 하곤 했다. 그러나 그녀가 계속해서 자신에게 타일렀듯이 노인을 놀려서는 안 됐다. 마샤는 배 얘기를 듣고도 미소조차 짓지 않고 아무 반응도 보이지 않았고, 센터에 나오라는 권유에도 대꾸 한 마디 하지 않았다. 제니스는 한숨을 쉬었다.

마샤는 멀어져가는 제니스의 차를 묵묵히 지켜봤다. 요즘 젊은이들은 한 걸음도 걸으려 하지 않는다. 게다가 미용실 얘기는 또 뭔가? 머리카락을 가닥가닥 알록달록 물들인 제니스 자신도 그런 얘기를 할 처지는 아닐 것이다. 사실, 마샤는 미용실에 가기를 좋아하지 않았다. 아무튼 그녀는 여러 해 동안 한 번도 미용실에 가지 않았다. 매주 미용실에 가는 레티와 달랐다. '그녀'라면 틀림없이 연금 생활자를 위한 할인 요금의 혜택을 누리려고 했을 것이다…. 마샤는 한동안 현관에 서 있었다. 레티를 생각하자 불만이 스멀스멀 온몸을 타고 올라왔다. 주로 그 우유병 탓이기는 했지만, 그 밖에도 다른 이유가 또 있었다. 레티가 한번 만나자고 엽서를 보냈던 것이다. 마샤 자신도 그러기를 원한다는 것을 확신한다는 듯이! 기회가 생기면 레티가 자기에게 무엇을 억지로 떠맡길지 알 수 없었다. 그녀는 레티의 엽서를 아예 무시하기로 했다.

레티는 만나자는 자기 제안에 마샤가 답해주기를 기다리기는 했으나 답장이 없어도 놀라지는 않았다. 직장에서 친했던 동료와도 금세 멀어질 수 있는데 별로 친하지 않았던 사이였으니 이제는 충분히 멀어질 수 있었다. 마샤의 편지와 비교할 수는 없지만, 그즈음 마조리에게서 편지가 왔다. 쇼핑하러 런던에 올 텐데 그때 함께 점심을 먹자고 했다.

그들은 옥스퍼드가에 있는 백화점 식당에서 만났는데, 그곳은 레티가 은퇴 후 첫날 점심을 먹으리라고 노먼이 상상했던 바로 그곳이었다. 마조리는 혼숫감으로 쓸 옷가지를 사려고 런던에 온 것 같았는데, 레티의 생각에는 그것이 구식일 뿐 아니라 육십 대 여성으로서는 다소 부적절해 보였다. 하지만 천성이 로맨틱한 마조리는 별것 아닌 상황에서도 늘 로맨스를 추구하지 않았던가? 마샤조차도 자신을 수술한 외과 의사에게 로맨틱한 '관심'을 보이며 병원에 가는 날을 손꼽아 기다린 적이 있었다. 레티는 자기만 로맨스가 없는 삶을 사는 것 같았다. 그녀에게 마조리의 결혼은 상상 밖의 일이었다. 그 일로 은퇴 후 계획에 차질이 생겼을 때 느낀 실망을 이제 극복하긴 했지만, 들뜬 마조리의 기쁨에 아직 완전히 공감하지는 못하고 있었다. 레티는 이제 마조리가 옷을 고르는 일이나 도와줄 수 있었지만, 그것도 나름대로 의미 있는 일이긴 했다.

"푸른색 크레이프 드레스를 입으려고 해." 마조리가 말했다. "그리고 그 옷에 어울리는 작은 모자를 쓸 거야."

"음… 챙이 넓은 모자를 써도 좋을 것 같은데?" 레티가 말했다. 그들 나이 또래 여자는 얼굴에 보기 좋은 그늘을 드리우는 편이 낫다고 생각했기 때문이었다.

"아, 그렇게 생각해? 왕족도 아니고 하객들이 꼭 내 얼굴을 보고 싶어 하는 것도 아니니 그것도 괜찮겠네." 마조리가 웃으며 말했다. "게다가 하객이 많지도 않을 테고…. 아주 조용한 결혼식이 될 거야."

"응." 나이 든 사람들 결혼식은 보통 그렇다.

"레티, 너 혹시 기분 상한 건 아니지?"

"기분 상하다니?" 마조리의 느닷없는 질문에 레티가 놀라서 물었다.

"내가 신부 들러리를 서달라고 부탁하지 않아서."

"물론이야. 그런 건 생각조차 안 했어." 나이 든 여자 둘이 결혼식장에서 신부와 들러리로 선다는 것이 부적절한데, 마조리가 그런 말을 해서 레티는 깜짝 놀랐다. 마조리의 첫 번째 결혼식에서는 레티가 신부 들러리를 섰다. 그 사실을 마조리가 혹시 잊었나 하는 생각이 들었지만, 레티는 그런 일을 떠올리게 하기에는 충분히 지각 있는 여자였다.

"사실 우리는 하객을 받지 않을 생각이야. 나는 그냥 우리 오빠와 함께 입장하기로 돼 있고, 신랑 들러리는 데이비드 친구인 동료 사제가 설 거거든."

"그 사람은 가족이 없니?"

"어머니뿐이야. 데이비드는 외아들이야."

"어머니는 결혼식에 참석하시겠지?"

마조리가 미소를 지으며 말했다. "글쎄, 어머니는 올해 아흔 살이어서 참석하기 어려워. 수녀님들이 운영하는 종교 기관에서 지내신대."

"여생을 거기서 보내시려고? 아, 그것도 좋은 생각인 것 같다." 레티는 교회에 나가는 일에는 예상 밖의 이점이 있음을 깨달았고, 포프 부인도 언젠가는 수녀들이 운영하는 시설에 들어가기로 돼 있는지 궁금해졌다.

"그런데 레티, 너는 요즘 어떻게 지내?" 대화가 잠시 끊어졌을 때 마조리가 물었다. "새로 얻은 방은 마음에 들어? 그 집이 NW6 지역인 햄스테드에 있다고 했지?"

"응, 그런데 서부 햄스테드에 더 가까워." 레티가 시인했다. 그 집이 진짜 햄스테드에 있다면 그렇다고 말했으리라.

"난 아직도 네가 내 말대로 우리 마을에 있는 홈허스트에서 지내는 편이 나을 것 같아. 지금이라도 널 그곳 대기 명단에 넣어줄 수 있어. 조만간 자리가 날 거야."

"그래, 전에도 네가 그런 말을 했지. 머지않아 누군가가 죽을 거라고…. 하지만 지금쯤 그 자리는 채워졌겠지."

"아, 그래. 하지만 틀림없이 또 누군가가 죽겠지. 그런 일은 계속해서 일어나니까." 마조리가 밝은 목소리로 말했다.

두 사람은 커피를 마셨고, 레티는 당분간 지금 있는 곳에 그대로 머물 생각이라고 말했다.

"그래? 넌 거기 있는 게 아주 만족스러운가 봐." 마조리가 말했다. 그녀는 그렇게 생각하고 싶어 하는 것이 역력했다. "포프 부인은 아주 멋진 분 같아."

"응, 그 나이에 아주 멋진 분이지." 레티는 다른 사람들이 그녀에 대해 늘 하는 말을 되풀이했다. "교구에서도 무척 활발하게 활동하신대. 결혼하고 나면 너도 그렇게 해야겠지?"

"아, 난 그런 활동을 즐길 거야. 누군가를 '도울' 수 있다는 것… 사는 데 그게 제일 중요하다고 생각지 않니? 누구나…."

여기서 마조리는 갑자기 말을 끊었고, 레티는 그녀가 더는 이 얘기를 계속하고 싶어 하지 않는다는 것을 깨달았다. 그녀는 한 남자의 배우자로서 부러움을 살 만한 자신의 처지와 쓸모없이 은퇴 생활을 하는 친구의 처지의 대조를 굳이 강조하지 않으려는 것 같았다.

"일을 구해야겠다는 생각을 가끔 해." 레티가 말했다. "시간제로."

"너무 서두르지 마." 마조리가 자기보다 덜 유능한 친구를 두는 사치를 포기하고 싶지 않다는 듯이 재빨리 말했다. "여가와 지금 네가 할 수 있는 모든 일을 즐겨봐. 난 차분히 책을 읽을 시간이 있으면 좋겠다는 생각을 종종 해."

레티는 얼마 전 도서관에 반납한 사회학 책들이 생각났으나, 마조리는 이미 미래 남편이 신을 폭신한 침실용 실내화에 대한 화제로 넘어가 있었다. 오스틴리드 매장으로 가볼까? 마조리와 함께 식당을 나서면서 레티는 친구의 풍만한 몸매를 의식하며 이 긴 세월을 살아가는 사이에 정확히 어느 시점에서 자기 인생이 실패했는지 알고 싶어졌다.

열다섯

"돈이 문제가 아닐세." 노먼이 말했다. "내가 그 할머니들한테 점심 사주는 걸 아까워하지 않는다는 건 다들 알 거야."

얼마 전만 해도 '여자들'이었던 레티와 마샤가 이제는 어느새 '할머니들'로 바뀌어 있었다. 어느 쪽도 완전히 적절해 보이는 표현이 아니지만, 거기에 뭐라고 덧붙여야 할지 몰라 에드윈은 잠자코 있었다. "서로 연락하자고 했었잖아." 그가 노먼에게 전에 했던 얘기를 상기해줬다. "이젠 본 지도 꽤 됐네."

"그래, 은퇴하고 나서 달라진 생활이 자리 잡을 시간이 필요할 테니, 당분간 내버려 두는 편이 낫겠지. 그건 그렇고, 랑데부에 갈 거면 그간 모아둔 런치 쿠폰을 써도 되잖아."

"쿠폰을 쓴다고? 그래도 될까? 그건 뭔가…." 에드윈이 머뭇거렸다.

"우아해 보이지 않는다는 건가? 자네는 이게 '우아한' 만남이 될 거라고 생각하는 건 아니겠지?" 노먼이 그 특유의 빈정대는 말투로 물었다. “내가 하려던 말이 바로 그거야. 돈이 문제가 아니라 만난다는 생각 자체가 문제라는 거야. 두 사람에게 점심을 사주는 데 오십 펜스 정도는 나도 기꺼이 쓸 수 있어.”

“오십 펜스보다는 훨씬 더 많이 써야 할걸.” 에드윈이 말했다. “런치 쿠폰을 여러 장 쓸 수 있긴 하지. 모아둔 것도 꽤 많고, 어쨌든 두 사람은 절대 모를 거야. 랑데부에서는 카운터에 가서 계산하니까. 두 사람이 보지 않게 우리 둘 중 한 사람이 계산하면 돼.”

“어색한 게 문제지.” 노먼이 말을 계속했다. “우리 네 사람은 함께 식당에 간 적이 한 번도 없잖아. 우리가 같은 테이블에 앉아 있는 모습을 상상할 수 있어?”

“설마 사무실에서 샌드위치나 나눠 먹자는 말은 아니겠지? 그런 걸 고마워할 사람은 없을걸.”

“하지만 요즘 어떻게 지내느냐고 안부를 물은 뒤에는 대체 무슨 얘기를 나눌 건데?”

“아, 잘될 거야.” 딱히 있지도 않은 자신감을 느끼며 에드윈이 말했다. 처리하기 까다로운 교회 모임에 익숙한 그에게 함께 일했던 여자들과의 점심 정도야 어려울 리 없었다. 아무튼 레티와 마샤를 점심때 불러내 함께 식사하자는 계획은 애초에 그의 아이디어였다. 그는 왠지 모르게 양심에 찔려서 결국 그들에게 편지를 써서 함께 식사하자고 청했고, 그 편지를 그는 업무 시간에 썼다. 그런 편지를 쓰는 것도 당연히 ‘업무’에 해당한다는 것이 그의 생각이었다. 레티에게서는 곧 답장이 왔는데, 거기에는 자기도 그들을 만나면 반가울 거라고 쓰여 있었다. 마샤의 답장을 받는 데는 좀 더 오래 걸렸는데, 요즘 대단히 바쁜데도 만남에 응하는 것이 큰 호의를 베푸는 것 같은 인상을 풍겼다. 에드윈과 노먼은 마샤가 무슨 일로 그처럼 바쁜지 궁금했다. 가능성은 없어 보였지만 그녀가 재취업을 했을지도 모르는 일이었다.

"어쨌든 이제 곧 알게 되겠지." 약속 날짜가 가까워지면서 에드윈이 말했다. 포프 부인이 다니는 교회에서 열리는 성전 봉헌 축제에 참석하러 그곳에 잠시 들렀던 그는 포프 부인에게서, 레티가 은퇴 생활에 잘 적응하고는 있긴 하지만 마치 혼자 지내는 게 나쁜 일이라는 듯이 '혼자서만 지내려고' 해서 걱정스럽다는 말을 들었다. 마샤에 대해서는 어떤 소식도 들은 사람이 없었다. 에드윈은 마샤가 사는 동네 근처를 지나갈 때 그녀 집을 깜짝 방문해볼까 하는 생각을 한두 번 했던 적이 있었다. 하지만 그럴 때마다 실체를 정확히 알 수 없는 어떤 이유로 늘 생각을 바꾸곤 했다. 그러면서도 이 상황에 딱히 들어맞는 것도 아니지만, 선한 사마리아인에 대한 우화가 머릿속에 떠올라 마음이 편치 않았다. 요즘엔 그녀 집 근처에 아예 가지를 않으니 엄밀히 말해 그녀가 사는 곳의 '건너편을 지나갈' 일도 없었다. 게다가 마샤는 의외로 아무 탈 없이 잘 지낼지도 모르는 일이 아닌가? 물론 에드윈은 마샤가 실제로 행복한지 아닌지 알지 못했다. 그러나 그 이유를 정확히 말할 수는 없어도, 마샤와 전혀 연락하지 않게 된 책임이 누군가에게 있다면, 그것은 바로 노먼이라고 생각하고 있었다.

레티와 마샤가 사무실에 와서 네 사람이 함께 점심 먹으러 나가기로 돼 있었다. 레티가 먼저 도착했다. 그녀는 자기가 가진 옷 중에서 가장 좋은 옷인 트위드 정장 차림에 새로 산 장갑을 손에 들고 있었다. 레티는 "쇼핑백을 들고 다니지 않으니 정말 좋아요." 라고 말하면서 이전과 똑같은 에드윈과 노먼의 모습뿐 아니라 그간 사무실에 일어난 이런저런 자질구레한 변화를 훑어보았다.

"방이 훨씬 넓어진 것 같은 느낌이 들어요." 한때 네 사람이 쓰던 공간을 두 남자가 나눠 차지한 것을 보고 레티가 덧붙여 말했다. 이런 식으로 그녀와 마샤가 아예 존재한 적도 없었던 것처럼 흔적이 조금씩 지워졌음이 확실해지자, 레티는 자신이 결국 아무것도 아니었다는 공허감에 또다시 사로잡혔다. 사무실 안을 찬찬히 둘러보던 그녀의 시야에 얼마 전 자기가 가져왔다가 회사를 떠날 때 굳이 가져가지 않았던 자주달개비꽃 화분이 들어왔다. 꽃이 풍성하게 자라나 있었다. 작은 가지들이 여럿 새로 나와 난방기 앞으로 길게 늘어져 있었다. 이 꽃에라도 어떤 의미를 부여해야 할까? 이 꽃이 한때 그녀가 이 사무실에 있었고, 그녀에 대한 기억이 아직 남아 있다는 증거가 될까? 인간에게 어떤 일이 일어나든 자연은 변함없이 지속한다는 것을, 그녀는 알고 있었다.

"그래, 그 꽃은 아주 잘 자라고 있어." 에드윈이 말했다. "매주 내가 물을 주니까."

"레티, 당신은 여기 이렇게 당신 자취를 남겨둔 거야." 노먼이 너스레를 떨며 말했다. 그러나 곧이어 그 주제에 더 깊은 의미를 부여하기 두려운 듯 그들은 화제를 돌렸다. "그런데 마샤도 우리가 몇 시에 가기로 했는지 알고 있겠지?" 노먼이 말했다. "테이블을 확보하려면 조금 일찍 가는 게 좋을 텐데…."

"응, 내가 열두 시 삼십 분이라고 분명히 말했어. 어… 약속 시간이 다 됐네." 에드윈이 대꾸했다. "누가 온 것 같은데?"

마샤였다. 마샤의 이상한 모습은 세 사람의 시선을 끌었다.

에드윈에게서 점심 초대를 받았을 때, 마샤는 처음에 그것은 '말도 안 되는' 일이라고 생각했다. 고작 점심이나 먹으려고 시내까지 나올 시간이 없었다. 그러나 다시 생각해보니 이것은 문제의 그 생뚱맞은 우유병을 레티에게 돌려줄 좋은 기회였으므로 그녀는 우선 그 우유병을 비닐로 싸서 쇼핑백에 넣어뒀다. 그리고 오늘 세인즈버리 슈퍼마켓에 들러 통조림을 몇 개 더 사기로 했기에 레티와는 달리 쇼핑백을 들고 왔다.

눈앞에 서 있는 허깨비 같은 모습을 보고 놀랐던 세 사람이 마음을 가라앉히는 데는 시간이 좀 필요했다. 마샤는 전보다도 훨씬 더 여위어서 마른 몸에 걸친 옅은색 여름옷이 헐거워 보였다. 낡은 양가죽 부츠에 여러 군데를 꿰맨 스타킹을 신었고, 머리에는 어울리지 않게 경쾌한 인상을 주는 밀짚모자를 썼는데, 그 아래로 헝클어진 얼룩덜룩한 머리카락이 보였다.

관찰력이 별로 없는 에드윈은 그녀의 옷차림이 이상하다고 느꼈으나 평소와 특별히 다르다고는 생각하지 않았다. 하지만 노먼은 이 불쌍한 여자가 끝내 정신줄을 놓아버렸다고 생각했다. 옷차림에 민감한 여성인 레티는 한마디로 질겁했다. 사람이 외모에 이토록 무신경해질 수 있고, 남의 눈에 비친 자기 모습에 이토록 무지할 수 있다는 사실에 그녀는 마음이 몹시 불편해졌고, 은퇴 후 어떤 식으로든 마샤를 도왔어야 했다는 생각이 들어 양심의 가책을 느꼈다. 하지만 그녀는 마샤에게 만나자는 엽서를 보냈고, 답장하지 않은 쪽은 마샤였다…. 그건 그렇고 이제 이런 모습의 마샤와 함께 식당에 앉아 있는 것이 창피하다는 생각이 드는 것을 부끄러워하게 됐다.

다행히 랑데부에는 사람이 많지 않았고, 그들은 떨어진 구석 자리에 앉았다.

"이제 이곳은 한 번이나마 이름값을 하게 됐군요."[62] 각자 메뉴판을 들여다보고 있을 때 노먼이 재치 있게 대화를 시작했다. "여기는 진짜 우리를 위한 만남의 장소이니까." 정확히 말해서 그들이 친구라고는 할 수 없으므로 그는 '친구들을 위한'이라고 하지 않았고, 그렇다고 '동료를 위한'이라고 하면 너무 딱딱한 것 같은 데다가 조금 우스꽝스럽게 들려서 주저했다.

"한동안 만나지 못했던 사람들을 위한 만남의 장소라고 말하면 어떨까요?" 레티가 말했고 두 남자는 그녀에게 감사했다. 하지만 은퇴 전 이곳에서 종종 혼자 점심을 먹을 때 그녀는 그런 생각을 한 적이 없었다. 이곳은 늘 혼자서 식사하는 외로운 사람들로

62) rendez-vous(랑데부)는 프랑어로 '만남'이라는 뜻이다.

북적이는 장소로 보였던 것이다.

"뭘 먹을까요?" 가장 음식이 필요해 보이는 마샤를 염두에 두고 에드윈이 물었다. 그녀에게는 글자 그대로 생명을 유지하는 데 필수적인 영양소들이 무척 필요해 보였다.

"정말 제대로 된 식사를 해야 할 것 같아." 노먼이 직설적으로 말했다. "우선 수프부터 좀 먹고 나서 구운 소고기나 닭고기 요리를 먹는 게 어떨까?"

"아, 난 그냥 샐러드면 됐어요." 마샤가 말했다. "난 점심때 양이 많은 식사를 하지 않거든요."

"우리 세 사람은 아무래도 그보다는 더 많이 먹을 거요." 에드윈이 쾌활하게 말했다.

"그래요, 샐러드를 먹을 날씨는 아닌 것 같아요." 레티도 한마디 거들었다.

"레티, 난 당신이 샐러드를 좋아하는 줄 알았는데." 노먼이 말했다. "이제 보니 살이 좀 찐 것 같아요, 안 그래요?" 그의 말투에는 장난기가 섞여 있었지만, 레티는 그의 말에 희미하게나마 악의가 들어 있음을 감지했다. 그의 말이 옳다는 것을 그녀는 알고 있었다. 사실 은퇴하고 나서 먹는 일은 그녀의 주된 관심사이자 즐거움이 됐다. "노인 중에는 음식에 아예 신경을 안 쓰는 사람도 있고, 음식을 아주 즐기는 사람도 있더군요." 노먼이 말을 이었다. 그는 아직까지 자신을 노인이라고 생각하지 않는 레티의 기분에 조금도 도움이 되지 않는 말을 하고 있었다.

"자, 자. 어서 주문합시다." 주문을 받으려고 그들 주변을 맴돌고 있는 식당 종업원을 의식하고 에드윈이 재촉했다.

결국 레티는 치킨 포레스티에[63]를, 노먼은 구운 돼지고기 요리를, 그리고 채식주의자이지만 생선을 잘 먹는 에드윈은 가자미와 칩스를 골랐다. 마샤는 '식욕이 없다'며 작은 치즈 샐러드를 고집했다. 음료로는 두 남자가 라거를 주문했고, 레티는 그들의 설득에 따라 백포도주를 한 잔 달라고 했다. 마샤는 아무것도 마시지 않겠다고 고집을 부려서, 옆 테이블에 앉은 젊은 남자 두 명은 그 장면이 아주 재미있다는 듯이 지켜봤다.

"자, 이제…." 잠시 후 주문한 음식이 모두 나오자 에드윈의 얼굴에는 안도의 기색이 역력했다. 그는 어쨌든 자기가 주도한 이 모임이 잘돼야 할 책임을 느끼고 있었다. "다들 음식은 괜찮나요? 롤빵에 버터를 발라서 좀 먹지그래요?" 그가 마샤에게 물었다.

"난 식사할 때 빵은 안 먹어요." 그녀가 잘라 말했다.

"그러다가 병적으로 음식을 거부하게 될 수도 있어요." 노먼이 말했다. "거식증이라던가…. 라디오에서 사람들이 그 병을 그렇게 부르던데."

"거식증은 젊은 여자애들이나 걸리는 거예요." 자신의 우월한 의학 지식을 뽐내며 마샤가 노먼의 말을 반박했다. "아무튼 나는 평생 많이 먹는 편이 아니었어요."

63) chicken forestière: 버터에 구운 감자, 베이컨, 버섯 가니시를 곁들인 닭고기 요리.

"치킨 요리는 괜찮아요?" 에드윈이 이번에는 레티에게 물었다. 과연 레티의 음식에까지 신경을 써야 하나 싶어서 그는 자기도 모르게 쓴웃음을 지었다. 하지만 이런 모임에서 누군가는 호스트 역할을 해야 하지 않겠는가?

"고마워요. 이건 상당히 맛있네요." 레티가 예의 바르게 대답했다.

"채소류를 곁들인 요리로군요." 노먼이 끼어들었다. "'포레스티에'라는 이름은 숲에서 나는 식재료로 만든 요리를 뜻하는 것 같은데, 채소는 숲에서 나지는 않잖아요?"

"이 요리에는 버섯이 들어 있어요." 레티가 말했다. "그리고 버섯은 분명히 숲이나 임야에서 나죠."

"그 버섯이 숲에서 났다는 상상은 하지 않는 게 좋을 거요." 노먼이 말했다.

"맞아, 요즘은 버섯을 재배하니까." 에드윈이 말했다. "버섯 재배도 은퇴하고 나서 해볼 만한 수익 사업 같아."

"단칸방에서 하기는 불가능하지." 노먼이 말을 받았다. "하지만 자네와 마샤는 집에서 그 사업을 해볼 수 있겠네. 지하실이나 마당에 헛간이 있다면."

마샤가 수상쩍어하는 표정으로 고개를 들고 노먼을 쳐다봤다. "우리 집 헛간은 다른 용도로 쓰고 있어요."

"그 용도는 절대 비밀이겠죠." 노먼이 장난스럽게 말했다. 하지만 마샤는 그 말이 조금도 재미있는 것 같지 않았다.

"에드윈이 진짜로 우리 중 누군가에게 버섯 재배 사업을 해보라고 권하는 건 아니겠죠." 레티가 말했다. "물론 그 사업으로 성공하는 사람도 있겠지만."

"그 사업에 뛰어든 사람을 알아요?" 에드윈이 물었다.

"아, 아니. 그런 건 아니에요." 레티가 서둘러 부인했다.

그 말을 끝으로 화제는 끊어졌고, 짧은 침묵이 흘렀다. 후식으로 무엇을 먹을지 물으며 침묵을 깬 사람은 에드윈이었다.

"고맙지만 난 이제 그만 먹을래요." 마샤가 단호하게 말했다. 그녀는 자기 접시의 샐러드를 볼썽사납게 휘저어서 한쪽으로 밀어놓았을 뿐 실제로는 거의 먹지 않았다.

자기 체중에 대한 노먼의 말이 생각났지만, 레티는 이왕 내친김에 끝까지 가기로 하고, 제대로 식사하기로 작정했다. 저녁에 칼로리가 낮은 음식을 먹으면 될 터였다. "난 애플파이와 아이스크림을 먹을 거예요." 레티가 말했다.

"앤트 벳시스 애플파이 말이죠?" 노먼이 말했다. "나도 같은 걸 먹을게요."

에드윈은 캐러멜 푸딩을 먹기로 했고, 마샤를 설득해 마음을 바꾸게 하려고 애썼으나 끝내 실패했다.

"그러고 보니 두 사람이 은퇴한 뒤에 어떻게 지내는지 아직 묻지 못했군요." 노먼이 말했다. "그동안 뭘 하고 지냈어요?"

노먼의 그런 말투가 가벼운 느낌을 줘서 레티는 사회학 분야 책들을 읽으려다가 실패한 경험을 털어놓았다.

"당연하지." 노먼이 말했다. "뭐 하러 그런 걸 해요? 먼저 휴식이나 충분히 취하는 게 낫겠죠. 평생 열심히 일한 당신은 그럴 자격이 있어요."

아무에게도 별다른 흔적을 남기지 못한 자기 일에 대체 무슨 의미가 있나 싶었던 레티가 한마디 덧붙였다. "난 그냥 내게 허락된 시간을 즐겁게 보내고 싶었던 것 같아요." 그녀는 요즘 자신이 외롭다거나 무료하다거나 시간이 가지 않아 지루해한다는 것을 다른 사람들이 눈치채게 하고 싶지 않았다.

"그런데 목사와 결혼한다는 친구는 어떻게 지내요?" 에드윈이 물었다.

"아, 그 친구는 아직 결혼식을 올리지는 않았어요. 며칠 전에 만나 점심을 함께 먹었죠."

"뭐, 결혼식을 서두를 필요는 없겠지요." 에드윈이 말했다. 그는 자기 말이 오해를 불러일으킬 가능성이 있음을 조금도 눈치채지 못했지만, 노먼이 재빨리 끼어들었다.

"나라도 서두르지 않을 거예요!" 노먼이 말했다. "어쨌든 성급한 결혼은 두고두고 후회한다는 속담도 있잖아요."

"그럴 리야 없겠지요." 에드윈이 말했다.

"그럼요." 레티도 그의 말에 동의했다. "그런 속담은 육십 대 예비부부에게는 적용되지 않아요."

"적용될 수도 있어요." 노먼이 말했다. "왜 적용되지 않는다고 생각하지요? 게다가 여자가 남자보다 나이가 더 많다면서요?"

"내가 그런 얘기까지 했던가요? 난 기억이 안 나는데." 레티는 자기가 친구 결혼에 대해 얘기했다면, 친구나 그녀의 결혼에 대해 나쁘게 말하지 않았기를 바랐다.

"아, 그리고 당신은 어떻게 지냈어요?" 이번에는 마샤에게 시선을 돌리며 에드윈이 물었다. 그러나 그녀의 대꾸는 그의 다정한 물음이 무색할 만큼 사나웠다.

"그건 당신하고 상관없는 일이에요." 그녀가 잘라 말했다.

"그 뒤에 병원에 또 갔어요?" 노먼이 마샤의 비위를 맞춰주며 물었다. "아직도 치료 중이에요?"

마샤는 스트롱 씨의 이름을 입속으로 웅얼거리더니 목소리를 높여 사회복지사의 성가신 방문을 불평하기 시작했다.

레티는 잔에 남은 포도주를 마지막 한 방울까지 마시고 나서 살짝 후회했다. 그 잔은 생각보다 크지 않았다. "나한테는 사회복지사가 한 번도 찾아온 적이 없는데."

"당신은 큰 수술을 받지 않았잖아요." 다소 큰 목소리로 마샤가 말했고, 옆 테이블의 두 젊은 남자가 재미있다는 듯이 또다시 그들을 바라봤다.

"그런 걸 보면 우리나라 국민건강보험, 사후관리 제도가 제대로 작동한다는 걸 알 수 있지요." 에드윈이 말했다. "입원했던 사람들을 계속 관찰한다는 거잖아요. 그건 상당히 고무적이죠."

"그래서 레티, 당신도 마샤와 똑같은 수술을 받을 계획이라고 말하려는 건 아니겠지요?" 노먼이 농담을 던졌다. 하지만 그의 말은 조금 도를 넘은 감이 있었다. 에드윈은 서둘러 커피를 주문할지 모두에게 물었다.

"난 안 마셔요." 마샤가 곧바로 말했다. "이젠 정말 가봐야 해요. 쇼핑할 게 엄청 많거든요."

"아, 그래도 우리가 커피를 다 마실 때까지는 있어요." 노먼이 마샤를 달래며 말했다. "우리가 얘기 나눌 기회가 자주 있는 것도 아닌데."

그때 마샤는 살짝 묘한 표정을 지었는데, 그것을 알아챈 사람은 레티뿐이었다. 마샤는 왠지 조금 누그러진 듯했다. 혹시 노먼에게 어떤 감정을 품고 있는 걸까? 하지만 그것은 거의 순간적인 변화였고, 세 사람이 커피를 마시는 동안 어느새 그녀는 다시 자리를 뜨려고 안달하고 있었다.

"이제 두 분은 사무실로 돌아가서 또 고생하셔야겠네요." 점심시간을 더 오래 끌 수 없을 것 같다고 판단한 레티가 말했다.

"할 일이 많은 것도 아닌데요, 뭐." 에드윈이 말했다.

"전에는 정말로 힘들게 일했다는 생각이 들 때가 있어요." 노먼이 말했다. "나도 빨리 은퇴하고 싶어요."

레티는 노먼이 은퇴하고 나면 그 작은 단칸방에서 대체 무엇을 할지 갑자기 궁금해졌고, 그 점에 대해 그와 얘기를 나눠보고 싶은 충동을 느꼈다. 하지만 그런 얘기까지 할 시간은 없었다. 두 남자는 일하러 가든지 일하는 척하러 가든지 이제는 사무실로 돌아가야 했고, 이미 평소보다 오랫동안 사무실을 비우고 있었다.

그래도 이것은 특별한 경우로 매일 일어나는 일이 아니니, 만약 누군가가 에드윈과 노먼이 사무실로 늦게 돌아왔다고 뭐라고 한다면, 대답할 구실이 준비돼 있었다. 그러나 아무도 그러지 않았고, 그들은 누구 눈에도 띄지 않고 슬며시 사무실로 복귀했다.

마샤는 종종걸음으로 작은 세인즈버리 슈퍼마켓이 있는 골목으로 들어갔다. 쇼핑백 안에 통조림 넣을 공간이 있는지 살펴보던 마샤는 레티에게 돌려주려고 가져온 우유병을 발견했다. 아, 이런 귀찮은 일이! 그녀는 조금 전 헤어진 일행을 따라잡으려고 뛰다시피 걸어갔지만 그들은 이미 너무 멀리 간 듯 보이지 않았다. 마샤는 낙담해서 발길을 돌렸다.

마샤가 세인즈버리 슈퍼마켓에 도착했을 때 건물 주변에는 이상하게 썰렁한 분위기가 감돌았고 드나드는 사람도 없었다. 어, 오늘이 이 슈퍼마켓이 문을 일찍 닫는 날이었던가? 하지만 분명히 문을 일찍 닫는 날은 토요일이었다. 그녀는 건물 가까이 다가가서 문 안쪽을 들여다봤다. 충격적인 광경이 눈에 들어왔다. 실내가 텅 비어 있었고 바닥까지 깨끗하게 청소돼 있었다. 몇 주일 전에 이미 폐업했는데 아무도 그녀에게 그 사실을 알려주지 않았던 것이다. 세인즈버리의 그 점포는 이제 더는 존재하지 않고, 그녀는 예정과 달리 수납장에 저장할 통조림을 살 수 없게 됐다. 터무니없는 일이었고, 그런 사실을 알려주지 않은 에드윈과 노먼이 원망스러웠다. 마샤는 결국 도서관에나 가는 수밖에 없었다.

두 남자와 헤어지고 도서관에 가서 전기 분야 서가에서 책을 살펴보는 레티를 발견한 마샤는 뒤에서 다가갔다.

"이 빈 병, 당신 것 같은데요?" 비닐에 싼 우유병을 레티에게 불쑥 내밀며 마샤가 힐난조로 말했다.

"우유병?" 레티는 당연히 그때 일을 기억하지 못했고, 당시 상황을 설명하는 마샤의 목소리가 너무 커서 사람들이 그들을 쳐다봤다. 금발 머리 젊은 직원이 뭐라고 주의를 주러 오려는 듯했다.

주변의 반응을 의식한 레티가 더는 묻지 않고 병을 받았고, 마샤는 빠른 걸음으로 멀어져갔다. 점심을 먹으러 나온 것은 시간 낭비였지만 최소한 한 가지 일은 해결했다고, 그녀는 생각했다. 가방이 없어서 빈 우유병이 거추장스러워진 레티는 책을 고르지 않고 도서관을 나와 사무실 근처에 있는 어느 식품점 밖에 놓인 상자에 그 병을 넣었다. 마샤가 직접 그렇게 빈 병을 처리할 수도 있었겠지만, 그녀의 뇌는 그런 식으로 작동하지 않는 것이 분명했다. 레티는 이 일을 곱씹고 싶지도 않았고, 이런저런 추측을 하고 싶지도 않았다. 마샤와의 이 짧은 만남은 —이미 아주 오래전 일처럼 느껴지지만— 어느 날 아침 지하철 플랫폼 벤치에 주저앉아 있던 여자를 봤던 때만큼이나 레티의 마음을 언짢게 했다.

집으로 돌아온 레티는 전단지 한 장을 손에 들고 현관에 서 있는 포프 부인과 마주쳤다.

"노인 돕기라…." 그녀가 소리 내 전단지를 읽었다. "음, 좋은 일이네. 외국 노인들을 돕자고 쓸 만한 옷가지를 모으는군."

레티는 그녀에게 대꾸할 말을 찾지 못했다.

여자들과 헤어진 뒤 노먼이 에드윈을 돌아보며 말했다. "식사값이 얼마나 나왔는지 알려줘. 나도 낼 테니."

"아, 됐어. 대부분 쿠폰을 썼고 나머지는 얼마 안 돼. 내가 낼게." 노먼이 작은 단칸방에서 지내는데 자기는 집 한 채를 온전히 차지하고 산다는 생각에 가끔 알 수 없는 죄책감이 드는 에드윈이 재빨리 말했다.

"고마워, 친구." 노먼이 어색하게 말했다. "오늘 모임은 나쁘지 않았어. 그렇지?"

"그럼. 아주 잘됐지. 어떤 면에서는 내가 생각했던 것보다 훨씬 더 좋았어. 단지 마샤 상태가 마음에 걸리더군."

"나도 그랬어, 아무래도 마샤는 머리가 좀 이상해진 것 같아. 그래도 아직 통원 치료 중이라니 그나마 다행이야. 게다가 사회복지사도 정기적으로 방문하는 것 같고."

"그래, 성가시게 너무 자주 찾아온다고 했지. 다행히 주변에서 사람들이 마샤를 지켜보는 것 같아."

이런 대화를 끝으로 그들은 그 화제에서 벗어났다. 에드윈은 앞으로도 레티와 마샤를 불러내 함께 점심 식사를 하는 것이 좋겠다는 취지의 얘기를 했다. 하지만 한동안은 다음 만남을 신경 쓰지 않아도 될 것 같았고, 일단은 의무를 다했다는 생각에 마음이 가벼워졌다.

열여섯

늙은 고양이 스노위가 죽고 나서 여러 해가 지났지만, 마샤는 아직도 그 고양이를 그리워하고 있었다. 그러던 어느 날 저녁, 싱크대 아래쪽 찬장 안에 들어 있던 스노위의 밥그릇이 눈에 띄자 그녀는 내내 보고 싶었던 스노위의 모습을 그려봤다. 그 밥그릇 언저리에는 아직도 고양이 사료가 말라붙어 있었는데, 그것을 보자 마음이 몹시 언짢았다. 스노위가 죽은 뒤 밥그릇도 씻어 두지 않았단 말인가? 아마도 그런 것 같았다. 사실, 남들에게는 대수롭지 않은 일이었지만 마샤는 깜짝 놀랐다. 자신을 꼼꼼한 살림꾼으로 여기는 마샤는 스노위의 밥그릇에는 특히 신경 써서, 그녀 표현에 따르면 '티끌 하나 없이 깨끗하게' 씻어서 관리한다고, 늘 자부하고 있었다.

까맣게 잊고 있던 그 밥그릇을 우연히 본 그녀는 불현듯 정원 한구석에 있는 스노위의 무덤에 가보고 싶어졌다. 스노위가 죽었을 때 마샤는 삶의 한가운데에서도 인간은 늘 죽음과 대면하고 있다는 생각을 하면서 스노위가 깔고 자던 낡은 푸른색 물결무늬 모직 잠옷 조각으로 사체를 감쌌고, 나이젤과 프리실라 부부가 이사오기 전 옆집에 살던 스미스 씨가 정원 구석에 파준 구덩이에 묻었다. 무덤에는 아무 표시도 하지 않았지만, 그 후 얼마 동안은 정원을 가로지를 때마다 스노위의 무덤에 눈길을 주곤 했으므로 어디쯤 묻혀 있는지 정확히 기억했다. 하지만 세월이 흐르면서 그 정확한 위치에 대한 기억은 자연스럽게 희미해졌다. 게다가 한여름인 지금은 잡초가 자라서 스노위의 무덤을 찾기가 쉽지 않았다. 정원 그쪽은 잡초가 너무 높이 자라 길과 화단이 만나는 지점이 어디인지조차 알 수 없었다. 그렇기는 해도 스노위가 그 아래서 뒹굴기를 좋아하던, 제멋대로 뻗어나가는 개박하 덤불 근처 어딘가에 무덤이 있음은 분명했다. 그러나 그녀가 두 손으로 나뭇잎들과 잡초들을 양쪽으로 갈라 젖히며 아무리 열심히 살펴봐도 무덤의 정확한 위치를 도저히 찾을 수 없었다. 그때 그 언저리를 조금 파 들어가면 무덤이 있고 눈에 익은 푸른 물결무늬 천을 벗기면 스노위의 뼈를 볼 수 있을지도 모른다는 생각이 들었다.

생각이 거기에 미치자, 마샤는 지체 없이 헛간으로 가서 삽을 가지고 나왔다. 하지만 꽤 무거웠어도 예전에는 어렵잖게 사용했던 삽이 이제는 마음대로 쓰기가 힘겨웠다. 민들레, 엉겅퀴와 덩굴식물, 엉겨 붙은 풀뿌리 등 잡초와 흙을 뜨고 이리저리 헤쳐보면서 마샤는 이 모든 것이 수술 탓이라고 생각했다.

바로 그때 프리실라는 정원의 한쪽 구석에 쭈그리고 앉아 땅을 파는 마샤를 발견했다. 저 무거운 삽으로 땅을 파고 있다니….

아니, 저 늙은이는 대체 지금 뭘 '하고' 있는 거야? 안 그래도 노인들, 그것도 미스 아이보리가 늘 마음에 걸렸는데, 참으로 걱정스럽고 마음 불편한 장면이 아닐 수 없었다. 마샤는 그녀의 이웃일 뿐 아니라 제니스 브레이브너의 표현에 따르면 '사회적 약자'였다. 프리실라는 사회적 약자의 의미가 정확히 어떤 것인지 알 수 없었지만, 걱정해주고 배려해줘야 하는 존재임은 분명했다. 그렇잖아도 남편이 미스 아이보리에게 그 집 정원의 잔디를 깎아주겠다고 했는데 그녀가 그냥 자라는 대로 내버려 두겠다며 거절했다는 말을 들은 적이 있었다. 싫다는 노인에게 호의를 빙자해서 뭔가를 강요할 수는 없는 노릇이고, 노인의 독립적인 생활은 그에게 마지막으로 남은 자존심이기에 존중해줘야 했다. 그래도 땅을 파는 등 정원 관리 정도는 도와줄 수도 있었지만, '지금은' 때가 아니었다. 오늘은 손님들이 집에 저녁을 먹으러 오기로 예정돼 있어서 그녀는 아보카도도 손질해야 하고 마요네즈도 만들어야 했다. 사실 오늘은 저녁에 파티오에서 손님들과 한잔하기에 좋은 날씨지만, 손질하지 않은 채 보기 흉하게 방치된 이웃집 정원이 분위기를 망칠까 봐 그럴 수 없어 속상해하던 참이었다. 게다가 미스 아이보리가 이런 식으로 눈에 거슬리게 땅을 계속 파헤친다면 뭔가 적절한 조처를 해야 할지도 모르는 일이었다. 하지만 다음 순간 마샤는 무거운 삽을 질질 끌면서 집으로 돌아갔고, 프리실라는 그 모습을 보고 한시름 놓았다. 프리실라로서는 마샤가 지금 자기가 무슨 일을 하고 있는지 제대로 알기를 바라는 수밖에 없었다.

주방으로 돌아온 마샤는 자기가 방금 왜 집 밖으로 나갔는지 기억하지 못했다. 그러나 잠시 후 싱크대 안 설거지물 속에 잠겨 있는 고양이 밥그릇을 보자 스노위의 무덤을 찾으러 나갔던 기억이 되살아났다. 하지만 이미 고양이 무덤을 찾는 데 실패한 그녀는 다시 정원으로 나가 땅을 팔 만한 기력이 남아 있지 않았다. 뭔가 먹어야겠다고 생각했지만 요리하기도 귀찮았고 무엇보다도 잘 정돈해둔 통조림을 건드리고 싶지 않았다. 그래서 그녀는 그냥 차를 끓여 설탕을 듬뿍 넣었다. 달달한 차를 마시다 보니 병원에 입원해 있던 때가 생각났다. "미스 아이보리, 차 한 잔 드릴까요? 설탕도 넣어드릴게요." 다정한 얼굴로 차를 준비해 들고 오던 친절한 여자, 사람들이 '낸시'라고 부르던 그 여자가 기억나자 마샤는 어느새 마음이 따뜻해졌다.

같은 여름날 저녁, 레티는 포프 부인과 체구가 작은 머슨 부인을 도와 난민 노인들에게 구호품으로 보내려고 교회에서 수집한 헌 옷을 분류하고 있었다.

"이런 옷을 가져온 사람도 있군그래." 빨간색 미니스커트를 들어 보이며 포프 부인이 혀를 찼다. "난민에게 뭐가 필요한지도 모르나 봐."

"동양 여자들은 몸집이 작잖아요." 확신은 없었지만 레티가 말했다. "그러니 그 옷을 입을 수 있을지도 모르죠. 게다가 그 사람들한테 뭐가 필요한지 정확히 알기도 어렵겠죠. 그건 쉽지 않은…." 사실 지금 머슨 부인의 집 식당 바닥에 쌓여 있는 옷 무더기는 포프 부인 집 TV 화면에서 봤던 난민들 모습과 전혀 어울리지 않았다. 아무튼 포프 부인은 자기 집 안에 이 헌 옷들을 들여놓지 않겠다고 했다. "팔십 대 노파 집에서 이 작업을 하려는 사람은 없을 거야."라는 것이 그녀의 주장이었다. 그녀는 자기가 그러는 데는 그럴 만한 이유가 있다고 했다. 그 이유를 구체적으로 밝히지는 않았지만, 레티는 다른 사람들이 입다가 버린 헌 옷을 뒤적이다가 이런저런 병에 걸릴 수 있다는 뿌리 깊은 두려움 탓이라고 짐작했다. 포프 부인이 헌 옷 더미를 자기 집에 들여놓지 않겠다면서 나이를 들먹인 것은 말도 안 되는 핑계였다. 왜냐면 고령에도 마음 내키면 어떤 일도 마다하지 않는 포프 부인을 보면서 레티는 나이를 먹는 것도 어떤 면에서는 좋은 일임을 새삼스레 깨달은 적이 있었기 때문이다.

은퇴 후 몇 달간 레티는 자기가 사는 이 런던 북서부 교외 생활에 적응하려고 진심으로 노력했다. 에드윈이 예상했던 대로였다. 레티는 적극적으로 나서지 않고 뒷전에 다소 멀찍이 앉아 있긴 했으나 어쨌든 다양한 교회 행사에도 성실히 참여했고, 교회에 다닌다는 것이 어떤 것인지를 이해하려고 애썼으며, 그런 신앙생활이 그녀에게 도움이 되는지, 그리고 만일 도움이 된다면 그 도움은 어떤 형태로 나타나는지 확인하고 싶어 했다. 몹시 추웠던 삼월 어느 날 저녁, 레티는 두세 명 작은 모임이 바치는 십자가의 길[64] 기도에

64) Stations of the Cross: 예수 그리스도의 수난과 죽음에서 일어난 열네 가지 사건을 나타내

참여했다. 그날은 사순 제삼주간 수요일이었는데, 그 전에 내렸던 눈이 길바닥에 꽁꽁 얼어붙어 있었고, 교회 안 공기도 얼음처럼 차가웠다. 나이 든 여자들이 발을 질질 끌다시피 하며 열네 곳을 느릿느릿 돌며 기도를 드리는 동안 각각의 지점 앞에 선 그들의 무릎은 삐걱거리며 꺾였고 다음 지점으로 이동하려고 다시 몸을 일으키려면 회중석 모서리를 두 손으로 잡고 용을 써야 했다. "저희를 위해 온갖 수난을 겪으신 주님의 사랑을 묵상하며 성모님과 함께 십자가의 길을 걷고자 하나이다…." 그들은 나지막한 목소리로 기도문을 끊임없이 암송했으나 레티의 생각은 자신과 여생을 살아갈 방법에 고정돼 있었다. 부활절 때는 사정이 그보다는 조금 나았다. 교회는 수선화로 장식돼 있었고, 사람들은 좀 더 신경 써서 옷을 따뜻하게 입고 왔다. 그러나 성령 강림 대축일에도 하늘이 납빛으로 흐리고 난방 시설마저 꺼놓아서 교회 안은 매섭게 추웠다. 그렇다면 사람들은 빛과 온기를 찾아서, 그리고 주일 아침 예배가 끝난 뒤에 얻어 마시는 커피와 목사가 들려주는 친절한 말 한 마디 때문에 교회에 오는 걸까?

한번은 레티가 다니는 교회에 에드윈이 미사를 드리러 온 적이 있었다. 그러나 레티가 너무 적극적으로 환영하는 바람에 더럭 겁이 났는지 그는 그 뒤로 두 번 다시 나타나지 않았다. "아, 에드윈 말이야? 그 사람은 늘 자기 마음 가는 대로 여러 교회를 두루

는 열네 점 그림 앞에서 각 사건을 묵상하며 드리는 기도.

돌아다니며 예배를 보더라고." 누군가가 말했고, 레티도 물론 그것이 사실임을 알고 있었다. 심지어 G. 신부조차 그에게서 한결같은 충성심을 얻어내지는 못했다. "어, 그 사람은 홀아비야." 포프 부인이 끼어들었다. "아 참, 그와 함께 일했으니 당신이 더 잘 알겠네. 그런데 이거 하나는 알아두라고. 당신이 살던 집이 흑인 남자한테 팔렸을 때 그 사람이 당신 방을 구해주려고 무척 애썼어. 당신 생각을 끔찍이 하더라고. 당신 얘기를 할 때는 표정이 아주 따뜻해졌고…." 포프 부인으로서는 모처럼 큰맘 먹고 한 말이지만, 에드윈의 '따뜻함'을 강조하는 그녀의 말은 그에 대한 레티의 무심한 태도를 바꾸는 데 아무런 도움도 되지 못했다.

난민 노인들에게 보낼 헌 옷을 분류하고 포장하는 일을 도우면서 레티는 지금 자신이 적어도 뭔가 보람 있는 일에 참여하고 있다는 생각에 마음이 뿌듯했다. 사실 그녀는 좀 더 절실하게 가슴에 와 닿는 일을 하고 싶었다. 하다못해 빨간색 미니스커트일지라도 이 구호품 옷을 받아서 입은 사람들을 직접 보고 싶었다. 그러나 그런 일은 현실적으로 가능하지 않았다. 그래서 그녀는 그저 묵묵히 구호품으로 적당하다고 여겨지는 옷들을 커다란 검은색 비닐봉지에 집어넣고, 그렇지 못한 옷들은 잡동사니로 한쪽에 밀어놓는 작업에 몰두했다.

"이 일이 끝나면 신경 써서 청소를 꼼꼼히 해야 할 게야." 포프 부인이 말했다. 그렇지 않아도 청소는 거르지 않고 매일 한다고 힘줘 말하긴 했지만, 아무튼 머슨 부인도 그녀 말에 동의했다.

"교회의 교리실을 하나 빌려서 거기서 이 작업을 할 수도 있지 않았을까요?" 레티가 물었다.

"에이, 그럴 수야 없지." 포프 부인이 즉각 대꾸했다. 이런 일을 처리하는 데는 열심히 활동하는 몇몇 신자끼리만 공유하는 어떤 지식이 있는 듯했고, 이제 막 교구 일을 조금씩 알아가는 레티가 그런 일에 낄 자리는 없었다. 모든 일은 겉으로 보이는 것처럼 간단하지 않았다.

"정말 아름다운 저녁이네요." 창밖으로 시선을 돌리며 레티가 말했다. "저기 만발한 나도싸리꽃 좀 보세요!"

노먼은 퇴근길에 나도싸리꽃이 만발한 정사각형 모양의 정원을 지나가면서도 꽃에 대해서는 아무런 감흥도 없었다. 그러나 일주일 넘도록 그 근처에 흉한 모습으로 방치돼 있던 낡은 차가 보이지 않자 갑자기 기분이 좋아졌다. 그 버려진 차 때문에 경찰서로 지역의회로 부리나케 쫓아다니던 노력이 이 멋진 여름날 저녁에 드디어 결실을 본 셈이어서 그는 드물게 흔쾌함을 맛봤던 것이다. 하지만 이런 기분도 지루함이나 따분함을 참지 못하는 그의 타고난 성정을 이기지는 못했다. 그래서 프라이팬에 베이컨과 토마토를 굽고 늘 즐겨 먹는 흰 강낭콩 통조림 작은 것을 하나 따서 저녁 식사를 마친 그는 『이브닝 스탠더드』 신문을 들고 라디오를 들으며 단칸방 안에 편안히 앉아서 어영부영 시간을 보내는 것으로는 만족하지 못했다. 그는 밖으로 나가 목적지를 정하지 않고 그냥 정류장에 처음 도착하는 버스를 타고 훌쩍 떠나 어디든 런던의 다른 지역에 가보고 싶었다.

그는 아무 생각 없이 처음 정류장에 도착한 버스에 올랐다. 타고 보니 그것은 클래펌 공원으로 가는 버스였고, 그제야 그는 그 노선이 에드윈이 사는 지역을 지나간다는 것을 깨달았다. 하지만 그가 거기서 에드윈과 우연히 마주칠 가능성은 거의 없었다. 지금쯤 에드윈은 아마도 그가 다니는 여러 교회 중 한 곳에서 미사를 드리고 있을 것이다.

버스 이층 칸으로 올라간 노먼은 좌석에 느긋하게 앉아 버스카드에 충분한 금액이 충전돼 있으니 장시간 드라이브하기로 마음먹었다. 그는 마치 런던을 찾아온 관광객처럼 맨 앞좌석에 앉아 눈앞에 보이는 광경에 무심히 눈길을 줬다. 잘 알려진 랜드마크들, 건물들, 강을 지나자 공원과 잔디밭에 앉아 있는 사람들이 공원 울타리 사이로 보였고 거리에는 자동차 관련 행사에 참여한 사람들이 보였다. 그는 버스가 적당한 정류장에서 섰을 때 내려서 목적 없이 걷기 시작했다. '그곳'이 어디든, 그는 자신이 왜 거기 왔으며 지금 거기서 무엇을 하고 있는지 전혀 알지 못했다. 클래펌 공원을 벗어난 그는 옆길로 들어섰다. 그리고 바로 얼마 전 에드윈이 그랬던 것처럼 그도 자신이 마샤가 사는 거리의 이름이 적힌 표지판 앞에 서 있음을 깨달았다. 그러나 그는 에드윈과 달리 거기서 돌아서지 않고 그 길을 따라 계속해서 걸었다. 사실 그의 마음속에 어떤 구체적인 계획이 있었던 것은 아니었다. 그녀 집에 찾아갈 생각은 전혀 없었다. 그는 심지어 그녀의 집 주소조차 정확히 알지 못했다. 하지만 그녀의 집을 알아보기는 그리 어렵지 않았다. 런던 교외에서 흔히 볼 수 있는 —파스텔 색조로 칠한 정문, 우아한 모양의 조명등, 말끔하게 마감한 파티오, 간이 차고 등을 갖춘— 한쪽 벽면이 옆집과 붙어 있는 빅토리아 양식의 화려하게 치장된 저택 사이에 단연 눈에 띄는 집이 한 채 있었다. 그것이 바로 그녀 집이 아닐까?

물론 그의 추측이 맞을 것이다. 초록색과 크림색 페인트칠은 군데군데 벗겨져 있고, 윤기 없는 월계수나무에는 먼지가 수북이 쌓여 있으며, 거무칙칙한 커튼이 되는대로 드리워져 있는 집, 그 집이 바로 마샤의 집이 틀림없었다. 그는 도로 건너편에 선 채 정신이 아뜩할 정도로 매료돼 그 집을 응시했다. 그런 그의 모습은 대영박물관에서 미라로 만든 동물들을 응시하던 때와 너무도 비슷했다. 커튼이 실내를 반쯤 가렸고, 날씨가 꽤 따뜻한 저녁인데도 창문이 모두 꼭꼭 닫혀 마치 빈집 같았다. 정원은 완전히 방치된 듯했지만, 그 안의 고목이 된 나도싸리나무에는 꽃이 만발해 있었다. 그 나무에서 길게 내려온 가지 하나가 금방이라도 무너질 듯한 낡은 헛간 위로 뻗어 있었다. 그 순간, 멍하니 서 있던 노먼은 우유병을 한아름 안고 그 헛간에서 나오는 마샤를 봤다. 머리카락은 완전히 하얗게 세었고 커다란 분홍색 꽃무늬가 있는 낡은 면 원피스를 아무렇게나 걸치고 있었다. 그녀의 기묘한 모습에 충격을 받은 그는 잠시 동안 그 자리에서 굳어버린 듯 꼼짝도 할 수 없었다. 그녀가 그를 본 것 같은 느낌이 언뜻 들었고, 그 순간 노먼과 마샤는 서로 빤히 마주 보고 서 있었다. 역시 미라로 만든 동물이 있는 대영박물관에서 마주쳤을 때처럼 두 사람은 상대를 알아본 기색도 없이 가만히 서 있기만 했다. 그가 정신을 차리고 다시 봤을 때 마샤는 어느새 사라지고 없었다. 아마도 집 안으로 다시 들어간 모양이라고, 그는 생각했다.

노먼은 무엇을 어떻게 하겠다는 분명한 생각도 없이 길을 건넜다. 정문으로 가서 초인종을 누르고 자기가 왔다고 알려야 할까? 그는 본능적으로 달아나고 싶었다. 하지만 그가 마음을 확실히 정하기도 전에 반대 방향에서 그 집을 향해 다가오는 젊은 여자가 보였다. 어떤 목적이 있는 듯 확고한 걸음걸이로 곧장 다가오던 그녀는 마샤의 집 앞에서 어정거리는 노먼을 보자 날카로운 목소리로 물었다. "이 집에 볼일이 있어서 오신 거예요?"

"아, 아니, 그냥 산책하고 있는 거요." 노먼이 재빨리 대꾸했다.

"아까부터 지켜보고 있었어요." 제니스가 말을 계속했다. "이 집에 사는 분을 알고 계시죠?"

"그게 당신과 무슨 상관이오?" 노먼이 퉁명스럽게 반문했다.

"주위를 늘 경계해야죠. 실은… 얼마 전에도 이 근방 어느 집에 도둑이 들었거든요."

"그게 대체 무슨 말이야!" 노먼이 참지 못하고 버럭 소리를 질렀다. "마샤 아이보리네 집에는 훔쳐갈 만한 것도 없을 텐데."

"어머! 그럼, 이 집 주인을 알고 계시는군요? 죄송해요. 하지만 이해해주세요. 요즘은 누구나 지나치게 의심이 많아지잖아요." 제니스가 미소를 보였다. "사실은 저도 미스 아이보리를 찾아왔어요. 자원봉사로 사회복지 일을 하고 있거든요."

"아, 당신이 바로 이 집 주인을 찾아온다는 그 사회복지사로군."

"네, 그래요. 제가 가끔 예고 없이 들르죠."

"정말 다행이네…. 그럼 이만, 난 이제 가겠소." 노먼은 뒤로 물러서서 얼른 그 자리를 뜨려 했다.

"어머, 여기까지 오셨는데…. 안에 들어가서 미스 아이보리를 만나보고 가시지 그러세요?" 제니스가 다시 물었다.

"아, 실은 이미 만났어요." 몇 걸음 떼어놓다가 뒤로 돌아선 노먼이 말했다. 물론 어떤 의미에서 그 말은 사실이었다. 우유병을 안고 있는 그녀를 봤으니 분명히 그녀를 만났다고도 말할 수 있었고, 그것으로 충분했다. 그 모습은 한번 보면 절대 잊지 못할 만큼 충격적이었다고, 그는 생각했다. 비록 마샤의 집이 다소 지저분해 보이긴 했지만 활동적이고 열정 넘치는 젊은 사회복지사가 그녀를 지켜보고 있더라고 에드윈에게 말해도 될 것 같았다. 그래도 당장 오늘 저녁에 에드윈에게 그 말을 해줄 필요는 없었다. 그는 런던의 이 지역에서 자기가 대체 뭘 하고 있었는지, 어떤 갑작스러운 충동으로 여기까지 왔는지 설명해야 하는 처지에 놓이고 싶지 않았다. 이것은 참으로 설명하기 애매한 일이고 아무리 설명해도 에드윈은 이해하지 못할 것이 분명했다.

마샤의 집에 들어간 제니스는 아주 밝은 목소리로 말했다. “방금 밖에 어떤 분이 찾아오셨던데요?”

마샤는 여느 때와 다름없이 상대방을 당황하게 하는 종잡을 수 없는 표정으로 그녀를 빤히 바라볼 뿐 말이 없었다.

“어떤 신사분이 길 건너편에 서 계시더라고요.”

“아, 그 사람!” 마샤의 말투에서 경멸이 드러났다. “그 남자는 내가 회사에 다닐 때 함께 근무하던 동료일 뿐예요. 난 ‘그런 사람’이 찾아오는 걸 원치 않아요.”

제니스는 한숨 쉬었다. 작은 체구의 묘한 남자 방문객 얘기는 그만두고 화제를 바꾸는 편이 나을 듯했다. “그동안 어떻게 지내셨어요?” 그녀가 물었다. “오늘도 쇼핑하러 나갔다 오셨나요?”

열일곱

숲에서 한가로이 산책하던 레티의 시야에 달래 한 포기가 들어왔다. "어머나, 사랑스러워라!" 그녀가 외쳤다.

"흠… 네가 블루벨을 봤어야 하는데…." 전원생활을 즐기는 사람 특유의 열정적이고 자부심 넘치는 태도로 마조리가 말했다. "올해는 블루벨이 특히 예뻤거든. 하지만 이제는 거의 다 져버렸어. 이 주일 전만 해도 꽃이 한창 예뻤지…. 그때 네가 왔더라면 얼마나 좋았을까."

그때 네가 나한테 오라고 하지 않았잖아, 라고 레티는 마음속으로 말했다. 마조리가 시골 자기 집에 와서 며칠 지내지 않겠느냐고 레티에게 물었던 것은 데이비드가 (올해 구순이 된 것으로 기억하는) 자기 어머니를 만나러 고향에 가고 없었기 때문이었다.

"이러고 있으니 우리가 늘 붙어 다니던 옛날과 거의 다를 게 없네, 그렇지 않아?" 마조리가 말을 계속했다.

"그래, 어떤 면에서는…." '거의'라는 말에 주목하며 레티가 동의했다. "하지만 그동안 엄청나게 많은 일이 일어났잖아."

"응, 그건 정말 그래! 이렇게 되리라고 누가 짐작이나 했겠어? 내가 데이비드를 처음 만났을 때 말이야…. 그땐 전혀 몰랐어…." 마조리는 마치 꿈꾸듯 황홀한 표정으로 자기가 지금 결혼하려는 남자를 처음 만났을 때와 그 뒤에 이어진 달콤한 연애 과정을 되짚어보고 있었다. 레티는 친구가 하고 싶은 말을 마음껏 늘어놓도록 그저 듣기만 하면서 가만히 주변 숲을 둘러봤다. 이 처연한 가을날, 바닥에 떨어져 쌓여 있는 너도밤나무 이파리들이 꼭 카펫 같다는 생각이 들었고, 이어서 언젠가 삶이 너무 힘겹게 여겨질 때 그 위에 누워 다가오는 죽음을 맞이하면 어떨까 하는 생각이 불현듯 들었다. 연금 생활자인 노인이 그런 상태로 발견된 적이 있었던가? 그러나 이 숲은 애견을 데리고 나오는 여자들이 아주 좋아하는 산책 코스이므로 누구라도 오랫동안 발견되지 않은 채 바닥에 누워 있기는 어려웠다. 게다가 이런 공상은 그녀가 결혼을 앞둔 마조리와 함께 빠져들 만한 것이 아니었고, 그녀 자신도 너무 깊이 곱씹지 말아야 했다. 그쪽엔 위험이 도사리고 있었다.

아직도 레티가 홈허스트에 입주하면 어떨까 하던 마조리는 그날 저녁 홈허스트 관리인 미스 다우티와 함께 식사하려고 약속을 잡아놓았다.

베스 다우티는 옷맵시가 좋은 사십 대 중반 여자였다. 지나칠 정도로 단정하게 매만진 머리와 날카로운 눈매, 진한 화장 탓인지 그녀에게서는 짐짓 오만하게 상대방을 깔보는 듯한 분위기가 풍겼다. 두 사람에게 백포도주를 권한 그녀가 자기 잔에는 진을 가득 따르며 직업 특성상 자기에겐 정말로 '정신적 위로'가 필요하다는 묘한 설명을 늘어놓았다. 레티는 그녀가 진심으로 노인을 좋아하는지 의심스러웠다. 그러나 그녀가 하는 일에는 노인에 대한 호감보다 능률이 더 중요할 것 같았고, 어쨌든 그녀가 대단히 유능해 보인다는 것만은 분명했다.

"지금이라도 내 친구 레티가 홈허스트에 입주할 수 있는 거죠?" 마조리가 따지듯이 물었다. "일전에 곧 빈방이 하나 생길 거라고 했잖아요."

"하지만 런던에서 사시던 분이 이곳 생활에 과연 만족하실지 모르겠네요." 베스가 말했다. "창가로 와서 저 사람들을 좀 보세요."

레티는 손에 잔을 든 채 일어서서 창밖을 내다봤다. 세 노파가 느릿느릿 정원을 걷고 있었다. 그다지 눈에 띄게 특이한 점은 없었지만, 그들은 왠지 모르게 삶과 동떨어져 있는 듯했다. 그녀는 마조리에게 갑자기 분노를 느꼈다. 자기는 잘생긴 목사와 결혼을 앞두고 있으면서 친구가 이런 삶에 만족하리라 생각하다니…. 지금 이 상황은 마조리가 늘 앞서 나가고 그녀가 뒤처져 따라가던 사십 년 전과 똑같았다. 하지만 지금은 그런 패턴을 따를 이유가 전혀 없었다. 베스 다우티가 자기 잔을 다시 가득 채우는 동안 레티는 홈허스트에 절대 입주하지 않기로 마음먹었다. 이런 곳에서 사느니 차라리 숲 속에 누워 너도밤나무 이파리와 고사리 이불을 덮은 채 조용히 죽음을 기다리는 편이 나았다.

"이건 라이델 신부님이 아주 좋아하시는…." 뚜껑을 덮은 작은 냄비를 식탁으로 가져오면서 베스가 입을 열었다. "풀레 니수아즈라는 요리랍니다. 두 분도 좋아하셨으면 해요."

"아, 네에." 레티가 입속으로 대꾸했다. 그 순간 그녀는 마조리 집에서 똑같은 요리를 먹었던 일이 기억났다. 그렇다면 데이비드 라이델은 이 마을에 혼자 사는 여자들 집을 두루 돌아다니며 그들의 음식 솜씨를 가늠해본 뒤에 결혼 상대를 정했다는 말인가? 아무튼 오늘 그들이 먹은 음식이 충분히 맛있었음은 분명했다.

베스와 헤어져 집으로 돌아가는 길에 마조리가 불쑥 말했다. "풀레 니수아즈를 내놓은 것도 그렇고 자기가 데이비드를 초대해서 식사했다는 사실을 은근히 우리에게 알린 것도 그렇고… 정말 웃겨. 근데 너, 그거 알아? 그 여자가 데이비드한테 엄청 들이댔거든."

"오늘 우리가 마신 포도주. 그거 오르비에토 맞지?"

"응, 맞아. 그것도 데이비드가 좋아하는 술이지. 정말 재미있네, 안 그래?"

레티는 대꾸하지 않았다. 이 우스꽝스러운 작은 사건으로 그녀로서는 별로 알고 싶지 않았던 더 내밀한 뭔가를 슬쩍 들여다본 것 같아서 마음이 편치 않았다.

"베스 다우티가 무슨 재주로 그 진을 손에 넣었는지 모르겠어." 마조리가 말했다. "요즘은 엄청나게 비싼 술인데, 흥, 데이비드가 그런 독한 술을 좋아하지 않아서 다행이야."

"그래, 그건 축복이지." 레티가 동의했다. 술과 축복을 나란히 놓는 것이 뭔가 잘못된 것 같았지만, 마땅히 고칠 말을 찾을 수 없어서 레티는 그만 입을 다물었다.

그날 저녁 마샤는 병원에서 진료를 받았다. 예약하지 않았기에 세 의사 중에서 누구에게 진료를 받게 될지도 확실치 않았지만, 어차피 스트롱 씨가 아니라면 누구든 상관없었다. 그녀는 기꺼이 두 시간이나 대기실에 앉아 기다리는 동안 낡을 대로 낡은 잡지책에는 눈길 한 번 주지 않고 대기 중인 다른 환자들을 관찰했다. 마샤가 보기에 그들은 대부분 병원에 올 필요가 전혀 없는 사람들이었다. 그들 중에서 그녀처럼 '대수술'을 받은 사람이 과연 있을까? 그리고 그런 사람이 있다 해도 몇 명이나 될까? 대다수가 퇴근길에 바로 병원으로 달려온 듯한 젊은이들이었고, 그들에게 얼마간 건강 문제가 있다 해도 결국 대수롭지 않은 것으로 밝혀지리라. 그들이 원하는 것은 그저 자기 몸에 별 이상이 없음을 확인해줄 진단뿐이었다. 그녀는 이것이 의사들의 아까운 시간 낭비라고 생각했다. 이런 식으로 하다가는 국민건강보험 재정에 문제가 생길 것은 뻔했다.

마샤는 자기가 호명될 때까지도 여전히 분개하고 있었다. 그녀는 만약 자기 이름을 부른 사람이 젊은 여의사이거나 중동 출신 다정한 직원이었다면 분노를 삭이지 못했을 것이다. 그러나 어느 쪽도 아니고 그녀가 '내' 의사라고 부르는, 늘 친절하고 염려하는 표정을 짓곤 하는 남자 의사였다. 바로 이 사람이 그녀 유방에서 처음으로 문제의 덩어리를 발견하고 그녀를 입원시켰다.

"어, 미스 아이보리…." 그의 두 손은 두꺼운 차트를 넘기느라 바쁘게 움직이고 있었다. "요즘 상태는 어떻습니까?" 유방절제술 환자로군, 이라고 그는 생각했다. 특이하고 어려운 케이스, 예후가 썩 좋지는 않았지만 정확한 진단 덕분에 성공적으로 수술을 마친 환자…. "그동안 어떻게 지내셨나요?"

의사는 마샤에게 말을 시키기 위해 한 마디도 더 할 필요가 없었다. 그녀는 그동안 그에게 하고 싶었던 말을 한꺼번에 쏟아놓기 시작했다. 그녀가 하는 말에는 일관성도 없고 조리도 없었으므로 의사는 환자의 상태가 정상이 아님을 단박에 알아챘다. 그녀는 중언부언하며 여러 가지 불평을 늘어놓았다. 시도 때도 없이 찾아오는 사회복지사, 잔디를 대신 깎아주겠다고 성가시게 구는 이웃집 남자, 아무리 애를 써도 찾을 수 없는 고양이 무덤과 '누군가'가 그 무덤을 건드렸을지도 모른다는 의혹, 열심히 모아둔 우유병을 점검하는 일의 어려움, 집에까지 찾아와 자기를 엿보는 과거 사무실 남자 동료, 자기가 다니던 회사 근처에 있던 세인즈버리 점포의 폐점…. 이 모든 것에 대한 불평이 뒤범벅이 돼 끝도 없이 쏟아졌다. 의사는 이런 식으로 행동하는 환자들에게 익숙해져 있었으므로 그녀의 말을 반쯤 건성으로 들으며 말없이 그녀를 진찰하고 혈압을 쟀다. 그가 이 환자를 대체 어떻게 하면 좋을지 난감해하고 있을 때 그녀는 곧 또다시 검진을 받으러 오기로 돼 있다고 말했다. 그렇다면 지금 당장은 구체적으로 어떤 조처를 하지 않아도 될 테고, 그가 데리고 있는 젊은 의사들이 그녀에게 뭔가 도움이 될 만한 말을 해주리라. 그래서 그는 그녀에게 몸을 잘 관리하고, 잘 먹어야 한다고 강조했다. 그녀는 너무 마른 것 같았다. "아, 저는 평생 많이 먹는 편이 아니었어요." 마샤는 늘 그러듯이 자부심을 드러내며 선언하듯 말했다. "하지만 우리 집 식료품 수납장을 보시면 아시겠지만 제가 늘 좋은 음식을 먹는다는 걸 아무도 부정할 수 없을 거예요."

"아, 미스 아이보리가 훌륭한 주부라는 건 저도 잘 알아요." 스트롱 씨 밑에 있는 젊은 의사는 마샤에게 우선 듣기 좋은 말부터 했다. "하지만 미스 아이보리, 저랑 지금 약속하셔야 합니다. 이제 집에 가시면 정말 좋은 음식을 만들어 드시겠다고 약속하세요. 차 한 잔에 버터 바른 빵 한 조각 말고요. 이렇게 여윈 미스 아이보리에 대해 스트롱 선생이 뭐라고 말씀하실지…. 난 정말 모르겠어요." 젊은 의사의 말은 단박에 바람직한 효과를 냈고, 마샤는 집에 돌아가면 당장 뭔가를 요리해 먹겠다고 약속했다. 집으로 돌아가는 길에 마샤는 스트롱 씨와 그가 오늘 저녁에 먹을 만한 음식에 대한 생각에 사로잡혔다. 그는 아마도 스테이크를 먹을 것이다. 아니면 연어나 넙치 같은 생선을 먹을지도 모르지. 자기 집 정원 텃밭에서 뽑은 신선한 채소를 곁들여 먹을 거야…. 지난해 그의 집을 구경하러 갔을 때 그 집 정원 뒤편을 들여다보지는 못했지만, 그녀는 그곳 텃밭에서 채소가 자라고 있으리라 확신했다.

그때 잘 살펴봤더라면 콩, 상추, 양배추, 브로콜리 등을 볼 수 있었으리라. 마샤가 텃밭을 가꾸던 시절은 너무 오래 전이어서 요즘은 어떤 채소가 제철인지가 정확히 기억나지 않았다. 지금 버스를 타고 가서 확인해보는 게 좋지 않을까? 아마도 그 집으로 들어가는 옆문이 있을 테고, 그 문틈으로 그 집 정원 뒤쪽 텃밭을 들여다볼 수 있으리라….

바야흐로 어둠이 내리고 있었다. 그녀가 머뭇거리는 동안, 버스 한 대가 마치 모험 가득한 항해를 떠나는 웅장한 갤리선처럼 환한 빛을 내며 다가오더니 정류장에 멈춰 섰다. 불이 환하게 켜진 버스 안에서는 목요일 늦은 밤 웨스트엔드[65]에서 쇼핑을 마친 여자들이 수다를 떨며 자기가 산 물건들을 서로 비교하고 있었다. 쉴 새 없이 재잘거리며 수다를 떠는 여자들에게서 멀찌감치 떨어져 앞쪽 빈자리에 앉으면서 마샤는 그들이 쓸데없이 돈을 낭비하고 있다고 생각했다.

스트롱 씨네 집 근처의 버스 정류장에 도착했을 때 그녀는 그 집 텃밭을 들여다본다 해도 이미 너무 어두워져서 어떤 채소가 자라는지 알아볼 수 없다는 것을 깨달았다. 그리고 무엇보다도 그녀는 애초에 왜 그 채소들을 살펴보려 했는지 잊어버렸다. 게다가 그 집에 텃밭 따위는 없을지도 몰랐다. 그냥 잔디밭과 다년초 화단, 심지어 테니스 코트만 있을 수도 있었다. 하지만 홀린 듯이 그

65) West End: 런던 중심지의 서쪽 지역으로 극장, 상점, 호텔이 많음.

집 가까이 걸음을 옮기면서 그녀는 그런 것은 아무래도 상관없다고 생각했다. 버스가 그랬듯이 멀리서 보이는 그 집도 환하게 불을 밝히고 있었다. 그 집은 갤리선이라기보다는 —그녀의 상상에서 퀸 메리호가 그랬을 것으로 보이는— 대양을 가로질러 운항하는 대형 여객선처럼 보였다. 잠시 후 집 앞에 차들이 하나씩 와서 서더니 우아하게 차려입은 사람들이 내려 안으로 들어갔다. 스트롱 씨 저택에서 틀림없이 파티가 열리고 있었다.

길 건너편에서 걸음을 멈춘 마샤는 본능적으로 가로등에서 멀리 떨어진 나무 밑 어둠 속에 서 있었다. 디너파티일까, 아니면 이브닝파티일까? 어떤 파티인지 짐작할 수 없었다. 이브닝파티라면 그녀는 치즈에 포도주를 마시는 파티밖에 생각할 수 없었는데, 그런 파티는 스트롱 씨에게 어울리지 않을 것 같았다.

그녀가 병원에 입원해 있었을 때 의사 여러 명이 한 차례 회진을 돌고 나면 병실에서 환자들은 자연스럽게 그 의사들과 그들의 아내, 가족에 대해 이야기꽃을 피우곤 했다. 남자 의사 중 몇몇은 일터에서 만난 여의사나 간호사와 결혼했지만 스트롱 씨는 달랐다고 했다. 그는 벨그레이브 스퀘어에 호화로운 저택을 소유한 외교관의 딸과 결혼했다는 소문이 들렸다. 마샤는 스트롱 씨의 아내에 대해 지나치게 관심을 두고 싶지도 않았거니와 어쨌든 그 소문을 믿지도 않았다. 하지만 지금 그의 집 앞에 줄줄이 도착하는 손님들의 차림을 보니 그 소문이 어느 정도는 사실인 듯했다. 줄지어 도착하던 차들이 뜸해지고 결국 조용해질 때까지 마샤는 선망 어린 시선으로 길 건너편 저택을 바라보고 서 있었다.

그때 문득 노먼이 생각났다. 그녀는 헛간에서 우유병들을 안고 나오다가 집 앞 도로 맞은편 인도에 서 있는 그를 봤다. 그녀는 먼저 그가 거기 있다는 사실에 놀랐고, 그다음에는 자신을 엿보던 그의 호기심에 화가 났다. 하지만 지금 스트롱 씨의 집 밖에 서 있는 자신이 그때의 그와 무엇이 다르겠는가?

여기까지 생각한 마샤는 그 집을 다시 한번 힐끗 보고는 길을 건넜다. 그 집 아래층 어느 방에선가 왁자지껄 떠드는 소음과 함께 웃음소리가 흘러나왔다. 그녀는 그 소리를 들으며 천천히 버스 정류장으로 가는 길을 따라 걸었다. 운 좋게도 마침 집으로 가는 버스가 정류장으로 다가오고 있었는데, 그 버스를 타려면 열심히 뛰어야 했다. 마샤는 헐레벌떡 뛰어가 버스에 올라탔다.

이 뜻밖의 달리기가 너무도 힘겨웠기에 마샤는 가장 가까운 자리에 쓰러지듯 앉았다. 그러나 잠시 후 그녀는 자기 방어 본능으로, 그리고 "손님, 괜찮으세요?"라고 걱정스럽게 묻는 여자 안내원의 큰 목소리에 저항이라도 하듯이 정신을 차렸다.

"네… 물론 난 괜찮아요." 마샤가 고집스럽게 대꾸했다.

그러나 집에 도착했을 때 그녀는 병원에 갔다가 곧이어 스트롱 씨 집으로 갔던 무리한 일정 탓에 평소보다 훨씬 더 심하게 피로를 느끼고 있다는 것을 깨달았다. 그래, 내가 지친 것도 당연하지…. 그녀는 어느새 또다시 노먼을 떠올렸다. "그런 게 사람을 지치게 하는 거야." 그것은 그가 늘 입버릇처럼 하던 말이었다.

한동안 넋이 빠져 식탁 앞에 앉아 있던 그녀는 집에 돌아오는 대로 좋은 음식을 요리해 먹겠다고 했던 의사와의 약속이 생각났다. 하지만 지금은 요리를 하겠다고 생각하기조차 힘겨웠다. 아무튼 나이 든 사람은 많이 먹을 필요가 없는 법이지…. 의사도 그건 알아둬야 할 거야. 차 한 잔 마시면 그것으로 충분해. 차를 마시면 정신을 차릴 테니…. 마샤는 일단 티백을 찾은 뒤에 더는 귀찮게 몸을 움직이지 않기로 했다. 슈퍼마켓에서 티백 백마흔네 개가 들어 있는 차 한 봉지를 살 때 그녀는 그거면 하루에 차를 석 잔씩 마셔도 하루 모자라는 칠 주 동안 버틸 수 있다고 계산했다. 그러나 그 차를 다 마시기 훨씬 전에 병원에 입원해야 했다. 스트롱 씨의 외래 환자 클리닉에 진료 예약이 돼 있는 날짜가 적힌 카드가 벽난로 앞 장식장 위에 놓여 있었다. 이제 그 날짜를 확인했으니 혹시 날짜를 잊을까 봐 걱정할 필요는 없었다.

며칠 후 병원에 가야 한다는 것을 기억한 마샤는 아무래도 적당한 통조림을 가져와서 먹어야겠다고 생각하곤 느릿느릿 식료품 수납장으로 갔다. 스노위의 식품 저장 칸에는 아직도 정어리 통조림이 한 개 남아 있었지만, 그보다는 런천미트가 나을 것 같았다. 런천미트 통조림에는 여는 데 사용하는 작은 열쇠가 달려 있었다. 그러나 힘을 얼마 주기도 전에 금속 띠가 툭 끊어져서 더는 어떻게 해볼 도리가 없었다. 그래서 그녀는 반쯤 열다 만 통조림을 식기 건조대 위에 놓아두고 다이제스티브 비스킷 몇 개를 집어 먹고는 그것으로 됐다고, 그것으로 충분하다고 생각했다.

"그러니까 자네는 집에 들어가지도 않고, 마샤에게 왔다고 알리지도 않았단 말이지?" 에드윈이 노먼에게 물었다.

"날 뭘로 보는 거야? 내가 어떤 대접을 받았는지 생각을 좀 해 보라고! 그때 마샤는 우유병을 한아름 안고 헛간 옆에 서 있었는데, 틀림없이 나를 봤다니까."

"그래, 마샤가 어떤 사람인지 내가 알고 있으니 하는 말인데, 자네는 아마 불청객 취급을 받았겠지." 에드윈이 말했다.

"불청객이라니!" 노먼이 쓴웃음을 지었다. "그것 참 멋진 표현이군. 거기서 사회복지사를 만났는데, 그 여자는 내가 범죄를 저지르려고 그 집 주위를 배회하는 도둑놈으로 알더군."

"흠, 그 여자가 그렇게 조심하는 걸 나쁘다고는 할 순 없지. 요즘은 어디에나 늘 그런 위험이 있으니까." 에드윈이 말했다. "언제 한번 퇴근 후에 마샤네 집 쪽으로 가서 내가 뭐 도와줄 일이 있는지 알아봐야겠어."

하지만 에드윈도 과연 자기가 도와줄 만한 일이 있을지 전혀 확신할 수 없었다. 아무리 생각해도 마샤를 위해 '해줄' 만한 일이 있을 것 같지 않았지만, 마음이 편해지기 위해서라도 그렇게 말하지 않을 수 없었다. 어쨌든 노먼과 그는 마샤와 함께 근무한 적이 있는 전 직장 동료였고, 비록 그녀의 친인척은 아니지만 그녀를 도와주거나 최소한 도움을 베풀 처지에 있는 사람들이었다. 하지만 오늘은 그리스도의 성체성혈 대축일이어서 그는 교회에서 미사를 드려야 했고 미사가 끝나면 저녁 여덟 시부터 최소한 한 시간 동안 옥외 퍼레이드에 참가해야 했다. 게다가 그 뒤에는 G. 신부와 함께 술 마시러 가기로 약속이 돼 있었으므로 아무래도 오늘 저녁에는 마샤를 보러 갈 시간이 없었다. 그래, 토요일 오후나 일요일 저녁 미사 전에 가는 편이 나을 것이다. 그때 가면 너무 오래 마샤네 집에 머물지 않아도 될 테니까.

"나는 실제로 그쪽으로 갈 기회가 많지 않잖아." 노먼이 말했다. "클래펌은 내가 자주 가는 곳이 아니거든."

"하긴, 자네 집은 레티네 집과 더 가깝지." 에드윈이 말했다.

"그래서 어쩌라고? 자네 설마 나더러 레티한테 가보라고 말하는 건 아니겠지?"

어떤 이유였는지는 알 수 없지만, 노먼이 이렇게 말하자 두 남자는 느닷없이 웃음을 터뜨렸다. 결국 사회 문제를 해결하려는 심각한 시도로 시작된 대화가 일종의 농담으로 끝났다. 왜 그들이 노먼의 표현대로 배꼽이 빠지게 웃게 됐는지는 알 수 없었다. 사실 그것은 전혀 우스운 일이 아니었다. 아마도 불안에서 나온 과민 반응이었다고, 노먼은 생각했다. 하지만 왜 불안했을까? 잠재의식에 뭔가가 있어서 그럴 것이라고 에드윈이 말했다. 그러나 레티와 마샤가 두 사람의 잠재의식에 어떤 식으로든 연결돼 있다는 생각이 들자 두 사람은 또다시 웃음을 터뜨렸다. 두 사람은 그런 얘기를 하거나 그런 생각을 하는 것이 전혀 익숙하지 않았다.

열여덟

"미스 아이보리, 문 좀 열어보실래요?"

마샤의 집 정문 앞에서 제니스는 자기가 그리스에 가 있던 이 주일 동안 누군가 다른 사람이 마샤의 근황을 살피러 온 적이 있는지 궁금했다. 하지만 그럴 가능성은 별로 없었다. 왜냐면 마샤가 비록 조금 별나기는 해도 혼자서는 거동이 불편한 지체 부자유자도 아니고 무슨 짓을 할지 모르는 정신이상자도 아니기 때문이었다. 그리고 어쨌든 마샤를 담당한 사람은 바로 그녀였다.

도로변에 있는 여러 집 정원에 달리아, 과꽃, 일찍 피는 국화, 장미 등 늦여름을 화려하게 장식하는 꽃들이 흐드러지게 피어 있었다. 그리고 심지어 마샤의 집 정원에도 나이젤과 프리실라가 '우유병 헛간'이라고 부르는 곳을 빙 둘러 키 큰 데이지들이 무리 지어 노란색 꽃을 피워 달고 있었다. 나이젤과 프리실라 부부는 그 헛간에 직접 들어가 본 적은 없지만 우유병을 안고 그곳에 드나드는 마샤를 종종 봤다고 했다. 마샤의 그런 행동은 별나기도 하고 조금은 미친 짓 같아 보이기도 했지만 누구에게도 해를 끼치는 일이 아니었다. 마샤에게 그것은 일종의 소일거리라 할 수 있었고, 담뱃갑에 들어 있는 그림 카드나 성냥갑을 수집하는 사람들을 비난할 수 없듯이 그녀를 비난할 수 없었다. 모든 사람은 각자 개인으로서 존중받아야 하는 법이며, 이것은 제니스가 마샤와 알게 되면서 새로이 배운 교훈이었다. 아무튼 그녀는 마샤를 설득해 이번에는 반드시 휴가 여행을 떠나게 하기로 작정했다. 물론 그렇다고 해서 꼭 그리스 같은 외국으로 나갈 필요는 없을 것이다. 마샤가 타베르나[66]에서 문어 요리나 전형적인 영국 음식이 아닌 뭔가를 먹는 모습은 상상할 수 없었다. 하지만 본머스[67]에 가서 며칠 쉬다 오거나 코츠월드로 버스 여행을 다녀온다면 그녀가 다가오는 겨울을 보내는 데 도움이 될 수 있었다.

"미스 아이보리!" 제니스는 다시 초인종을 눌렀고, 그래도 아무런 반응이 없자 이번에는 주먹으로 문을 탕탕 두드렸다. 그녀가 외출했을 가능성은 많지 않아 보였지만 실제로 외출했을 수도 있었다. 혹시 잠겨 있지 않을지도 모르니 문을 밀어서 열어볼까? 제니스는 문을 가만히 밀어봤다. 그러나 문은 잠겨 있었다. 집 뒤편으로 돌아가면 뒷문을 통해 안으로 들어갈 수 있을지도 몰랐다. 하지만 마샤가 외출했다면 분명히 뒷문도 잠갔을 것이다. 이럴 때 나이젤과 프리실라 부부가 집에 있다면 얼마나 좋을까. 그랬더라

66) taverna: 그리스 지방의 자그마한 음식점.

67) Bournemouth: 잉글랜드 남부 햄프셔주 서남부의 도시로 해변 휴양지.

면 그들에게 어떻게 좀 해보라고 부탁했을 테지만 그녀는 그들 부부가 사르디니아로 휴가를 떠난 것을 알고 있었다. 지금쯤 그들은 그곳 해변에 누워 클래펌 공원 근처 신흥 주택가에 있는 자기 집이나 성격이 괴팍한 이웃은 까맣게 잊었을 것이다. 휴가 여행 중에는 누구라도 그런 일은 안중에 없는 법이니까, 라고 제니스는 생각했다.

바로 그때 정문 입구 계단이 아니라 집 측면 작은 나무 상자에 가지런히 들어 있는 우유 몇 병이 눈에 띄었다. 마샤가 회사에 다니던 때 그랬듯이 집이 비어 있는 동안 우유병이 햇빛에 노출되지 않도록 혹은 누군가가 우유를 훔쳐가지 못하게 우유 배달부가 상자 안에 넣어둔 것 같았다. 그것을 본 제니스는 깜짝 놀라 서둘러 뒷문 쪽으로 갔다. 마샤는 아마도 우유를 들여놓기 위해 아래층으로 내려오지도 못할 정도로 몸이 많이 아파 침대에 누워 있는 것 같았다. 뒷마당으로 들어가기만 하면 거기서 큰 소리로 마샤의 이름을 부를 수 있을 테고, 정말로 마샤가 침대에 누워서 앓고 있다면 자기 이름을 부르는 소리를 듣고 적어도 대답은 할 것이다. 아니면 마샤가 넘어져서 움직일 수가 없거나 전화기가 있는 곳까지 갈 수 없는 상태에 있을지도 모를 일이었다. 그런데 마샤네 집에 전화기가 있었던가? 아마 없을 것이다. 하필이면 이웃집도 휴가를 떠나 비어 있는데, 그녀는 오랫동안 속수무책으로 누워 있었을 수도 있었다…. 제니스는 일어날 가능성이 있는 모든 상황을 알고 있었다. 그러나 뒷문 유리창에 얼굴을 붙이고 가까스로 안을 들여다보니 뜻밖에도 마샤는 주방 테이블에 앉은 채 엎어진 상태로 의식을 잃은 듯했다. 불현듯, 어쩌면 이미 숨이 끊어졌을지도 모른다는 생각이 들었다.

테이블 위에는 찻잔 하나와 비스킷 한 통이 놓여 있었다. 제니스는 확신하지 못한 상태로 뒷문을 조심스럽게 노크하면서 대답을 기대하지 않고 겁먹은 목소리로 "미스 아이보리." 하고 불렀다. 그러나 아무 반응이 없자, 그녀는 문고리를 살며시 돌려봤다. 문은 쉽게 열렸다. 제니스는 안으로 들어갔다.

"그 여자는 우리 교구 신자가 아니잖아요?" 조금 성마르게 짜증 섞인 목소리로 G. 신부가 반문했다. "이 지역 교구들이 어떻게 나뉘어졌는지는 당신도 잘 알 텐데요. 도로 이쪽은 우리 교구고 도로 저쪽은 다른 교구죠…."

"그건 나도 압니다." 에드윈이 말했다. "난 그저 길을 따라 산책하러 가려는 것뿐이에요. 그리고 신부님도 함께 가고 싶어 하실 줄 알았지요. 아무튼 오늘 저녁은 산책하기에 아주 좋은 날씨가 아닙니까? 저번에도 말했지만 마샤는 좀 특이한 여자라서 어쩌면 우리가 문전박대를 당할 수도 있어요."

"누가 내 이웃인가?" 에드윈과 함께 천천히 걸어 마샤가 사는 동네 가까이 왔을 때 G. 신부가 혼잣말하듯 말했다. "내가 이 주제로 종종 강론을 하지 않았나요? 그런데 아마 그 부분에서 내가 실수했나 봅니다. 틀림없이 그런 것 같아요. 당신 제안에 대한 내 반웅이 고작 그분은 내 교구 신자가 아니라는 것이었으니 말이죠."

"아, 네…. 마샤도 어느 성직자의 교구 신도라는 사실은 틀림없지요." 에드윈이 말했다.

"그건 분명히 그렇죠." G. 신부가 재빨리 말을 받았다. 곧이어 그는 그 지역에서 잘 알려진 교구 목사의 이름을 입에 올렸다. "토니가 그 교구 담당이죠. 하지만 토니는 자기 교구 신자들 가정을 심방하는 데는 별 관심이 없을 겁니다." 하지만 그는 끝으로 서슴지 않고 냉소적인 말을 덧붙였다. "로큰롤과 즉석 기도에는 열성일지 모르지만…."

"물론 정기적으로 찾아가서 마샤에게 별일 없는지 살피는 사회복지사가 있다는 말은 들었어요. 하지만 연초에 그녀를 만났을 때 보니 —우리 네 사람이 함께 점심을 먹은 적이 있지요— 어떤 식으로든 마샤를 도와야겠다는 생각이 들더군요."

"당신이 말했던 다른 여자는 어때요? 함께 일하던 여자가 또 한 사람 있다고 하지 않았나요? 나는 여자들에게 많은 것을 맡길 수 있다고 생각합니다만." G. 신부가 말했다.

"아, 네. 그렇게 생각하실 수도 있겠군요…." 에드윈이 미소 지었다. "하지만 그건 신부님이 마샤, 그러니까 미스 아이보리를 잘 모르셔서 하시는 말씀입니다. 하긴… 누가 마샤를 제대로 알 수 있겠습니까?"

"누가 남을 제대로 알 수 있겠습니까?" G. 신부가 말했지만 그의 말은 마샤 문제를 해결하는 데 별 도움이 되지 않았다.

"아, 다 왔습니다. 이 집이에요. 바로 이 집에 마샤가 살고 있습니다. 한눈에 봐도 이웃 다른 집들과 얼마나 다른지 아시겠죠? 설명이 필요 없을 겁니다."

G. 신부는 허름한 집들을 방문하는 데 익숙했다. 그러나 그가 보기에도 마샤의 집은 그 동네 도로변에 있는 다른 집들과 극명하게 대조를 이루고 있었다. "아무래도 당신이 먼저 정문으로 가는 편이 낫겠군요." 그가 말했다. "당신이 그 여자를 알잖아요. 당신 말대로 그렇게 특이한 사람이라면 안에서 내 모습을 보고는 문을 안 열어줄지도 모르죠."

그때 마침 제니스가 마샤의 집 옆을 돌아 나오다가 두 남자와 마주쳤다. 그녀는 에드윈 뒤에 서 있는 사제복 차림의 G. 신부를 보자 한결 마음이 놓였다. 그녀는 여태까지 영국 국교회에 거의 관심이 없었다. 아니, 사실 그녀는 자기가 생각하는 대로의 '가톨릭'에 대해서만 가벼운 미신적 존경심을 보였을 뿐, 어떤 기성 종교에도 관심이 없었다. 하지만 때로는 영국 국교회가 도움이 되기도 한다는 것을 부인할 수 없었다. 그리고 지금 이 순간 낯설지만 점잖아 보이는 남자—그녀의 눈에는 에드윈이 그렇게 보였다—가 사제를 동반하고 있다는 사실이 그녀를 적잖이 안심시켰다. 이 두 사람은 이 상황에서 틀림없이 무엇이 최선인지 잘 알고 있을 것 같았다.

"만일 두 분께서 미스 아이보리를 만나러 오셨다면…." 그녀가 입을 열었다. "아무래도 무슨 일이 생긴 것 같아요. 미스 아이보리가 많이 아프거나 아니면….” 그녀는 차마 ‘죽었을지도 모른다’는 말을 입에 올릴 수 없었다. “지금 주방 테이블에 앉아 있어요. 그런데 전혀 움직이지 않아요. 제가 창문 너머로 봤거든요. 지금 막 안으로 들어가서 어떻게 도와줘야 할지 알아보려던 참이었는데….”

공교롭게도 이 순간 제니스가 자신을 도와줄 사람으로 이 두 남자보다 더 좋은 사람을 만날 수는 없었을 것이다. 몇 년 전 어느 날 저녁, 퇴근해 집에 돌아온 에드윈은 주방에서 셰퍼드 파이[68]를 오븐에 넣다가 의식을 잃고 쓰러져 있는 아내 필리스를 발견했다. G. 신부에게는 막 숨이 넘어가는 환자가 있거나 이미 죽은 사람이 있는 집에 들어가는 일이 다반사였다. 사실 어쭙잖게 어색한 대화를 나누고 어쩔 수 없이 차와 단 비스킷을 대접받아야 하는 일반적인 심방보다는 차라리 이렇게 절박한 상황을 수습하는 편이 낫다는 것이 그의 생각이었다. 따라서 이 두 남자는 상황을 수습할 준비가 돼 있는 사람들이었다.

마샤는 ‘살아 있었다’. 그녀는 심지어 허둥지둥 집 안을 돌아다니며 마샤의 입원에 필요하다고 생각되는 물건을 챙기는 제니스에게 희미하게 미소를 지어 보이기도 했다.

“그건 정말 놀라운 일이었어요.” 나중에 제니스가 말했다. “미

68) shepherd’s pie: 으깬 감자 안에 다진 고기를 넣어 만든 파이.

스 아이보리의 물건을 뒤지다 보니 마크 앤 스파크스 잠옷들이 가득 들어 있는 서랍이 있더군요. 다른 옷들을 보고 판단할 때 미스 아이보리가 그런 걸 입으리라고는 상상도 할 수 없었죠. 게다가 하나같이 한 번도 입지 않은 새 옷이었어요. 어떤 특별한 목적으로 아껴뒀던 게 틀림없어요."

앰뷸런스가 마샤와 제니스를 태우고 사라지자 두 남자만 덩그러니 그 집에 남게 됐다. 그들은 제니스가 차를 끓이던 주방에 앉아 있었다. 에드윈은 마샤도 없는데 그곳에 앉아 있는다는 것이 너무도 어색했다. 지금껏 한 번도 들어온 적 없는 그녀의 집에 앉아 있을 권리가 없다는 생각이 들었던 것이다.

"여자 동료와의 관계는 참 이상하지요." 에드윈이 말했다. "같은 사무실에서 일할 때 느끼던 그 미묘한 친밀감이 사무실 밖에서는 절대로 이어지지 않더군요. 그래서…." 그는 노먼이 레티를 찾아간다거나 네 사람이 어떻게든 서로 연락한다는 생각을 할 때마다 자기와 노먼이 실소를 터뜨렸던 일을 기억했다. 실제로 마샤의 집에 찾아간다는 것은 거의 생각조차 할 수 없었다.

"그럼, 클래펌 공원을 가로질러 몇 걸음만 가면 될 만큼 가까이 사는 사람을 찾아갈 생각조차 안 했다는 겁니까?" G. 신부의 말은 책망이라기보다는 사실 확인을 위한 질문에 가까웠다.

"아, 당연히 그런 생각은 했지요. 한두 번은 이 근처까지 온 적도 있었습니다. 하지만 결국 집 안에 들어오지는 못했지요."

G. 신부는 차를 다 마시고 빈 잔을 손에 든 채 몸을 일으켰다.

"우리가 이 잔들을…?"

"설거지해야 하느냐고요? 아, 그건 미세스 브레이브너가 알아서 할 것 같습니다. 우리가 손댈 필요는 없을 것 같군요."

두 남자는 마샤의 집 문을 잠그고 떠났다. 두 사람 중 누구도 그 집 주방이나 현관에 쌓인 먼지라든가 집이 오랫동안 방치된 상태 따위에 대해 한마디도 하지 않았다. 사실 G. 신부는 그런 일을 전혀 눈치채지 못했고, 에드윈은 전반적으로 모든 것이 제대로 돼 있지 않다는 인상을 받았지만 마샤 삶의 다른 면에도 거리를 뒀던 것처럼 이 문제에도 거리를 두고 있었다. 그의 기억에 남아 있는 것은 반쯤 연 상태로 식기건조대 위에 놓여 있던 런천미트 통조림처럼 생뚱맞은 소소한 것들이었다. 통조림을 여는 간단한 일조차 제대로 못 하다니…. 여자들의 무능함이 새삼 놀라웠다.

마샤의 집에서 어느 정도 멀어지자 두 사람은 자연스럽게 술 생각이 났다. 예기치 못하게 당황스러운 경험을 한 그들은 다시 마음을 추스르고 기분을 전환하고 싶은 생각이 굴뚝같았다. 가벼운 마음으로 산책 삼아 클래펌 공원을 가로질러 마샤네 집 방향으로 걸었던 에드윈은 그 산책의 결과로 그런 일을 겪게 되리라고는 상상조차 못 했다. 그러나 그 결과는 어떤 것이었나? 비록 몹시 나쁜 상태로 발견되기는 했지만 마샤는 구급차에 실려 병원으로 옮겨졌고, 다행히도 거기서 보살핌을 받게 됐다. 이 상황에서 누구도 이보다 더 효과적으로 대응할 수는 없었을 것이다. 어쨌든 지금 에드윈에게 무엇보다도 절실하게 필요한 것은 술이었고,

그다음은 저녁 식사였다. 지난 한 시간 동안 일어난 예기치 못한 사건 때문에 저녁 식사 시간이 미뤄졌다. 배가 고팠고, 점심을 먹고 난 뒤에 그때까지 아무것도 먹지 않았다는 것을 깨달았다.

"우리 집에 가서 그냥 있는 것으로 간단히 식사하실까요?" 사제관으로 가봤자 반겨줄 사람도 없다는 것을 아는 에드윈이 G. 신부에게 물었다. 그의 집에는 그래도 먹다 남은 캐서롤[69] 정도는 있었다.

"그거 좋지요. 그렇잖아도 배가 몹시 고팠는데."

에드윈이 잔에 셰리주를 따랐다. 그런 언짢은 경험을 했으니 브랜디 정도는 마셔야 할 것 같았지만, 다시 생각해보니 꼭 그럴 필요는 없었다. 따지고 보면 마샤와 그 사이에 개인적으로 깊은 관계가 있는 것도 아니지 않은가. 그렇긴 해도 우선 레티에게 연락해야겠다는 생각이 들었다. 그녀는 병원에 있는 마샤를 문병하고 싶어 할 것이 틀림없었다. 그런 점에서는 레티뿐 아니라 노먼과 자신도 문병하러 가야 하리라. 그러나 세 사람이 마샤의 침대를 에워싼 모습을 상상하자 자기도 모르게 미소가 떠올랐다. 만일 지금 이 순간 그의 옆에 G. 신부가 아니라 노먼이 있었다면 두 남자는 자제하지 못하고 또다시 실소를 터뜨렸을 것이다. 그것은 참으로 민망한 일이었다. 이런 상황에서도 마샤와 레티에 대한 생각이 코미디로 이어지다니…. 하지만 G. 신부와 함께 있으니 사정이

69) casserole: 오븐에 넣고 천천히 익혀 만드는, 한국 음식의 찌개나 찜 비슷한 요리.

전혀 달랐다. G. 신부는 삶의 한가운데에서도 줄곧 죽음을 만나는 사람이었다.

"당신 생각은 어때요? 나도 문병하러 가야 할까요?" G. 신부가 물었다. "뭐, 내가 문병하는 건 어렵지 않아요. 그쪽 교구 목사가 내 오랜 친구니까…. 어쨌든 내가 그 여자를 발견한 셈이니…."

"마샤가 어떻게 생각할지는 나도 모르겠어요. 하지만 문병하러 가면 반길 거라고 확신합니다." 에드윈이 말했다. 그러나 사실 그에게 그런 확신은 전혀 없었다. 누가 마샤에 대해 무엇이든 확신할 수 있겠는가?

그다음 날 아침 에드윈은 마샤 소식을 노먼에게 전했다.

"이런… 난 마샤가 일반 병원이 아니라 정신병원에 들어갈 줄 알았는데…." 복잡하고 미묘한 감정이 숨어 있을 수도 있는 거친 표현을 쓰며 대뜸 노먼이 말했다. "그럼… 우리는 뭘 해야 하지? 얼마씩 추렴하고 인터플로라에 연락해서 꽃을 보내야 하나?" 그는 창가에 선 채 방금 물에서 나온 개처럼 몸을 부르르 떨었다.

"내가 꽃을 좀 사 갈게. 마샤가 입원한 병원은 우리 집에서 멀지 않거든." 에드윈이 노먼을 달래듯이 말했다. "그리고 레티에게도 내가 연락하지."

노먼은 바지 주머니에서 오십 펜스 동전 한 개를 꺼냈다. "꽃은 우리 모두가 산 걸로 하는 게 나을 것 같아. 나도 조금 보탤게."

"알았어. 하지만 난 마샤를 직접 만나지는 않을 거야. 그냥 꽃만 전해달라고 할 거라고." 에드윈이 말했다. 그가 두려워했던 것과 달리 이 상황이 실소로 이어지지는 않아 적잖게 마음이 놓였다. 적어도 병원과 관련된 일에 대해서는 아직 뭔가 신성시하는 분위기가 있는 것 같았다.

"나도 마샤를 만나러 병원에 가고 싶지는 않아." 노먼이 말했다. "내 매제 켄이 병원에 입원했을 때 문병하러 갔었지. 켄은 주변에 아무도 없고, 그래도 내가 친인척이니 가지 않을 수 없었어."

에드윈은 엄밀히 말해서 매제가 혈족은 아니라는 말이 목구멍까지 올라왔지만, 입을 다무는 편이 낫겠다고 생각했다. 게다가 주변에 아무도 없기로 말하자면 마샤도 마찬가지 아닌가.

포프 부인과 레티가 TV를 보려고 막 자리를 잡고 앉았을 때 전화벨이 요란하게 울렸다. 요즘 두 여자는 자주 나란히 앉아 함께 TV를 보곤 했다. 이것은 뉴스가 나올 때, 문화나 과학 분야 흥미로운 프로그램이 방영될 때 포프 부인이 레티를 불러 함께 TV를 보자고 하면서 시작된 습관이었다. 그러나 이제는 TV에서 볼 만한 프로그램이 방영되지 않아도 저녁에 레티가 아래층으로 내려와 포프 부인과 함께 TV 앞에 앉지 않는 날이 거의 없었다.

"아, 귀찮아. 대체 누구람?" 전화기가 있는 복도로 나가며 포프 부인이 투덜거렸다. "당신 전화야." 다시 방으로 돌아온 그녀가 레티에게 힐난조로 툭 던지듯 말했다. "누구든 이런 시각에 전화하면 안 되지."

레티는 사과하듯 조심스레 전화를 받으러 갔다. TV가 발명된 이래 저녁 시간에 남의 집에 전화하기에 적합한 때는 사라졌다. 그 시간대에는 누구나 세 채널 중에서 자기가 좋아하는 프로그램을 시청하고 있게 마련이었다. 아무리 최악의 프로그램이라도 그것을 보고 싶어 하는 사람이 있고, 애초에 누가 어떤 프로그램을 아무도 보고 싶어 하지 않는 최악이라고 단언할 수 있겠는가.

레티가 방으로 돌아오자 포프 부인은 기대에 찬 시선으로 그녀를 쳐다봤다. 레티에게 걸려오는 전화도 많지 않았고 그녀가 전화를 거는 경우는 거의 없었다. "남자 목소리던데…." 포프 부인이 말을 꺼냈다. "시골에 산다는 당신 친구는 아니잖아."

"네, 에드윈 브레이스웨이트 씨가 전화했어요."

"아, 브레이스웨이트 씨?!" 포프 부인은 레티의 다음 말을 기다렸다.

"저와 함께 근무했던 마샤 아이보리가 병원에 입원했다고 알려줬어요."

"병원에 입원했다고!" 포프 부인이 즉각 관심을 보였고, 레티는 마샤가 자기 집 주방에 쓰러져 있다가 구급차에 실려 병원으로 갔다는 소식을 에드윈에게서 들은 대로 전해줬다. 포프 부인이 마샤에 대해 좀 더 알고 싶어 했으므로 레티는 어쩔 수 없이 마샤의 수술 얘기라든가 그 밖에 자기가 아는 그녀의 최근 상황을 자세히 들려줬다.

"어, 그런데 브레이스웨이트 씨는 어떻게 그 일을 알았다는 거지?" 포프 부인이 물었다.

“주방에서 쓰러져 있는 마샤를 그 사람이 발견했대요.”

“그건 그 사람답지 않은데….” 포프 부인이 고개를 갸우뚱하며 말했다.

“아, 그때 어느 성직자하고 함께 있었나 봐요. 목사님은 가끔자기 교구 신자들 집을 심방하잖아요.”

“그래. 그건 그럴 수 있겠네. 하지만 브레이스웨이트 씨하고 그 여자가 가까운 친구였을 가능성이 더 클 것 같은데? 아무튼 오래 함께 일했던 전 직장 동료인 데다가 서로 집도 가깝다니….”

레티는 포프 부인의 짐작에 대해 뭐라고 할 말을 찾지 못했다. 에드윈과 마샤의 관계에 대한 그녀의 추정은 도를 넘었다. 마샤를 직접 보고 나면 그렇게 말할 수 없을 거라는 말이 목구멍까지 올라왔지만, 레티는 그 말을 삼켰다. 누가 뭐래도 지금 생명이 위태로운 상태로 병상에 누워 있는 사람을 두고 그런 식으로 말할 수는 없었다. 게다가 삶이란 때로 상상을 초월하는 방향으로 흘러가기도 하므로 레티 자신이 알고 있는 것과는 달리 에드윈과 마샤 사이에 정말로 뭔가가 있을 수도 있었다. 레티는 포프 부인이 기혼 여성이라는 사실을 잊지 말아야 했다. 당연한 일이겠지만, 기혼 여성은 결혼을 경험하지 못한 레티가 알 수 없는 남녀 관계의 미묘한 분위기를 감지할 수 있을 것이다. 거실에 놓여 있는 사진 속 인물, 은으로 만든 사진틀 속 참을성 있어 보이는 얼굴의 남자가 포프 부인의 남편이었지만, 레티에게 그는 그 사진 이상도 이하도 아니었다. 두 여자는 시선을 다시 TV 화면으로 돌렸다.

우연의 일치일까. 병원 수술실 장면이 TV 화면을 채우고 있었다. 로맨틱 드라마가 아니라 외과 수술 관련 다큐멘터리 프로그램 화면에서는 수술에 대한 설명과 정보를 제공하는 자막과 함께 실제로 수술이 진행되고 있었다.

"요즘 의사들이 하는 일은 정말 놀라워." 만족스러운 표정을 지으며 포프 부인이 말했다. "물론 당신 친구가 지금 저런 수술을 받고 있지는 않겠지만…."

"아, 그러지는 않을 거예요…." 레티가 변명조로 대꾸했다. "아마 그냥 병실 침대에 누워 있을 거예요."

"컬러 TV가 있었으면…." 포프 부인이 아쉬운 듯 말했다. "저 의사가 하는 수술을 그대로 볼 수 있을 텐데…. 저 피는 폭력 영화 찍을 때 사용한다는 토마토케첩이 아니라 진짜 혈액이겠지."

"하지만 전 그런 장면을 그대로 보고 싶지 않아요." 고동치는 심장을 클로즈업해 보여주는 흑백 화면에서 눈을 돌려 뜨개질하던 태피스트리를 내려다보며 레티가 말했다.

"좋든 싫든 우린 저런 장면을 봐야 해." 레티가 TV 화면에서 눈을 돌리는 모습을 보고 포프 부인이 선언하듯 말했다. "저런 장면을 보지 않으려 해봤자 소용없어."

레티는 그녀 말을 반박하고 싶었다. 채널을 돌리면 다른 채널에서 서부극을 볼 수 있겠지만 그녀는 그것도 보고 싶지 않았다.

"그런데 브레이스웨이트 씨 집에는 컬러 TV가 있을까?" 포프 부인이 물었다.

레티는 사실 에드윈의 집에 컬러 TV가 있는지, 아니 TV가 있기는 한지 알지 못했다. 그가 마샤에 대해 특별한 감정을 품고 있다는 낌새를 조금도 내보인 적이 없듯이 집에 TV가 있는지 한 번도 언급한 적이 없었다. 혼란에 빠진 채 레티는 만일 누군가가 마샤에게 진정으로 특별한 감정을 품고 있다면 그 사람은 바로 노먼일 거라고 생각했다.

열아홉

마샤는 평소에 구급차가 등장하는 드라마를 좋아했고, 심지어 구급차를 타보고 싶어 했다. 그러나 정작 구급차를 타게 됐을 때 그녀는 그 꿈이 마침내 이루어졌음을 깨달을 만한 상태가 아니었다.

그녀가 마음속에 막연하게 그렸던 대로 '사람들이 쉽게 드나들 수 없는 방 안에 누워'[70] 있었는지는 모르지만, 그 작은 방은 옛 시인의 공상 속에 존재할 법한 장소가 아니었다. 하긴 붉은색 담요를 덮고 누워 있는 마샤의 마음에서 시(詩)가 떠난 지는 이미 오래됐다. 그녀는 주방 테이블 앞에 앉아 있을 때 사람들이 웅성거리며 집으로 들어오는 기척을 알아챘다. 어렴풋이 에드윈의 목소리가 들리자 마치 직장 생활 하던 시절로 돌아가 사무실에 있는 것처럼 느껴졌다. 그런데 노먼은 어디에 있는 걸까? 마샤는 정신

70) Unreachable inside a room: 필립 라킨의 시 「Ambulances(구급차)」의 한 구절. 여기 나오는 방은 구급차 안을 뜻함.

이 혼미한 상태에서도 거의 패닉 상태로 허둥대며 주위를 돌아다니는 제니스의 행동을 감지하고 있었다. 마샤는 제니스에게 이층에 올라가면 서랍에 한 번도 입지 않은 새 잠옷 대여섯 벌이 차곡차곡 쌓여 있다고 말하고 싶었고, 다음 외래 진료 예약 날짜와 시각이 적힌 카드가 벽난로 앞 장식장 위에 있다고 알려주고 싶었다. 그러나 그것은 불가능했다. 목소리가 입 밖으로 나오지 않았다. 그때 그녀는 제니스가 예의 그 바보 같은 태도로 자기 잠옷에 대해 "하나같이 한 번도 입지 않은 것 같은 완전히 새 옷들"이라고 하는 말을 들었다. 그녀가 미소 지은 것은 바로 그때였다. 물론 그 옷들은 새것이다…. 특별히 지금 이 시간을 위해 골라둔 것이니까…. 그녀는 이미 제니스에게서 벗어나 있었다. 그리고 머지않아 '센터'에 나오라거나 신선한 채소를 사 먹으라거나 휴가 여행을 떠나라는 등 원치 않는 일들을 자꾸 권하며 귀찮게 구는 사회복지사들의 간섭도 받지 않게 될 터였다.

유일하게 실망스러웠던 점은 그녀가 탄 구급차가 사이렌을 울리지 않았다는 것이다. 점심시간에 사무실 근처 어딘가에서 사고가 발생했을 때 들리곤 하던, 흥분을 불러일으키는 요란한 사이렌 소리가 들리지 않았다. 모든 것이 지극히 조용하고 능률적으로 진행됐다. 구급대원들은 그녀를 들어 올려 들것에 눕히고 다정한 목소리로 안심하라고 말하고는 자기들끼리 그녀가 어쩌면 이렇게 가벼울 수 있느냐고 수군거렸다. 병원에 도착했을 때 젊은 의사 여러 명이 마샤의 병상 주위로 몰려들었다. 그들은 그녀를 상당히 중요한 인물로 간주하고 있음이 틀림없었다. 그녀는 그들 가운데 누구도 전에 본 적이 없었다. 아마 여기서 반 년간 근무하는 인턴들인 모양이라고, 그녀는 속으로 생각했다. 그들 중 한 사람은 레지던트인 것 같았다. 젊은 의사 두 명이 그녀를 진찰했다. 그러나 그 옆에서 보조 역할을 하는 것으로 보이는 두어 명은 무슨 댄스파티—이미 갔는지, 앞으로 갈 예정인지는 모르겠지만—에 대한 얘기를 한가로이 나누고 있었다. 그것은 명백히 잘못된 행동이었고, 스트롱 씨라면 그런 행동을 절대 용납하지 않으리라고, 그녀는 확신했다.

얼마 후 —이제는 장소도 달라졌고 젊은 의사들이 보이지 않는 것으로 봐서 꽤 많은 시간이 흐른 것 같았다— 마샤는 스트롱 씨의 진찰을 언제 받을 수 있을지 몰라 안달이 났고, 그 후에도 얼마간 시간이 흐르자 스트롱 씨 얼굴조차 보지 못하고 다른 외과의사나 그저 그런 의사의 진찰을 받다가 끝나버릴까 봐 걱정스러웠다. 결국 그녀는 스트롱 씨의 이름을 소리 내 부른 것이 틀림없었다. 그녀의 베개를 정리해주던 동그란 얼굴의 젊은 간호사가 다가와 말했다. "미스 아이보리, 걱정하지 마세요. 아침이 되면 스트롱 씨가 회진을 도실 거예요."

"꽃다발이 왔어요! 미스 아이보리를 아끼는 누군가가 보냈나 봐요. 그렇죠?" 제니스를 생각나게 하는 크고 밝은 목소리였다. 하지만 그 목소리의 주인은 물론 제니스가 아니었다. "아, 사랑스러워라. 어쩌면 이렇게 희귀한 색의 국화꽃을 골랐을까요? 꽃다발을 보낸 사람이 누군지 궁금하시죠? 카드에 뭐라고 썼는지 제가 읽어드릴게요. 음, '레티, 노먼 그리고 에드윈이 빠른 쾌유를 빌며'라고 쓰여 있네요. 와우, 정말 멋져요!" 간호사는 레티와 노먼이 부부이고, 에드윈은 그 연보라색 국화처럼 이름이 희귀한 아들이라고, 제멋대로 짐작했다.

마샤는 희미하게 미소만 지을 뿐 아무 말도 하지 않았고, 간호사도 대답을 기대하지 않았다. 가엾어라…. 이 환자는 지금 대답할 기력도 없군. '빠른 쾌유'의 희망이 조금이라도 있을까 몰라!

옆 침대에 누워 있던 환자가 관심을 보이며 마샤에게 고개를 돌렸다. 어느 병실이든 새 환자가 들어오면 조금이라도 활기를 띠게 마련이다. 하지만 이 신입 환자는 두 눈을 감은 채 누워 있기만 했으므로 그녀와 얘기를 나눠보려고 애써봤자 헛수고였다. 어디를 봐도 꽃다발 같은 것을 받을 것처럼 보이지 않는 이 여자에게 꽃다발이 왔다는 것이 신기하기만 했다. 게다가 꽃다발이 연이어 두 개 더 도착했다. 간호사가 다시 카드를 읽어줬는데, 한 개(아네모네 꽃다발)는 제니스에게서 온 것으로 카드에 '편찮으시다니 정말 유감이네요.'라고 썼고, 또 한 개(여러 가지 정원 꽃이 섞인 꽃다발)는 프리실라와 나이젤에게서 온 것으로 카드에 '쾌유를 빌어요!'라고 쓰여 있었다. 그러나 아무리 봐도 그녀는 쾌유될 것 같지 않았다. 게다가 그녀의 체중은 사십 킬로그램도 채 안 된다고 했다.

병동 한쪽 끝에서 동요가 일어나는가 싶더니 스트롱 씨가 한

무리의 젊은 의사들과 수간호사를 거느리고 이쪽으로 다가오고 있었다. 수간호사가 밀고 오는 바퀴 달린 서류 캐비닛에는 환자들의 차트가 가득 들어 있었다. "그분이 오시네요." 옆 침대 환자가 속삭였지만, 마샤는 여전히 두 눈을 지그시 감은 채 누워 있어서 의식이 전혀 없는 듯 보였다. 그래도 마샤는 눈으로 보지 않고도 그가 젊은 의사들보다 키가 더 크다는 것, 그리고 초록색 넥타이를 매고 있다는 것을 알고 있었다.

"이런, 미스 아이보리. 이렇게 금세 다시 오시다니…. 이건 정말 예상 밖인데요." 스트롱 씨의 말투에서는 책망이 아니라 다정함이 묻어났다. 그러나 어렵사리 눈을 뜨고 보니 그가 눈살을 살짝 찌푸린 채 자신을 내려다보고 있음을 알게 된 마샤는 어떤 식으로든 자기가 그의 심기를 불편하게 한 것이 아닌지 걱정스러웠다. 그때 스트롱 씨가 수간호사에게 몸을 돌리고 낮은 목소리로 뭔가를 속삭였다.

"체중이 너무 많이 줄었어요. 몸조리를 제대로 안 하신 것 아닌가요?" 이번에는 다소 엄격한 목소리로 그가 말했다.

마샤는 자기가 평생 많이 먹는 편이 아니었다고 변명하고 싶었지만, 아무리 애써도 그 말이 입 밖으로 나오지 않았다.

"이런, 걱정하지 마세요. 억지로 말하려고 애쓰지 않으셔도 됩니다." 스트롱 씨가 젊은 의사 중 한 사람을 향해 돌아섰다. "자, 브라이언, 자네도 이 환자분에 대한 기록을 검토했을 테니, 어디 자네 진단을 들어보기로 하지."

'브라이언'이라는 그 짧은 금발의 젊은 의사는 의학 용어로 자기 소견을 밝혔지만, 스트롱 씨는 그의 대답에 만족하지 못한 듯 또 다른 의사에게 의견을 물었다. 브라이언보다 더 당황한 그는 환자가 '이제 손쓸 수 없는 상태'에 있다고 작은 목소리로 웅얼거렸다. 의식이 많이 흐려져 여러 사람이 쉬지 않고 말을 주고받는다는 정도밖에 알지 못하는 마샤는 죽음이 코앞에 닥쳤음을 뜻하는 이 완곡한 표현을 듣고도 다행히 그 의미를 정확히 알아채지 못했다. 그렇게 의사들은 마샤의 상태를 두고 토론을 벌였다.

"당신들은… 지금 내 얘기를 하고 있군요." 마샤가 들릴 듯 말 듯 작은 목소리로 속삭이듯 말했다.

"그렇습니다, 미스 아이보리. 오늘의 스타는 분명히 당신입니다." 하지만 노먼이 했더라면 고약하고 빈정대는 것으로 느껴졌을 이 말이 스트롱 씨의 입에서 나오자 아주 친절하게 들렸다.

"그 사람들이 '문병 금지'라고 했다면서?! 그렇다면 우리가 불쑥 찾아갈 수 없겠네." 에드윈과 함께 점심 식사를 마친 노먼이 말했다. 에드윈은 젤리 베이비를 다 먹자 노먼에게 감초사탕 봉투를 내밀었고, 노먼은 갈색과 검은색이 섞인 사탕을 집어 들었다.

"아직도 커피를 마실 때면 마샤 생각이 나." 노먼이 말을 계속했다. "마샤가 내게 커피를 타주곤 했지."

"응, 하지만 자네만을 위해 커피를 만들었던 건 아니지. 자기 걸 만드는 김에 자네 것도 만든 거니까." 에드윈이 말했다.

"그건 그래. 하지만 자네는 지금 내 로맨틱한 추억을 망치고 있어." 노먼이 곧바로 말을 받았다. "불쌍하기도 하지. 면회마저도 금지됐다니. 자네가 전화했을 때 간호사는 뭐라고 하던가?"

"미스 아이보리는 편히 지내고 있다더군. 그 사람들이야 늘 그렇게 말하잖나." 죽음의 문턱에 있던 그의 아내 필리스에 대해서도 간호사들은 '편히 지내고 있다'고 했다. 아마 그것은 그들이 죽음을 앞둔 환자의 상태를 편리하게 표현하는 방식인지도 모른다. "마샤가 흥분하면 안 되고, 절대 안정을 취해야 한대."

"그래. 마샤가 우릴 보면 흥분할 수도 있겠지." 노먼이 말했다.

"그리고 수간호사는 우리가 보낸 꽃을 보고 마샤가 기뻐했다고 하더군. 꽃이 보기 드문 색이라고 했대."

"마샤가 그렇게 말했대?"

"아니, 마샤가 그렇게 말하진 않았겠지. 그 수간호사가 그렇게 생각했겠지. 내 짐작으로는 마샤가 거기서도 거의 말을 하지 않을 것 같아. 우리가 처음 발견했을 때도 마샤는 아무 말도 못했거든."

"하긴… 여기서 근무할 때도 말수가 적었지." 골똘히 생각에 잠긴 표정으로 노먼이 말했다. "그 사람들이 마샤한테 어떤 처치를 할지 모르겠군."

"수간호사는 마샤가 어떤 수술을 받을 예정이라거나 뭐 그런 말을 하지는 않았어." 에드윈이 말했다. "우리는 그저 앞으로 어떻게 될지 지켜보는 수밖에 없는 것 같아. 내가 계속해서 연락해볼게. 그건 그렇고… 조금 당황스러운 일이 있었어. 내가 꽃을 가지고 갔을 때 병원에서 마샤에게 친척이 있는지, 가장 가까운 친척이 누군지 내게 묻더라고."

"지난번에 수술 받을 때 마샤가 누군가의 이름을 댔겠지. 어딘가에 먼 사촌이 있다는 말을 언젠가 들은 것 같아."

"아, 그랬어?" 에드윈은 살짝 당황한 듯 보였다. "아, 이런! 병원 사람들이 가장 가까운 친척 이름이 당장 필요하다기에 내 이름을 빌려줬지." 그가 말했다. "내가 마샤의 가장 가까운 친척이라고 말했다고." 그 말이 나중에 어떤 결과로 이어질지 알 수 없었다.

"나보다야 자네가 더 적격이지!" 노먼이 말했다. "하지만 그러다가 자네가 귀찮은 일에 휘말리는 건 아닌지 걱정되는군."

"아, 뭐…. 병원에서는 연락할 일이 있을 때 필요해서 그랬겠지. 그런 정도야 내가 해줄 수 있는 최소한의 일이라고 생각해."

"큰일에 휘말리지 않기를 바라자는 걸세." 노먼이 침울한 어조로 말했다.

"면회 금지라고? 그러면 마샤가 무슨 수술이라도 받았다는 건가?" 포프 부인이 마샤의 근황을 알고 싶어 했다.

"수간호사 말로 미뤄보면 그렇지는 않은 것 같아요." 레티가 대답했다.

"아, 그게 무얼 뜻하는지는 너무도 뻔해. 두고 보라고."

이제 레티는 포프 부인의 말이 모두 맞는다는 것을 알고 있었다. "아무래도 제가 마샤를 찾아가 만나봐야 할 것 같아요." 그녀가 확신 없이 머뭇거리며 말했다. 하지만 진심을 말하자면 병원에 있는 마샤를 찾아가서 만나고 싶은 생각이 정말로 있는 것은 아니었다. 그저 일종의 의무감에서 자신은 그녀를 만나고 싶어 해야 한다고 느낄 뿐이었다.

"하지만 당신한테는 면회가 허락되지 않을 게야." 포프 부인이 말했다.

"네, 지금 상태로는 어려울 것 같아요. 마샤한테 꽃 말고 뭐 다른 걸 준비해서 보내줘야겠어요." 하지만 무엇을 보낸단 말인가? 지난번에 만났던 마샤의 모습을 머리에 떠올리자 여러 가지로 고민스러웠다. 화장수, 탤컴파우더, 향이 좋은 비누…. 이런 것들이 레티 자신이 병원에 입원해 있다면 받고 싶어 할 만한 물건이었다. 하지만 마샤라면 어떨까? "책을 한 권 보내주면 어떨까요?" 그녀가 확신이 서지 않는 얼굴로 물었다.

"뭐, 책이라고?" 포프 부인의 말투에는 비웃음이 담겨 있었다. "아니, 면회도 금지라면서 책이라니? 그걸로 대체 뭘 하라는 거야?"

"맞아요, 아마도 마샤는 책을 읽을 수 없겠죠." 레티가 시인했다. 마샤가 책을 읽은 적이 있던가? 아니 그녀가 책을 들고 있는 모습을 본 적이 있던가? 마샤가 도서관에 드나들었던 것은 다른 목적이 있어서였다. 그녀는 사실 책 읽을 시간이 없다고 말하는 부류의 사람이었다. 그래도 마샤는 놀랍게도 시 한 구절을 인용한 적이 있었다. 그 구절은 마샤의 머릿속에 남아 있던 학창 시절의 기억 한 조각이었을까? 그렇다면 시집이 좋으리라. 표지가 예쁜 페이퍼백 시집…. 물론 현대시는 피하는 게 좋겠지…. 이런저런 생각을 했지만, 마샤에게 보내주기로 최종 결정한 것은 비록 마샤가 면회가 금지될 정도의 상태에 있더라도 누군가가 그녀의 이마에 발라줄 수 있는 라벤더 화장수였다.

"만일 환자가 내 짐작처럼 안 좋은 상태에 있다면…." 포프 부인이 말을 계속했다. "당신이 뭘 보내든 안 보내든 환자는 알지도 못할 게야. 그리고 당신은 연금으로 사는 사람이야. 그걸 잊지 마."

"그렇지만 마샤한테 뭐든 보내주고 싶어요." 포프 부인의 태도에 반감이 생긴 레티가 단호하게 말했다. "어쨌든 우리는 한동안 함께 근무한 직장 동료였으니까요." 비록 아주 가까운 친구 사이는 아니라도 같은 사무실에서 함께 일했던 여자들에게는 ―판에 박힌 듯 지루한 일상, 사소한 불평들, 남자들에 대한 짜증 따위를 공유하면서 자신도 모르는 사이에 생긴― 특별한 유대 관계가 있다고 생각했다.

"난 두 사람이 그래봤자 한두 해 정도 함께 일한 줄 알았는데." 포프 부인이 말했다. "그건 그리 긴 세월이 아니잖아?"

"네, 우리가 함께 일한 기간이 그리 길지는 않아요. 하지만 우리 삶에서 아주 중요한 시기에 함께 일했죠." 라벤더 화장수를 보내기로 마음을 굳히며 레티가 대답했다.

라벤더로군. 스트롱 씨는 병원에서 나는 수많은 냄새 중에서 라벤더 향을 감지했다. 그 향이 미스 아이보리에게서 나리라고 짐작하지 못했던 그는 그 향을 맡자 할머니 생각이 났다. 하지만 다시 생각해보면 미스 아이보리에게서 라벤더 향이 난다고 해서 놀랄 이유가 있을까? 정말로 놀라운 것은 그가 환자에게서 향 같은 것을 감지한다는 사실이었다. 이처럼 강력하게 어린 시절의 기억을 소환하는 라벤더 향은 그를 느닷없이 사로잡았다. 런던의 유명한 대학부속병원 외과 과장이자 할리가의 인기 있는 개업의인 스트롱 씨는 짧은 순간이나마 일곱 살 소년 시절로 돌아갔다.

스트롱 씨의 회진을 앞두고 누군가가 서둘러 미스 아이보리의 매무새를 돌봐줬다. 누구나 스트롱 씨 앞에서는 단정해 보이고 싶을 것이다. 미스 아이보리의 이마는 서늘하고 촉촉했다. 누군가가—카드에 적힌 이름이 베티였던가, 레티였던가?— 그녀에게 시골 정원에서나 풍길 듯한 매력적이고 싱그러운 향이 나는 멋진 라벤더 화장수를 보냈다. 미스 아이보리의 집 정원에 라벤더가 자라는 걸까? 마샤는 자기 집 정원에 라벤더가 있는지 기억하지 못했다. 그녀가 기억하는 것은 정원 한쪽 구석에 개박하 덤불이 있고, 그 근처에서 스노위의 무덤을 찾을 수 없었다는 사실뿐이었다. 아무튼 그녀는 파리 떼가 사체를 완전히 떠날 때까지 스노위가 차갑게 식어가는 과정을 지켜봤으나 지금은 그의 무덤을 도저히 찾을 수 없었다. 이웃집에 사는 나이젤이 쓸데없이 잔디를 깎아주겠다고 법석을 떨지 않고 스노위의 무덤을 찾는 데 도움을 줬다면 얼마나 좋았을까…. 잔디야 깎지 않고 그대로 내버려 두는 편이 사람들의 접근을 막아주므로 더 좋았다. 정확히 언제였는지는 기억나지 않지만, 마샤는 어느 날 오후엔가 노먼이 자기 집 앞 도로에서 어슬렁거리며 자기를 엿본 일을 떠올렸다. 그때 그에게 가서 거기서 대체 뭘 하고 있는지, 그리고 무슨 속셈으로 자기 집 주변을 배회하는지 따져 묻지 않았던 것이 지금 후회스러웠다. 그리고 또 언제였던가…. 그녀가 사무실에서 일하기 시작한 지 얼마 되지 않았을 때 점심시간에 그를 따라 대영박물관까지 갔던 일도 기억났다. 그를 따라 계단을 올라가다 보니 미라 전시관이 있었고, 거기서 그는 학생들 무리에 섞여 미라로 만든 동물들을 관찰하며 앉아 있었다. 그때 그녀는 어찌해야 좋을지 몰라 슬그머니 먼저 자리를 떴다…. 그 일이 있은 후 그녀는 습관적으로 그에게 커피를 타줬다. 그것은 큰 통에 든 커피가 훨씬 저렴한데 작은 통에 든 커피를 각자 비싸게 사는 것이 어리석어 보였기 때문일 뿐이다…. 그다음에는 어떤 일이 있었던가? 분명하지 않았다. 아마 그다음에는 아무 일도 일어나지 않았던 것 같았다. 거기까지 생각한 마샤는 가만히 있지 못하고 머리를 계속해서 좌우로 움직였다. 바로 그때 병원 교회 목사가 다가오고 있었다. 아니, 그녀의 집을 지나 도로 끝에 있는 교회의 목사인가? 그 교회 두 명의 목사는 모두 젊고 머리가 길었다. 그러나 그는 둘 중 어느 쪽도 아니었다. 그는 스트롱 씨 밑에서 일하는 인턴이었다. 그의 이름은 브라이언이었다. 스트롱 씨는 브라이언, 제프리, 톰, 마틴, 그리고 홍일점인 제니퍼 등 자기 밑에서 일하는 젊은 의사들을 부를 때 늘 친근하게 이름을 불렀다.

젊은 의사는 몸을 굽혀 마샤를 관찰했다. 그녀의 상태는 좋지 않았다. 하긴 그녀는 컨디션이 최상일 때조차 상태가 좋지 않았다. 다행히 스트롱 씨가 가까이 있었으므로 무슨 일이 생기면 지체 없이 그를 호출할 수 있었다. 스트롱 씨는 미스 아이보리의 상태를 몹시 걱정해서 무슨 일이 생길까 봐 근처에 있기를 원했다.

스트롱 씨는 아직도 그 초록색 넥타이를 매고 있었다. 그것은 똑같은 넥타이일까, 아니면 그가 원래 초록색을 좋아하는 걸까? 그 넥타이에는 작은 무늬들이 촘촘히 박혀 있었다. 그가 이마를 찌푸리자 숱이 꽤 많은 회색 눈썹이 모아졌다. 그는 늘 이마를 찌푸리고 있는 것 같았다. 마샤는 그런 그를 볼 때마다 자기가 혹시 뭔가를 잘못했나 싶었다. 아마 충분히 먹지 않아서겠지? 그의 두 눈이 그녀를 뚫어지게 쏘아보는 듯했다. 외과 의사의 눈은 상대방을 꿰뚫어 보는 눈이라고 했던가? 아니, 사람들이 주목하고 주로 묘사하는 대상은 외과 의사의 눈이 아니라 피아니스트의 손과 마찬가지로 외과 의사의 손이었다. 콘서트에 가는 사람은 늘 피아니스트의 손이 보이는 좌석을 차지하고 싶어 한다. 하지만 어떤 의미에서는 외과 의사도 피아니스트 못지않은 예술가다. 아름답게 마무리한 말끔한 수술 자국…. 마샤는 의사가 자기 몸에 절대 칼을 대지 못하게 하겠다고 입버릇처럼 말하던 어머니를 기억하고 있었다. 하지만 스트롱 씨의 솜씨를 생각하면 어머니의 그 말은 얼마나 어리석은가! 마샤는 미소 지었고, 그녀의 미소를 본 스트롱 씨도 찌푸렸던 이마를 펴고 그녀에게 미소 짓는 것 같았다.

병원 교회 목사는 미스 아이보리를 만나러 가는 도중에 이미 늦었다는 전갈을 받았다. "미스 아이보리는 돌아가셨어요. 별세하셨다고요…." 그 말이 마치 TV 광고 문구처럼 그의 귀에 윙윙 울렸다. 하지만 그는 그녀 영혼의 안식을 비는 기도를 올렸고, 가장 가까운 친척을 비롯해 유족을 만나러 갔다. 그러나 막상 그가 만나게 된 사람은 그녀와 아무런 인척 관계도 없는 '친구'였다. 그는 고인과 같은 사무실에서 일한 적이 있다고 했다. 조금 놀랍게도 그는 기독교인으로서 해야 할 일이 무수히 많지만, 죽음을 미리 막지 못했다는 데 대해서는 누구도 자책할 필요가 없다고 했다. 아무도 누구를 탓하지 않고 눈물 흘리는 사람도 없이, 미스 아이보리의 죽음과 관련된 모든 뒤처리는 차분하고도 효율적으로 진행됐다. 그리고 그것은 큰 위로였다.

스물

"영혼이 안식을 취하는 곳, 영안실이라고 하던가요?" 노먼이 먼저 입을 떼었다. "고인의 시신이 안치된 방… 말입니다." 마샤가 이미 이 세상 사람이 아니라는 사실이 영 실감 나지 않는 듯 그가 어색하게 덧붙여 말했다.

"안식을 취한다는 발상은 아주 좋은 것 같아요." 레티가 조용히 말을 받았다. 그녀의 어머니가 세상을 떠났을 때는 시신이 장례식을 치르기까지 집에 그대로 있었다. 그때를 돌아보면 감정이 소진된 채 가족들이 이런저런 현실적 걱정과 갑자기 모여든 친척들을 위한 식사 준비에 정신이 팔렸던 것 같았다.

"예전처럼 우리 모두 여기 모여 있군요." 에드윈이 말했다. 하지만 상황이 예전 같지 않았으므로 다른 두 사람은 아무 말도 하지 않았다.

화장장에서 열릴 예정인 장례식에 참석하러 모인 세 사람은 마샤의 장례에 관한 모든 준비를 맡은 에드윈의 집에서 출발하기 전에 커피를 마시고 있었다. 마샤의 죽음이 그들의 관계를 더 돈독하게 했음은 당연했다. 그들은 과거의 유대 관계를 기억하고 있었고, 마샤 다음 순서는 당연히 그들 중 한 사람이 되리라는 것을 자각하고 있었다. 물론 그들은 모두 건강했으므로 다가올 죽음의 순서 따위를 심각하게 받아들이지는 않았다. 마샤는 큰 수술을 받았고, 그 결과로 죽음에 이를 수도 있었음을, 그들은 모두 어느 정도 짐작하고 있었다. 지금 무엇보다 중요한 것은 노먼과 레티가 한 번도 초대받은 적 없는 에드윈의 집에 처음으로 발을 들여놓았다는 사실이었다. 레티는 마샤의 죽음이 이런 계기를 만들었다고 생각하며 여성의 세심한 눈으로 주위를 살폈다. 수를 놓아 만든 구식 쿠션과 의자 등받이는 아마도 먼저 세상을 뜬 에드윈의 아내 필리스의 작품인 듯했다. 그녀는 에드윈이 교구 위원회 모임에 참석하러 가서 늦도록 집에 돌아오지 않는 날이면 이런 작품을 만들며 홀로 긴 저녁 시간을 보내지 않았을까? 노먼은 그보다 더 현실적이고 경제적인 면을 생각하고 있었다. 이 집에 주방을 공동으로 사용하는 세입자를 한두 사람 받는다면, 에드윈이 매주 꽤 많은 수익을 올릴 수 있을 것 같았다. 그렇다고 그가 에드윈과 함께 살고 싶은 것은 아니었다. 아무튼 에드윈은 이 집에서 혼자 살면서 돈이 궁하지도 않은 것 같았고, 은퇴 후에도 연금에만 의지하지 않아도 될 것 같았다.

런던 남동쪽에 있는 화장장까지는 차를 타고 꽤 오래 달려야 했다. 함께 있는 시간이 길어지자, 세 사람은 자연스럽게 대화를 이어갔다.

"어쨌든," 에드윈이 말했다. "마샤도 지금 우리와 함께 가고 있는 셈이고, 어차피 마샤는 말이 없으니 평소처럼 얘기를 나누면 되겠군."

하지만 평소처럼 얘기를 나누자는 그의 말이 오히려 두 사람을 침묵에 빠뜨린 것 같았다. 마침내 레티가 도로변 주택 정원에 아직도 아름답게 피어 있는 장미꽃을 보고 가볍게 감탄했다.

에드윈이 다시 말을 이었다. "우리 넷이 함께 모여 점심을 먹었을 때는 전혀 생각지도 못했던 일이잖아."

"불쌍한 마샤…. 그때도 정상은 아닌 것 같았어, 안 그래?" 노먼이 말했다.

"그때 이미 죽음의 조짐이 있었던 것 같아요." 레티가 대답했다. "마샤는 샐러드만 조금 먹고 거의 아무것도 먹지 않았죠."

"마샤는 평생 많이 먹는 편이 아니었잖아요." 마치 혼자만 그 비밀을 알고 있기라도 한 듯이 노먼이 말했다. "마샤 자신도 입버릇처럼 그렇게 말했지요."

"혼자 살면 음식을 차려 먹기가 때로 귀찮아지잖아요." 혼자 살아본 적이 없는 사람들에게 말하듯 에드윈이 거들었다.

"난 하루에 최소한 한 끼는 신경 써서 잘 차려 먹으려고 해요." 레티가 말했다.

"포프 부인 주방을 함께 쓸 수는 있는 거지요?" 에드윈이 물었다. "조리 기구들은 따로 쓰나요?"

"냄비 두어 개, 오믈렛 팬 정도는 나도 가지고 있어요." 레티가 서둘러 대답했다. 그녀는 얘기가 어느새 지나치게 일상적으로 흐르고 있다고 생각했고, 프라이팬에 대한 노먼의 언급은 듣고 싶지 않았다.

"아, 난 프라이팬에 모든 재료를 있는 대로 다 집어넣어요." 레티의 예상대로 노먼이 프라이팬 얘기를 꺼냈다. "그렇게 내가 달걀로 만드는 걸 오믈렛이라고 부르기는 좀 어려울 것 같지만."

이제 서서히 속도를 내기 시작한 영구차를 보며 노먼은 뒤따르는 차들도 조금씩 속도를 내야 한다고 생각했다. 처음에는 천천히 달리다가 서서히 가속하는 것으로 보아 이 차들의 변속 기어는 자동임이 분명했다. 켄이라면 그런 내용을 잘 알 테니, 다음에 그를 만나면 좋은 화젯거리가 되리라 생각했다. 켄은 자동차 말고는 아는 것이 별로 없었다.

"거의 다 온 것 같지 않아요?" 레티가 물었다. "이 지역엔 와본 적이 없어서요."

"난 필리스 때도 여기 왔었어요." 아주 담담한 표정으로 에드윈이 말했다. "우리 집에서 가장 가까운 화장장이거든요."

"아, 네, 그렇군요." 레티는 순간적으로 당황했다. 그러나 다행히 에드윈이 먼저 간 아내 생각에 딱히 영향을 받는 것 같지는 않았다. 그는 단지 화장 전에 교회에서 영결 미사를 드렸는데 참석자가 무척 많았다는 얘기만을 덧붙였다.

에드윈이 시계를 봤다. "우리 순서는 열한 시 반이에요." 그가 말했다. "여기 일정은 아주 촘촘히 짜여 있대요. 아, G. 신부 차가 우리 앞에 있군요. 흠, 바로 전 신호에서 우리를 앞질렀나 봐요."

"신호등이 노란불일 때 그대로 지나가진 않았는지 모르겠네." 노먼이 말했다.

"여긴가 봐요." 레티가 목적지에 거의 다 왔다는 데 안도하며 말했다. "저 앞에 보이는 문이 목적지 맞지요?"

"네, 맞아요." 에드윈이 확인해줬다.

"언젠가 우리가 모두 올 곳이지요." 노먼이 말했다.

"불쌍한 미스 아이보리." 프리실라가 제니스에게 속삭였다. "내가 이웃 사람들을 대표해서 이 자리에 참석하게 돼서 기뻐요. 아, 그리고 당신한테 정신적 지원을 할 수 있어서 기쁘기도 하고요."

제니스는 마치 자기에게 특별한 정신적 지원이 필요하다는 듯이 말하는 프리실라의 태도가 조금 언짢았다. 하지만 그녀가 말하는 정신적 지원이란 아마도 화장장에서 진행되는 장례식에 참석해야 하는 자신을 마음으로 지지한다는 뜻이었을 것이다. 그 밖에는 자기에게 정신적 지원 같은 것이 필요할 일이 없다고 생각했다. 미스 아이보리가 주방에 쓰러져 있다가 발견되고 병원에서 숨을 거둔 것은 흔히 일어나지 않는 불행한 사건이었다. 그러나 그녀를 대상으로 한 사회복지 활동에 문제가 있었던 것도 아니고, 담당 사회복지사인 제니스가 그녀를 방치했던 것도 아니었다. 어쨌든 죽음은 모든 것의 종말이고 삶의 마침표이며, 그것은 미스 아이보리에게도 예외가 아니었다. 그리고 앞으로 몇 년간은 미스 아이보리에 대한 얘기가 자원봉사 사회복지사가 겪을 수 있는 어려움의 한 가지 사례로 인용될 것이다. 자원봉사자는 다양한 대상자를 만나게 되는데 그중에는 아무리 애써도 도와줄 수 없고 이로운 방향으로 이끌어줄 수 없는 부류가 있게 마련이고, 미스 아이보리는 분명히 그런 부류의 대상자였다. 제니스의 생각이 그대로 나타나 있는 그녀의 보고서에는 미스 아이보리가 자기 집 주방에 쓰러져 있기 전에도 이미 손쓸 수 없을 만큼 건강이 나쁜 상태였을 가능성이 매우 크다는 어느 의사의 진단이 인용돼 있었다. 미스 아이보리와 관련된 근본적인 문제는 어쩌면 그녀가 사망한 것이 제때 연락이 닿지 않았던 탓일지도 모르고, 그녀가 사회안전망으로도 구제받지 못했다는 데 있었다.

제니스와 프리실라의 아주 밝은색 일상복 차림을 본 레티는 오늘 아침 장례식에 어울리는 옷이 없어 몹시 걱정했던 것이 쓸데없는 일이었음을 깨달았다. 요즘 젊은 사람들은 그런 데 전혀 신경 쓰지 않는 것이 분명했다. 사실, 그녀가 입은 남색 원피스와 재킷은 점잖은 옷이긴 했지만 상복이라고 말하기는 어려웠다. 그 옷을 팔던 여자가 '프랑스 해군복 색'이라고 했던 이 색은 어디에 쓰이든 구식으로 경박한 분위기를 풍기는 것 같았다. 남자들은 물론 검은색 넥타이를 매고 있었다. 남자라면 누구나 검은색 넥타이 하나쯤은 가지고 있는 것 같았고, 손쉽게 구할 수 있는 모양이었다.

편히 잠드소서, 그리고 고인에게 영원한 빛이 비치게 하소서, 라고 에드윈은 마음속으로 빌었다. G. 신부에게 오늘 장례식에서

약식 영결 미사를 집전해달라고 부탁했던 것은 좋은 생각이었다. G. 신부에게 맡기면 마샤를 보내는 이 마지막 미사가 화장장에서 줄줄이 이어지는 영결 미사를 쫓기듯 집전해야 하는 몇몇 성직자가 때로 도달하지 못하는 제대로 된 수준으로 엄숙히 진행되리라고 확신할 수 있었다. 이 미사에 사회복지사와 이웃집 여자가 얼굴을 내밀어서 다행이라는 생각도 들었다. 그것은 그들이 할 수 있는 최소한의 성의라고 생각했다. 아무튼 그런 모습으로 쓰러져 있던 마샤를 그들이나 불쌍한 노먼이 아니라 자기와 G. 신부가 처음 발견해서 천만다행이었다.

이제 곧 불 속으로 들어갈 관 속에 누워 있는 마샤를 생각하자 마음이 산란해진 노먼은 어딘가에서 읽었던 경박스러운 이행시를 머리에 떠올렸다.

> 재는 재로, 먼지는 먼지로
> 위대한 여왕은 무덤 속으로 서둘러 가느니

그는 웃어야 할지 울어야 할지 알 수 없었다. 지금 이 순간 웃을 수는 없는 일이었고 또한 울 수도 없었다. 그리고 눈물을 흘린 것도 오래전 일이었다. 커튼이 닫히면서 관이 미끄러져 들어갈 때 그는 관의 마지막 순간을 보고 싶지 않아 고개를 숙였다.

모두 밖으로 나와서 화창한 햇빛을 받으며 어색하게 옹기종기 모여 섰다.

"어머, 정말 예쁜 꽃이네요." 레티가 제니스와 프리실라를 돌아보며 나직히 말했다. 이번에도 꽃이 경직됐던 분위기를 풀어줬다. 불타듯 붉은색 글라디올러스, 분홍색과 흰색 카네이션 꽃다발 두 개, 온실에서 재배된 장미꽃, 연보라색과 흰색 국화로 만든 화환 두 개가 '마샤 조안 아이보리'라고 쓰인 팻말 옆에 놓여 있었다.

"프리실라와 저는 미스 아이보리가 생화 꽃다발을 더 좋아할 거라고 생각했어요." 제니스가 화환에 눈길을 주며 조금 못마땅한 듯 말했다. "그렇게 명확하게 지정하는 사람도 있잖아요."

"불쌍하게도 마샤는 뭔가를 명확하게 지정할 만한 상태가 아니었잖소." 노먼이 말했다. "연보라색과 흰색 국화꽃 화환은 우리가 조금씩 갹출해서 샀소. 여기 이 레티, 에드윈 그리고 내가…."

"아, 네. 세 분은 미스 아이보리와 함께 근무하셨다죠?" 프리실라가 신부학교 학생에게서나 볼 수 있을 법한 태도로 물었다. 이 작은 체구의 특이한 남자와 키가 크고 그 못지않게 특이한 남자를 어떻게 대해야 할지 알 수 없었던 그녀는 이제 이웃으로서의 사회적 의무를 다했으니 어서 떠날 생각밖에 없었다.

"다른 화환은 마샤의 사촌이 보냈군요." 에드윈이 말했다. "마샤의 사촌은 너무 상심해서 장례식에 참석하지 못했다더군요."

"지난 십 년 동안 한 번도 만난 적이 없는데, 뭘 얼마나 상심했다는 거야?" 노먼이 끼어들었다.

"하지만 아들이 대신 왔잖아." 에드윈이 말했다. "그럼 된 거지. 저 청년은 런던에서 일한다던데."

“저 뒤쪽에 앉아 있는 젊은이 말예요?” 레티가 물었다. 그녀는 황갈색 머리카락이 제멋대로 자랐고, 카프탄[71]을 걸치고 있는, 성별 구분이 모호한 젊은이를 눈여겨봤다.

“응, 저기 목에 구슬 목걸이를 걸고 있는 저 남자 말예요.”

사람들이 뿔뿔이 흩어지기 시작했다. 에드윈, 레티 그리고 노먼은 어서 돌아가려고 차 옆에서 기다리고 있는 G. 신부를 향해 걸어갔다. 에드윈이 G. 신부 옆자리에 앉았고, 레티와 노먼은 G. 신부의 제의가 들어 있는 슈트케이스와 함께 뒷좌석에 끼어 앉았다. 앞좌석에 앉은 두 사람은 주로 교회 얘기를 하며 활발하게 대화를 이어갔지만, 뒷좌석에 앉은 두 사람은 말이 없었다. 노먼은 무슨 말을 해야 할지 몰랐고, 심지어 장례식은 어쨌든 슬픈 행사라는 것 말고는 아무 느낌도 들지 않았다. 그러나 레티는 친한 친구도 아니었던 마샤의 죽음으로 이제 자신이 완벽하게 홀로 남겨졌다고 느끼며 깊은 적막감에 빠져들었다.

71) kaftan: 아랍 국가 남자들이 보통 허리에 벨트를 매고 입는 긴 옷.

스물하나

"그때 우리는 생각지도 못했지요…."

지난번에 함께 모여 랑데부에서 점심을 먹었던 일을 떠올리며, 레티는 노먼이 이런 식으로 말을 꺼내는 것도 무리는 아니라고 생각했다. 그때 그들은 다음 모임이 이런 식이 되리라고는 꿈에도 생각지 못했다. 물론 지금은 G. 신부가 함께 있으니 상황이 조금 다르기는 했다.

"자, 이제…." G. 신부가 메뉴판을 훑어보기 시작했다. 그는 에드윈과 자기가 식사 비용을 나눠 내게 되리라고 짐작하고 있었다. 일단 레티는 여성이고, 노먼은 왠지 누구에게 점심을 살 만한 인물로 보이지 않았던 것이다. 고인에게는 장례식에 참석한 사람들에게 식사를 대접할 만한 친척이 없음을 알고 있던 그는 장례를 준비하면서 뒷마무리를 어떻게 할지 생각했다. 처음에는 에드윈이 추모객들을 자기 집으로 초대할지도 모른다고 생각했다. 그러나 에드윈이 그러기보다는 술도 함께 파는 화장장 근처 레스토랑으로 가려 한다는 것을 알고 나자 적잖이 마음이 놓였다. 따분한 거실이나 취향이 끔찍한 가구들이 놓인 좁은 실내에 들어가 들척지근한 셰리주나 차를 마시지 않아도 된다고 생각하니 기분이 좋아졌던 것이다. 이런 상황에서 드라이 마티니를 마시고 싶다고 말해도 괜찮을지 궁금했다.

"뭘 좀 마셔야 할 것 같은데." G. 신부의 속마음을 읽기라도 한 듯이 에드윈이 불쑥 말했다.

"네, 다들 그런 것 같네요." 레티가 동의했다.

"오늘 같은 날은 사람을 정말 지치게 하는군요…." 노먼도 어물어물 말을 덧붙였다. 사실 그는 장례식이 사람을 지치게 한다고 말하려고 했다. 그러나 '장례식'이라는 단어를 입에 담기는 물론이고 아예 머릿속에 떠올리기조차 싫었다.

다른 사람들의 반응에 고무된 G. 신부는 자신 있게 웨이터를 불러 음료를 주문했다. 에드윈과 노먼에게는 중간 맛 셰리주를, 자기에게는 드라이 마티니를, 그리고 여자분에게는…. 사실 레티는 조금 머뭇거리고 있었다. 생전에 술을 한 방울도 입에 대지 않았던 가여운 마샤를 생각해 오늘은 모두 술을 마시지 말아야 할 것 같았기 때문이다. G. 신부는 레티의 그런 태도를 여성스러운 겸손이나 이 레스토랑에서는 어떤 술을 주문해야 하는지 모르는 미숙함으로 받아들였다. "드라이 마티니를 한번 마셔보시겠습니까?" 그가 제안했다. "그걸 마시면 기운을 차릴 수 있을 거예요."

"네, 지금 제겐 그런 게 필요한 것 같아요." 그녀가 동의했다. 그리고 웨이터가 가져온 드라이 마티니를 보자 그것이 정말로 기운을 내게 해줄 것 같았다. 지금 같은 순간에는 술이 위로가 되는 법이지, 라고 그녀는 생각했다. 불쌍한 마샤는 이제 그들 곁에 없지만, 술은 그녀와 다른 사람들, 늘 그렇듯이 근엄한 초로의 에드윈, 어떤 감정에 사로잡혀 있음이 분명한 노먼, 유능하고 권위적인 성직자 G. 신부가 매우 활기차게 살아 있다는 엄연한 사실을 새삼 깨닫게 해줬다. 술잔을 들고 주위를 둘러보니 부자연스러울 정도로 밝은색 스위트피 조화 장식이 눈에 들어왔고, 긴 테이블에는 한 무리 회사원들이 시끌벅적하게 떠들며 식사하고 있었으며, 그 옆 테이블에는 옷차림이 깔끔한 두 여자가 커튼 천의 무늬를 비교하고 있었다. 레티는 자신이 살아 있음을 의식하면서 음식 이름이 마음에 들어 G. 신부가 권하는 대로 레 죄 알라 플로랑틴[72)]을 주문했고, G. 신부는 스테이크를, 그리고 에드윈은 그릴에 구운 가자미를 주문했다. 노먼은 그라탱으로 요리한 콜리플라워를 주문하면서 '식욕이 별로 없어서'라고 덧붙였다. 그의 이 말은 미묘한 암시로 다른 사람들도 역시 식욕이 별로 없어야 한다고 느끼게 했다.

"부인은 이미 은퇴하셨지요?" G. 신부가 레티에게 물었다. "그건 틀림없이…." 그는 순간적으로 레티의 은퇴를 어떻게 묘사하면 좋을지 생각하다가 말을 이었다. "더없이 좋은 기회일 겁니다."

"네, 맞아요. 확실히 좋은 기회죠!" 드라이 마티니의 영향으로 레티는 지금 자기 상황에 감사하고 있었다. "이제 시간에 구애되

---

72) Les oeufs à la florentine: 프랑스에서 자주 먹는 피렌체식 오믈렛 요리.

지 않고 어떤 일이든 마음껏 할 수 있거든요."

"은퇴를 받아들이는 방식은 각기 다를 거예요." 예의 그 의기양양한 태도를 되찾은 노먼이 말했다. "그래서 레티가 요즘 뭘 하며 지내는지 정말 궁금해요."

"뭐, 특별히 하는 건 없어요." G. 신부가 함께 있다는 사실을 신경 쓰며 레티가 대답했다. "뭔가를 할 수 있는 시간이 좀 더 생긴 것뿐이죠. 책을 읽는다거나 그 밖에 다른 일을 할 시간 말예요."

"아, 그렇죠. 사회봉사 활동 같은 걸 할 수도 있겠네요." G. 신부가 고개를 끄덕이며 말했다.

"하지만 내 생각엔 사회복지 업무 체계상 레티는 봉사자보다는 봉사 대상자에 더 가까울 것 같은데요." 에드윈이 말했다. "어쨌든 레티는 은퇴한 여성이고 고령자라고 할 수 있으니까."

레티는 에드윈이 자신을 그런 범주에 넣는 것이 조금 못마땅했다. 비록 나이는 들었어도 아직 머리도 별로 세지 않았거니와 G. 신부도 자신을 그런 범주에 넣지 않은 것 같았기 때문이다. 그는 '노인', '고령자', '나이 든 사람' 등 명칭이야 어떻든 그런 범주에 속한 사람들에게는 별로 신경 쓰지 않았다.

"자, 이제 디저트를 주문할까요?" 에드윈이 물었다.

"지난번에 뭘 먹었는지 다들 기억합니까?" 노먼이 불쑥 물었다.

"당신과 난 애플파이와 아이스크림을 먹었던 것 같아요." 레티가 대답했다.

"그래, 맞아요. 앤트 누군가의 애플파이였죠. 에드윈은 크림 캐러멜을 먹었고, 마샤에게도 주문하게 하려고 애썼지만 결국 실패했지요."

노먼의 말이 끝나자 갑자기 분위기가 썰렁해지면서 다시 침묵이 흘렀고, 잠시 아무도 할 말을 찾지 못했다. 누군가와 사별하고 난 뒤에는 그 사실을 마음속에만 묻어두는 것이 좋다는 것을, 그들은 알고 있었다. 지금까지는 아무도 마샤의 이름을 입에 올리지 않았다. 하지만 누군가가 그녀의 이름을 입에 올려야 한다면, 노먼이 적임자일 것이다.

"마샤는 늘 입이 짧았어요." 마침내 레티가 말했다.

"평생 많이 먹는 편이 아니었지." 노먼은 불쑥 그렇게 말한 것 같았지만 사실은 감정을 억제하려고 무척 애쓰고 있었다.

에드윈은 노먼을 밖으로 불러내 같이 식사라도 해야겠다고 생각했다. 그가 원한다면 마샤에 대해 털어놓을 기회를 줘야 할 것 같았다. 그다지 기대하지 않았지만 이런 일은 누군가가 해야 했고, 기독교인으로서 의무를 다하는 일이 늘 즐거울 수는 없었다.

"미스 아이보리의 집은 어떻게 되는 거죠?" 유산 얘기를 꺼내서 대화의 수준을 높일 수 있다고 기대하는 듯이 G. 신부가 물었다. "그 집은 아마… 가까운 친척에게 상속되겠지요?"

"구슬 목걸이를 걸고 다니던 그 청년이나 그이 어머니 소유가 되겠지요." 에드윈이 대답했다. "그 사람들이 마샤의 유일한 친척인 것 같던데."

"그 집은 조금만 손보면 상당히 괜찮은 물건이 될 거예요." 잰 체하는 부동산 중개인 같은 말투로 G. 신부가 말했다.

"조금만 손보다니… 그게 무슨 말이에요?" 노먼이 적극적으로 물었다.

G. 신부가 미소 지었다. "아, 페인트칠만 조금 하면 될 것 같더군요. 자, 이제 아이스크림을 주문할까요?" 달래는 듯한 말투로 그가 물었다. 아이스크림이 거친 파도에 부은 기름[73] 역할을 해서 흥분한 노먼을 진정시키는 데 다른 어떤 말보다 효과가 있을 것 같았다.

"디저트로 아이스크림을 주문하고 식사를 끝냈죠." 레티가 말했다. "그 레스토랑에는 여러 종류의 아이스크림이 있더군요. 우린 마치 아이가 된 것 같았죠. 심지어 노먼도 자기가 늘 딸기 아이스크림을 좋아했다고 말했으니까요. 아이스크림이 우리 기분을 달래줬다고 할까요."

"당신이 빈속으로 돌아올지도 몰라서…." 포프 부인이 느닷없이 말했다. "장례식에 다녀온 사람은 대개 배고픈 줄도 모르지만."

레티는 포프 부인의 말에 깜짝 놀랐다. 그리고 장례식에 다녀온 자신을 위해 뭔가를 준비하려 했다는 사실을 알고는 나름대로

73) oil on troubled waters: 문자 그대로 번역하면 '거친 파도 위의 기름'이지만 '분쟁을 가라앉히거나 노여움을 진정시킨다'는 의미로 쓰인다.

위안을 받았다. 오후 다섯 시를 막 넘긴 지금은 하이티[74]를 먹을 때였는데, 사실 그녀에게는 지금 어떤 음식도 필요하지 않았다.

"에드윈이 장례식장에서 가까운 레스토랑을 알고 있어서 편리했어요." 레티가 설명했다.

포프 부인이 기대에 차서 다음 말을 기다리고 있었으므로 레티는 할 수 없이 일행이 무엇을 먹었는지 들려줘야 했다. G. 신부가 스테이크를 주문했다는 말을 들은 포프 부인은 어쨌든 그는 영결미사를 집전했고 성직자들은 대개 고기를 좋아하며 심지어 필요한 것 같으니 적절한 메뉴 선택이었다고 했다. 레티가 프랑스 요리를 먹었다고 하면 장례식에 프랑스 해군복 색 옷을 입고 간 것만큼이나 경솔하고 비정한 짓이라는 말을 들을 것 같았다. 사람들은 왜 프랑스나 프랑스와 관련된 것을 말하면 이상하게 생각할까? 영국도 유럽경제공동체 일원이므로 상황이 달라질 테고, 그렇게 되면 태도도 달라지겠지. 아니면 프랑스인들은 경박하다고 믿기 때문일까? 그래서 레티는 그냥 '달걀 요리'를 먹었다고만 말했다.

"음, 달걀은 고기만큼이나 영양분이 많은 음식이지." 포프 부인이 말했다. "그럼, 당신은 지금 또 달걀을 먹고 싶지는 않겠군."

"저는 그냥 차만 마실게요." 편안하게 장례식 얘기를 나눌 때 차를 마시는 데는 그만한 이유가 있었다.

74) high tea: 영국의 노동자 계층이 먹는 저녁 식사를 말함.

스물둘

노먼은 변호사에게서 건네받은 정문 열쇠로 마샤의 집 문을 열고 안으로 들어갔다. 그가 '고인이 된 미스 마샤 조안 아이보리의 집'에 들어간 것이다. 그는 마샤가 집을 자신에게 유산으로 남겼다는 충격적인 소식을 에드윈에게 전할 때도 그 집을 그렇게 표현했다. 마샤는 수술을 받은 뒤에 곧바로, 즉 그녀가 바야흐로 힘겨운 미래와 맞서 싸워야 하는 시점에 유언장을 작성한 듯했다. 얼마 되지는 않지만 마샤의 현금 자산은 그녀의 사촌에게, 그 아들에게 준 유산과 함께 남겼다는 변호사의 말을 전하면서, 노먼은 이렇게 빈정댔다. "그 젊은이는 그 돈으로 새 구슬 목걸이를 하나 더 살 수 있겠지."

"와우, 노먼에게도 이제 집이 생겼군." 에드윈이 놀렸다. 마샤의 집을 유산으로 받음으로써 단칸방에서 홀로 지내는 처량한 신세를 벗어난 노먼은 이제 경제적으로 자신과 엇비슷해진 것 같았다. 그러나 한편으로는 비록 현재 포프 부인과 함께 지내고 있기는 하지만 역시 단칸방에서 혼자 사는 레티에게 마샤가 집을 남기는 편이 더 적절했을 것 같기도 했다. "흠, 그래서 자네는 그 집에 들어가서 살 생각인가?" G. 신부와 함께 방문했을 때 봤던 그 집의 상태를 떠올리며 에드윈이 물었다. "그 집은 아무래도 손을 좀 봐야 할 것 같던데." 그는 다시 한마디 덧붙이지 않을 수 없었다. "지붕이 샌다고 해도 놀랄 일이 아닐 걸세."

"아, 그래서 뭐!" 노먼이 말했다. "지붕이 무슨 상관인가?"

"아니, 뭐… 비가 오거나 눈이 오면 지붕에서 물이 떨어질지도 모르잖나."

"런던에는 눈이 잘 안 오잖아. 안 그래? 다른 데는 몰라도 템스강 남쪽에는 많이 오지 않지."

"그런데… 이 일을 알고 있었나? 짐작이라도 했어?"

"자네 생각은 어때? 당연히 나는 짐작도 못 했지."

"마샤는 늘 자네한테 커피를 타주곤 했잖아." 에드윈이 말했다.

"그거야 마샤가 큰 통에 든 커피를 사서 나눠 마시는 편이 더 싸다고 생각했기 때문이지. 그 점은 자네도 여러 번 지적했잖아." 노먼이 성난 표정으로 응수했다.

두 사람은 다소 언짢은 마음으로 헤어졌고, 다음 날 노먼은 하루 휴가를 내고 그 집을 살펴보러 갔다. 그에게는 아직 쓸 수 있는 휴가가 며칠 남아 있었다. 그에게 남은 휴가가 이런 일에 이처럼 유용하게 쓰이리라고 누가 짐작이나 했겠는가? 신은 때로 불가사의한 방식으로 경이로운 일을 하신다. 이런 일이야말로 경이롭다고밖에 말할 수 없지 않은가?

열쇠는 원통형 자물쇠에 쉽게 맞아 들어갔고, 문에 구멍을 뚫어 박아 넣은 자물쇠가 또 하나 있었다. 빈집털이범들에 대해 무척 예민했던 마샤는 온종일 집을 비울 때면 이중으로 자물쇠를 채웠을 것이다. 현관 안으로 들어선 노먼의 시야에는 여기저기 수북이 쌓인 먼지보다 모자와 외투 걸이, 테이블, 의자 등 에드워드 7세풍 견고한 가구들이 먼저 들어왔다. 오래 비워뒀던 집이니 먼지가 그처럼 쌓인 것도 당연했다. 그는 마샤와 알고 지내면서도 이 집에 한 번도 초대받지 못했던 때를 생각하며 방문객처럼 이 방 저 방을 둘러봤다. 만일 그녀가 살아생전에 그를 자기 집에 초대했더라면 상황이 달라졌을까? 그러나 아무리 생각해도 그녀는 자기 집에 그를 절대 들이지 않았을 것이다. 그것이 그들 관계의 본질이었다. 과연 그녀와 그 사이에 어떤 관계가 있기는 했던가? 그는 그녀가 대영박물관까지 자기를 따라왔던 날의 일을 기억하고 있었다. 그날 그는 전시된 동물 미라들 앞까지 갔다가 학생들 무리에 갇혀 옴짝달싹 못하게 됐고 그 바람에 안전하게 움직일 수 있게 될 때까지 기다리느라 그 자리에서 전시된 동물 미라들을 망연히 바라보고 있었다. 그때 마샤는 노먼이 자기를 미처 보지 못했다고 믿었지만 사실 그는 그녀를 봤다. 그리고 그 일이 있은 뒤에 다시는 박물관에 가지 않았고, 그 대신 도서관에 들렀다. 그다음에는 에드윈이 항상 얘기하는 커피 건이 있었지만 그것은 정말로 아무 의미 없는 일이었다.

천천히 계단을 올라간 노먼은 마샤의 침실이었던 듯한 방으로 들어갔다. 벽은 장미꽃 무늬 낡은 벽지로 덮여 있었고, 바닥에는 빛바랜 카펫이 깔려 있었다. 침대 옆 탁자 위에는 책이 몇 권 놓여 있었는데, 그중에는 놀랍게도 시 선집이 한 권 있었다. 나머지는 도서관에서 흔히 얻을 수 있는, 은퇴자나 노인들에게 제공되는 서비스를 자세히 안내한 팸플릿들이었다. 낡고 조금 때가 탄 흰색 면직물 커버를 씌워놓은 침대 위에는 마샤가 쓰던 베개와 시트가 그대로 있었다. 비록 그녀가 이 침대에 누워 숨을 거두지는 않았지만 —에드윈과 G. 신부는 아래층 주방 테이블에 엎드려 있던 그녀를 발견했다— 이것은 그녀가 죽음에 이르기까지 잠자고 꿈꾸며 누워 있던 바로 그 침대였다.

창가에는 회전식 거울이 달린 화장대가 있었다. 마샤는 잔인할 정도로 주름을 낱낱이 드러내는 환한 햇빛 속에서 거울에 비친 자기 얼굴을 들여다보곤 했다는 걸까? 아니, 그녀는 거울을 자주 들여다보지 않았을 것이다. 머리카락을 염색하고 다닐 때조차도 자기 외모에는 별로 관심이 없는 것 같았다. 그녀 삶이 끝나갈 무렵 수간호사가 그녀의 사랑스러운 흰머리에 찬사를 보냈던 것으로 봐서 아마도 그때쯤에는 머리카락이 많이 자라서 누군가가 조금 남은 검은 머리카락을 모두 잘라냈을 것이다. 수간호사는 임종 때 마샤가 더없이 아름다웠고 무척 차분하고 평온해 보였다고 했다. 하지만 그런 말은 유가족의 마음을 편하게 해주려고 그들이 거의 습관적으로 쓰는 표현 같았고, 마샤가 아름다웠다는 말도 병원에서 환자에게 습관적으로 하는 아부였을 것이다. 그래도 이제 그녀에게서 집을 유산으로 받은 노먼은 그녀가 거의 아름답다고 할 만한 모습이었다고 믿을 준비가 돼 있었다.

그 방에는 마샤의 옷가지와 이런저런 잡동사니가 들어 있을 서랍장도 있었다. 특별히 그녀의 물건들을 보고 싶다는 생각은 없었고, 또한 그녀의 비밀 서랍에 함부로 손대는 것 같아 잠시 망설였지만 그는 호기심에 끌려 어느새 서랍을 열고 있었다. 놀랍게도 그 서랍 안에는 크고 작은 비닐봉지들이 가득 들어 있었는데, 크기와 종류별로 분류돼 하나같이 차곡차곡 얌전히 접혀 있었다. 거의 감탄스러울 정도로 말끔하게 정리된 비닐봉지들을 보게 되다니…. 예기치 못한 일이었지만 다시 생각해보면 마샤라면 충분히 할 수 있는 일이었다.

그는 서랍을 닫고 당황해서 방 한가운데에 망연히 서 있었다. 그녀의 유품 처리는 분명히 그가 결정할 수 있는 범위를 넘어섰고, 게다가 여자 손을 빌려야 할 일이었다. 지금 이 자리에 레티가 있다면 그녀는 마샤의 물건들을 선별하고 옷들을 어떻게 처리할지 결정했을 것이다. 아무래도 그녀에게 연락해야 할 것 같았다. 하지만 그에 앞서 마샤의 사촌이라는 그 여자에게 먼저 연락해야 했다. 마샤의 유품에 대한 처분권이 우선적으로 그 사촌에게 있을 터였다. 그녀는 너무 슬퍼서 마샤의 장례식에 참석하지 못하겠다고 통보했다지만, 옷이나 가구 등 필요한 물건을 가져가라면 기꺼이 올지도 몰랐다.

이런 생각을 하며 다른 방으로 들어간 노먼은 그 방 창가에 서서 밖을 내다봤다. 창문을 통해 잘 관리되고 페인트칠도 선명한 이웃집들과 말끔하게 손질된 그 집 정원들이 시야에 들어왔다. 만약 마샤가 남긴 이 집에 들어와 살기로 한다면 지금 보이는 집들은 노먼에게 미래 이웃이 될 터였다.

"저기 어떤 남자가 창밖을 내다보고 있어요." 프리실라가 말했다. "미스 아이보리네 집에서 저래도 괜찮을까요?"

"어머, 우리가 가서 무슨 일인지 알아봐야 할 것 같아요." 제니스가 대답했다. 그녀는 프리실라네 집 파티오에서 프리실라와 함께 커피를 마시며 놀라울 만큼 날씨가 화창한 시월의 진짜 인디언 서머[75]를 만끽하는 중이었다. 원래는 근처에 사는 사회복지 대상자 중 한 사람을 방문할 예정이었으나 그 연로한 대상자는 교회에서 나온 열광적이고 이상주의적인 아마추어 박애주의자들 손에 이끌려 차로 산책하러 나가고 없었다. 이처럼 사회복지 체계가 중첩되는 것은 짜증 나는 현상이 아닐 수 없었다. 그러나 그 덕분에 생각지도 못했던 자유 시간이 생긴 제니스는 커피나 마시며 수다를 떨려고 프리실라네 집에 들렀다. 정확히 말하자면 단지 수다를 떨고 싶었다기보다 미스 아이보리 소유의 집이 앞으로 어떻게 될 것인지, 그리고 나이젤과 프리실라 부부가 어떤 이웃을 두게 될 것인지 얘기를 좀 나누고 싶었다.

75) Indian summer: 가을에 비가 오지 않고 날씨가 따듯한 짧은 기간.

"장례식에 왔던 남자 같아요." 프리실라가 말했다. "그때 미스 아이보리와 함께 근무했다는 사람들이 왔잖아요. 그중 한 명인가 봐요."

"아무튼 저 남자가 지금 저 집에서 뭘 하고 있는 거죠?" 제니스가 물었다. "정작 미스 아이보리가 살아 있을 때는 한 번도 찾아오지 않았으면서!" 그녀의 목소리에는 숨길 수 없는 분노가 담겨 있었다. 미스 아이보리에게는 찾아올 만한 친구들이 있었지만 아무도 찾아오지 않았다는 생각이 들자 그녀는 분노를 느꼈다. 미스 아이보리 같은 사람들의 외로움을 덜어주는 일이야말로 제니스의 임무이고, 그것이 그녀의 존재 이유가 아니었던가? 하지만 남편이 가끔 그녀에게 말했듯이 누구나 원하는 것을 모두 한꺼번에 가질 수는 없다. 만일 사회복지 대상자의 친구나 친척이 스스로 해야 할 일을 해낸다면 제니스가 할 일이 없을 것은 당연했다.

"어서 가봅시다." 프리실라가 단호하게 말했다. "저 집에 누군가가 있다면 무슨 일인지 알아봐야죠. 어쨌든 우리는 저 남자가 어떤 사람인지 전혀 모르잖아요?"

노먼은 자신을 향해 다가오는 두 여자를 보며 사회복지사와 그녀의 친구, 즉 옆집에 사는 여자로구나, 하고 생각했다. 저들이 대체 왜 이리로 오는 걸까?

"용건이 뭐요?" 정문을 조금 열고 얼굴을 빼꼼 내밀면서 그가 비호감을 불러일으키는 퉁명스러운 말투로 물었다.

프리실라가 마음속으로 '뭐 이런 괴팍한 남자가 다 있어?' 하고 언짢아하면서도 평정을 유지하려고 애쓰는 사이에 제니스가 먼저 입을 열었다.

"제 이름은 제니스 브레이브너예요." 그녀가 말했다. "제가 미스 아이보리를 돌보곤 했지요." 그녀는 자신의 봉사가 그리 성공적이지 못했던 것으로 보일 터이므로 그런 말을 하는 것은 별 의미가 없음을 깨달았다. "우리가 저쪽에서 보니 위층 창가에 누군가가 보여서요." 그녀가 빠르게 말을 이었다.

"그래요. 바로 나였소." 노먼이 말했다. "이제 이 집은 내 거요. 미스 아이보리가 유산으로 내게 남겼으니까."

노먼은 두 여자가 자기 말을 듣고 헉 소리를 내며 경악하는 반응을 예상했다. 하지만 그들은 아예 그의 말을 믿지 않는 듯했다. '프리실라'라는 키 큰 금발 여자는 벨벳 바지 차림이었고, 제니스 브레이브너라고 (나중에 그는 '제 이름은 제니스 브레이브너예요'라고 말하던 그녀를 흉내 냈다) 자신을 소개한 여자는 키가 작고 통통했으며 사람들을 쥐고 흔들 것 같은 타입이었다. 그의 폭탄선언에 먼저 반응한 쪽도 그녀였다.

"정말이에요?" 그녀가 따져 물었다.

"정말이냐고? 물론이지!" 노먼이 격앙된 말투로 쏘아붙였다.

"어머, 그거 잘됐네요." 프리실라가 끼어들었다. 사실 그녀는 지금 나서서 위선적인 말을 쏟아낸다고 해서 노먼과 친해지리라고 믿을 만큼 어리석지 않았다. 하지만 이 남자가 진짜로 새 이웃이 된다면 어떻게든 잘 지내는 게 좋겠다는 생각이 들었다. 그러면서도 그녀는 그가 이웃이 되지 않기를 바랐다. 이 시점에서 그녀가 진심으로 원한 것은 자기 부부와 비슷한 연배의 젊은 부부가 이 집에 이사 오는 것이었다. 앞으로 아기가 생기면 품앗이로 서로 아기를 봐주기도 하고, 집으로 초대해서 함께 저녁 식사도 할 수 있는, 그런 이웃을 원했던 것이다. 그런데 마샤의 친구들이 어떤 사람들인지는 모르겠지만, 이 괴팍한 작은 체구 남자와는 아무리 생각해도 그렇게 지낼 가능성이 전혀 없어 보였다.

그러나 노먼과 앞으로 이해관계로 얽힐 가능성이 전혀 없는 제니스는 마음 놓고 직설적으로 말할 수 있었다. "그래서 이 집에서 사실 건가요?" 그녀가 따지듯 물었다.

"아직 마음을 정하지 못했소." 노먼이 대답했다. "이 집에서 살 수도 있고, 그러지 않을 수도 있고…."

이쯤 되자 두 여자는 흥미를 잃고 자리를 떴고, 혼자 남은 노먼은 어쨌든 그들을 물리쳤다고 생각했다. 그는 집 안으로 들어가지 않고 정원을 '탐험'했다. 무성하게 자라난 덤불 사이로 거의 길을 헤치다시피 하며 간신히 한 걸음씩 나아가야 했으므로 이야말로 문자 그대로 탐험이었다. 정원에는 꽤 쓸모 있어 보이는 헛간이 있었다. 노먼은 도구와 장비들을 그 안에 차곡차곡 정리하는 자기 모습을 상상했다. 최근에는 자주 사용하지 않은 것 같았으나 마샤도 잔디 깎는 기계나 쇠스랑, 삽, 괭이 정도는 구비해뒀을 것이다. 그는 헛간 문을 열었다. 한쪽 구석에 몇 가지 도구가 있긴 했지만, 공간은 대부분 선반 위에 줄을 맞춰 쌓아둔 우유병들이 차지하고 있었다. 줄잡아 수백 개는 돼 보였다.

그는 이 상황에서 어떻게 해야 할지 알 수 없었다. 작은 단칸방의 답답함이 갑자기 매우 아늑하고 안전하고 매력적으로 느껴졌다. 그래서 그는 아직은 자기 '집'인 그곳으로 어서 돌아가기로 했다. 그래도 이제 그는 어엿한 집주인이며 그 집에서 살 것인지, 그 집을 팔 것인지는 전적으로 그에게 달려 있었다. 주위에 있는 다른 집들을 보고 판단컨대, 이 도로변 집들은 상당히 비싼 가격에 거래될 것 같았다. 이 집의 처분에 대한 결정이 자신에게 달렸다는 사실과 그로 인해 프리실라 부부 같은 사람들의 삶에 영향을 미칠 힘이 자신에게 있다는 사실은 여태까지 경험하지 못했던 아주 새로운 어떤 것을 느끼게 해줬다. 사람들이 흔히 쓰는 비유적인 표현처럼 그는 마치 꼬리가 두 개 달린 개처럼 흡족했다. 노먼은 고개를 높이 쳐들고 버스 정류장을 향해 걸어갔다.

같은 날 저녁, 에드윈은 퇴근하고 클래펌 공원 맞은편에 있는 집에 막 돌아와 있었다. 그는 자기가 아직도 마샤의 집으로 여기고 있는 곳에서 노먼이 과연 어떻게 하루를 보냈을지 궁금했다. 다른 날이었다면 천천히 걸어서 그 집까지 가봤을 것이다. 하지만 시월 십팔 일 성 루카 복음사가 축일인 오늘은 어딘가 적당한 교회에 찾아가 저녁 미사를 드려야 했다. 점심시간에 다녀온 교회에서는 별로 소득이 없었다. 그곳은 템스 신부나 그의 후임인 보드 신부가 직장인들을 많이 끌어모으던 시절과는 극명한 대조를 이루고 있었다. 그 밖에 훌륭한 미사를 드릴 수 있어서 전에 종종 찾아갔던 교회가 또 하나 있었는데, 그곳도 이미 사라졌다. 에드윈도 잘 기억하고 있는 오십 년대 초반의 어떤 추문으로 유감스럽게도 회중은 뿔뿔이 흩어지고 교회도 문을 닫았다. 그래서 한때는 향내 가득했던 그 자리에 지금은 사무실 건물이 들어서 있었다. 그것은 참으로 슬픈 사연이었고, 이제 그곳에서는 성 루카 복음사가 축일의 저녁 미사를 드릴 수 없게 됐다. 친애하는 의사 루카여, 오늘 같은 날에는 마샤가 숨을 거둔 병원 맞은편에 있는 성 루카 교회가 미사를 드리는 독실한 내·외과 의사들, 수련의들, 간호사들로 가득 차리라고 생각했을지 모르지만, 그건 전혀 사실이 아니라오. 그곳은 최소한의 주일 미사만을 드릴 수 있고, 평일에는 미사가 전혀 없는 교회라오…. 말이 나왔으니 말이지만, 에드윈은 마샤의 주치의였던 스트롱 씨가 병원 목사에 대해 하던 말, 그에 대해 아무렇지도 않게 지껄이던 험담 등으로 미뤄 볼 때 그는 교회에 전혀 나가지 않는 사람이라는 의혹을 지울 수 없었다. 결국 에드윈은 성 루카 복음사가 축일 미사를 포기했다.

그러자 불쑥 레티에게 전화해야겠다는 생각이 들었다. 장례식에서 그녀를 봤을 때 포프 부인과 함께 살고 있다지만, 외로워한다는 인상을 받았다. 비록 포프 부인 집에서 살게 된 것은 결과적으로 잘된 일인지 모르지만, 팔순 노파와 어울리는 것만으로 과연 그녀가 충분히 만족하고 있을까? 여기까지 생각한 그는 즉각 전화기를 들고 다이얼을 돌렸다. 그러나 마침 전화는 통화 중이었다. 오늘은 이쯤에서 그만두고, 내일이든 언제든 생각날 때 다시 전화하기로 했다. 아무튼 딱히 서둘러야 할 일은 아니었다.

스물셋

레티는 요즘 성직자가 여러 면에서 일반인과 별반 다르지 않고, 심지어 더 평범하다는 것을 줄곧 실감하고 있었다. 그래서인지 그녀는 구식 전례를 고집하는 성직자에게 구식 존경심을 품고 있었다. 최근에 그녀는 포프 부인을 따라 나가는 교회에서 회중이 난폭한 행동을 하리라고 예상이라도 한 듯이 우리가 모두 공유하는 인간 본성을 강조하는 목사의 강론을 들었다. 그는 미사 중에 아이들도 교회에 들어올 수 있게 공간을 확보하려고 회중석 뒤쪽 일부를 없애려다가 분개한 몇몇 신자의 거센 반대에 부딪혔다.

"우리 신자들을 거칠게 다루기로 했나 봐." 포프 부인이 선언하듯 말했다.

포프 부인의 황당한 생각에 놀란 레티가 목사 편을 드는 말을 막 하려던 참에 전화벨이 울렸다. 만약 그것이 조금만 더 일렀거나 늦었더라면 레티는 자기 외로움을 달래주려고 우정 어린 위안을 해주려던 에드윈과 통화할 수 있었을 것이다. 하지만 그 전화의 주인공은 마조리였다. 포프 부인은 때로 그녀를 '성직자와 결혼하려는 당신 친구'라고 불렀다. 하지만 마조리는 이제 그 성직자와 결혼하지 않기로 한 것 같았다. 레티가 전화를 받기가 무섭게 마조리는 두서없는 말을 속사포처럼 쏟아냈다. 그녀의 말을 종합해보건대 뭔가 좋지 않은 이유로 약혼이 깨진 듯했는데, 레티로서는 그 정확한 이유를 알 수 없었다.

"베스 다우티 때문이야." 마조리가 울부짖었다. "그것들이 그럴 줄은 정말 몰랐어…."

처음에는 베스 다우티가 누군지 전혀 감이 잡히지 않았지만, 잠시 후 레티의 머릿속에 그녀의 모습이 떠올랐다. 은퇴한 사람들이 모여 사는 홈허스트의 관리인이 바로 베스 다우티였다. 지나칠 정도로 단정하게 매만진 헤어스타일을 하고 있던 능력 있는 여자, 자기 잔에 진을 가득 따르던 여자, 데이비드 라이델이 어떤 음식을 좋아하는지 훤히 꿰뚫고 있던 여자, 그가 오르비에토를 얼마나 좋아하는지 분명히 기억하고 있던 여자…. 한 성직자의 사랑을 얻기 위해 두 여자가 음식과 술로 치열하게 경쟁을 벌였다는 것은 매우 충격적인 일이었지만, 그렇게 생각하니 전체적인 이야기의 아귀가 딱 맞아떨어졌다. 우리는 모두 인간 본성을 공유한다….

전화를 끊었을 때 가장 먼저 든 생각은 되도록 빨리 마조리에게 가야겠다는 것이었다. 물론 너무 늦은 시각이니 오늘 저녁에 곧바로 기차를 탈 수는 없겠지만 내일은 아침부터 서둘러서 첫차를 타야 했다.

“이것 참….” 레티는 기대에 차서 기다리고 있던 포프 부인에게로 몸을 돌렸다. “제 친구 전화예요. 남자가 파혼했대요.” 그녀가 말했다. “다른 여자가 있었다나 봐요. 양로원 관리인이라나….”

이런 식으로 표현하면 나쁘게 들릴 것이다. 게다가 비록 간접적이긴 하지만 ‘노인’과 관련도 있어서 더 안 좋게 들릴 듯했다.

“이런… 정말….” 포프 부인은 자기 기분을 어떻게 표현해야 할지 적당한 말을 찾지 못하는 것 같았다. 이 사건과 비교하면 자기 교회 회중석 뒤쪽 일부가 사라지는 것쯤은 아무것도 아니었다. “어서 친구에게 가봐야겠군.” 그녀가 덧붙여 말했다. 그녀의 말투에서는 부러움이 살짝 묻어났다.

“네, 내일 아침 첫차를 탈까 해요.” 레티가 말했다. 그녀는 묘한 흥분을 느꼈다. 그 기분을 억누르려고 애썼지만 생각처럼 되지 않았다. 그녀는 이 예기치 못한 여행에 어떤 옷을 챙겨 갈지 궁리했다. 시월치고는 따뜻한 날씨지만 시골은 늘 도시보다 춥다는 것을 잊지 말아야 한다.

“그 사람은 위가 안 좋아. 게다가 구순이 넘은 어머니가 생존해 계시지. 그리고 어느 정도는….” 마조리는 불평을 계속하기 전에 잠시 머뭇거렸다. “나이 차도 문제고. 그 사람이 나보다 몇 살 아래잖아.”

레티는 친구 말에 동조했다. 사실 그녀는 이 모든 것을 알고 있었다. 그리고 마조리에게서 그동안 일어났던 일에 대해 설명을 들어보니, 데이비드 라이델이 결혼에 동의했다고 생각한 것 자체가 놀라운 일인 듯했다. 그렇지 않아도 어머니 건강 문제로 이미 한 번 연기됐던 결혼식을 그는 차일피일 미루며 시간을 끌었다고 했다. 그렇다면 베스 다우티는 어떻게 그의 마음을 움직여 결혼에 성공했을까? 그 점에 대해서도 알아볼 필요가 있을 것 같았다. 마조리보다 나이가 많이 어리다는 것 말고는 딱히 장점이라고 할 만한 것이 없어 보였기 때문이다.

마조리도 해답을 아는 것 같지 않았다. 아니면 너무 속이 상해서 이 문제를 더는 언급하고 싶지 않은 것 같기도 했다. 레티는 베스 다우티도 결혼에 성공하지 못한 것은 아닌지 궁금했다. 혹은 어떤 여자도 데이비드 라이델과 결혼하지 못하는 것은 아닐까?

"흠, 여자들한테 어떤 꿍꿍이속이 있는지, 너는 잘 모를 거야." 마조리가 말했다. "그건 예측도 설명도 불가능한 일이지."

그것은 맞는 말이라고, 레티는 동의할 수밖에 없었다. 마샤가 자기 집을 노먼에게 유산으로 남기다니…. 그것이야말로 여자가 예측 불가능한 존재라는 사실을 보여주는 확실한 사례가 아닌가? 마샤는 이미 이 세상 사람이 아니니 그녀의 그런 행동의 동기를 누구도 설명해줄 수 없으리라.

"그래서 데이비드 라이델은 어디로 간대?" 레티가 물었다.

"어디로 가느냐고? 바로 그 점이 최악이야. 글쎄, 그 사람은 아무 데도 안 갈 거래."

"전처럼 여기 머물겠대?"

"그 사람은 아예 떠날 생각이 없는 것 같아."

"아, 그러면…. 그 사람이 이 마을 교회에 부임한 지 얼마 되지 않았다는 건 나도 알아. 하지만 이런 상황에서…." 이 대목에서 확신이 서지 않았던 레티는 말을 계속할 수 없었다. 하지만 다시 차분히 생각해보면 데이비드 라이델이 이 지역을 떠나야 할 이유가 대체 무엇인가? 그는 그저 마음을 바꾸었을 뿐이고, 사람들 말을 빌리자면, 이런 일은 차라리 일찍 알려지는 편이 낫다. "결혼하고 나면 그 사람은 어디서 살게 될까?" 레티가 물었다. "설마 홈허스트에서 살지는 않겠지."

"그러지는 않겠지. 아마 목사관에 들어갈 거야."

레티는 마조리에게서 목사관은 불편하고 손봐야 할 곳이 너무 많다는 말을 들었던 때가 기억났다. 아마도 그것은 그가 마땅히 감수해야 할 몫이리라. "하지만 네가 여기서 혼자 산다는 걸 생각하면 그 사람도 마음이 불편하지 않을까?" 레티가 말했다.

"아, 레티…." 마조리는 친구의 순진함에 너그러운 미소로 답했다. "어쨌든 나도 앞으로 오래 혼자 살 것 같지는 않아."

"정말?" 레티는 수줍은 듯 털어놓는 마조리의 말이 대체 무슨 뜻인지 의아했다. 남편감이 될 만한 또 다른 남자가 마을에 나타나기에는 너무 이른 감이 있지 않은가?

"그러니까…." 마조리가 진지하게 설명했다. 그녀의 설명을 듣고 보니 그녀의 생각을 이해할 수 있었다. 이제 결혼이 없던 일이 됐으니, 레티의 은퇴 후 계획을 처음 생각했던 대로 실현할 수 있으리라고 했다. 따라서 마치 그 계획 변경의 원인이 됐던 일이 일어나지 않았던 것처럼, 레티가 필요한 조처를 다 마치는 대로 시골로 내려와 마조리와 함께 살자고 했다.

그러나 그다음엔? 둘이 함께 살기 시작하고 몇 개월 혹은 몇 년 후 마조리가 또다시 결혼하고 싶은 남자를 만날 때 레티의 처지는 어떻게 될 것인가? 과거에 둘이 함께 있을 때는 마조리가 늘 앞장서고 레티는 뒤따라가며 살았지만, 앞으로도 그런 습관대로 살아야 할 이유는 없었다. 레티는 즉시 마음을 정하기보다 그 문제를 좀 더 생각해보기로 했다.

"반지는 돌려줬겠지?" 의도적으로 화제를 친구의 파혼 문제로 되돌리며 레티가 물었다.

"아, 아니, 데이비드는 나한테 반지는 그냥 가지고 있으라고 하더군. 이 상황에서 반지를 돌려달라고 말할 수는 없었겠지."

"하긴, 그런 말을 할 수는 없었을 거야. 하지만 넌 그 반지를 계속 가지고 있을 기분이 아니었을 텐데." 레티가 말했다.

"하지만 반지가 아주아주 예뻐. 앤티크한 세팅에 월장석을 올렸지. 내가 늘 앤티크한 반지를 가지고 싶어 했던 건 너도 알지?" 마조리는 그 월장석 반지가 첫 결혼 때 받았던 전통적인 작은 다이아몬드 반지보다 얼마나 더 마음에 드는지를 여러 차례 설명했다. "게다가 여자가 나이 들면 손도 두꺼워지고 손가락도 굵어지잖아. 그렇게 되면 알이 큰 반지가 훨씬 잘 어울리지." 그녀는 아직도 월장석 반지를 끼고 있는 왼손을 펴서 레티에게 보여줬다.

스물넷

"헉, 정말 놀랄 일이 끝도 없이 이어지는군. 난 그것밖에 할 말이 없네." 노먼이 말을 마치며 비닐봉지에서 소금에 절인 쇠고기 샌드위치를 꺼냈다.

"그 증거야 셀 수 없이 많지." 부지런히 티백 하나를 꺼내며 에드윈이 대꾸했다. "어젯밤에 포프 부인이 전화로 그 얘기를 전부 해줬어. 레티가 친구 전화를 받았는데 파혼당했다고 하더래. 결국 결혼을 못 하게 된 그 친구는 얼마나 속이 상했겠어? 그래서 오늘 레티가 그쪽으로 가기로 했대."

"레티가 간다고 해서 뭘 해줄 수 있겠어? 아마 상심한 친구 하소연이나 들어주는 정도겠지. 그런 상황에서 레티가 큰 도움이 될 것 같지는 않은걸."

"그래…. 레티가 해줄 수 있는 일은 많지 않겠지. 하지만 여자들한테 같은 여자인 친구가 곁에 있다는 건…." 에드윈은 레티가 친구에게 줄 수 있는 위안을 뭐라고 정의해야 할지 몰라 잠시 머뭇거렸다.

"아, 그래. 나도 동의해. 여자들도 분명히 때로 쓸모가 있지."

"자네한테 집을 남긴다고 유언장에 써주는 여자도 있고 말이지." 익살스러운 말투로 에드윈이 꼬집어 말했다. "흠, 자네는 이제 건물주로 행세하는 데 상당히 익숙해진 것 같아."

"난 그 집을 팔려고 해." 노먼이 불쑥 말했다. "거기 들어가서 살고 싶은 생각은 없거든."

"그래. 그게 최선일 게야. 자네 혼자 살기에는 너무 큰 집이지." 에드윈이 지적했다.

"아, 그런 생각은 안 들어." 노먼이 은근히 거만하게 말했다. "그건 한쪽 면이 옆집과 붙어 있는 연립주택일 뿐이야. 그건 자네 집도 마찬가지지. 하지만 자네는 집이 너무 크다고 생각하지 않잖아. 나라고 해서 꼭 단칸방에서만 살다가 죽으란 법은 없지."

"아무렴. 그거야 그렇지." 이 작은 체구의 성난 남자를 진정시킬 때 늘 구사하는 달래듯 부드러운 말투로 에드윈이 말했다.

"난 아무래도 양로원에서 삶을 마치게 되겠지." 인스턴트커피 분말이 들어 있는 커다란 통을 든 채 노먼이 말했다. "이것 봐. 여기엔 '패밀리 사이즈'라고 적혀 있네. 정말 웃기지 않아? 이건 주로 회사원들이 사무실에서 쓰는 건데…." 그는 티스푼으로 커피 분말을 떠서 머그잔에 넣었다. "이렇게 대용량 통에 든 커피를 사면 조금 절약할 수 있지…. 그게 바로 마샤와 나의 생각이었어."

에드윈은 아무 말도 하지 않았다. 그가 말없이 티백을 흔들자 호박색 액체 한 줄기가 잔 안의 뜨거운 물에 퍼져 나갔다. 그는 늘 그러듯이 얇게 저민 레몬 한 조각을 집어넣고 다시 티스푼으로 저으며 마실 준비를 했다. '마샤와 나'라는 표현을 들으니 과연 두 사람이 결혼할 수 있었을까 하는 생각이 들었다. 그래도 노먼과 마샤의 결혼이라니…. 그런 일은 상상조차 하기 어려웠다. 하지만 만일 그들이 오래전, 둘 다 훨씬 더 젊었을 때 만났더라면? 그러나 더 젊은 시절의 두 사람을 상상하기 어렵다는 사실과는 별개로 젊은 시절에도 두 사람은 서로 매력을 느끼지는 못했을 것 같았다. 심지어 지금도 '매력'이라는 말은 노먼이나 마샤와 전혀 무관한 것처럼 보였다. 대체 무엇이 남자와 여자, 심지어 몹시 안 어울릴 것 같은 사람들을 연결해주는 걸까? 에드윈에게는 아내와의 연애와 결혼에 대해 아주 희미한 기억밖에 남아 있지 않았다. 연애를 시작하던 시절에 에드윈은 까다로운 전례를 엄격하게 지키던 성공회 교회의 복사였고 필리스는 그 교회에 다니던 신자였다. 1930년대에는 남녀가 결혼하는 방식이 요즘과 많이 달랐다. 어쨌든 마샤가 세상을 뜨지 않았더라면 노먼은 그녀와 결혼해서 그녀 집에서 함께 살 수 있었을까? 이것은 그가 차마 노먼에게 대놓고 할 수 없는 질문이었다….

말없이 생각에 잠긴 에드윈에게 노먼이 다시 뜬금없는 말을 꺼낸 것은 바로 그때였다. 그가 혼자서 골머리를 앓던 문제에 대해 에드윈에게 조언을 청한 것이다.

"마샤의 옷과 물건…. 그걸 어떻게 해야 할까?"

"그게 무슨 소리야?"

"그 집에 남아 있는 마샤의 유물 말이야. 그 조카…. 왜 있잖아, 그 카프탄 차림에 구슬 목걸이를 한 젊은이. 그 친구가 와서 몇 가지 잡동사니를 가져갈 거야. 하지만 그 친구 말로는 자기 엄마는 마샤의 물건에 관심 없으니 나더러 알아서 처리하라네. 그래서 나는… 지금 황당해하고 있어!" 노먼은 마치 성난 사람처럼 발로 휴지통을 툭 찼다.

"그 이웃 여자와 사회복지사에게 물어보면 어떨까? 장례식에 왔던 여자들 말이야."

"그 섹시한 금발 여자와 잘난 척하는 뜬금없는 박애주의자?" 두 여자에게 짜증이 난 노먼은 말을 함부로 하고 있었다. "흥, 그 여자들에게 묻다니…. 그럴 일은 절대 없어!"

"글쎄, 그 지역에 있는 교회에는 마땅한 사람이 있을 텐데…. 그런 물건을 활용할 사람 말이야."

"그럴 줄 알았어. 혹시 자네와 친한 G. 신부라면 와서 도와주지 않을까?"

"그렇지, 그 사람이라면 틀림없이 도와줄 거야." 에드윈이 말했다. "헌 옷들은 자선 바자에서 언제나 환영받거든."

"자선 바자라니! 흥, 대단히 고마운 말이군. 그러니까 자네는 마샤의 옷들을 고작 자선 바자용 헌 옷으로밖에 생각하지 않는군."

"지난번에 우리와 함께 점심을 먹으러 왔을 때 마샤 옷차림이 이상했다는 건 자네도 인정해야 할 거야." 말을 시작했던 에드윈은 다시 입을 다물었다. 이런 식의 무의미한 말다툼은 그들에게 아무 도움도 되지 않을 것이다. 아마도 노먼은 이제 마샤를 다르게 기억하고 있는 듯했다. 그러니까 그녀의 마지막을 지킨 수간호사의 표현대로 그녀를 '상냥한 표정을 짓던 우아한 백발 여성'으로 기억하고 있는 것 같았다. "레티에게 부탁할 생각은 해봤어?" 그가 다시 물었다. "레티라면 틀림없이 도와줄 거야."

"아, 그래. 그것 참 좋은 생각이군." 노먼은 진심으로 고마워하는 것 같았다. "낯선 사람한테 부탁하는 것보다야 훨씬 낫지."

"이 우유병들은 어떻게 하지?" 에드윈이 물었다.

"모르겠어." 노먼이 대답했다. "자네라면 어떻게 하겠나? 거기 그대로 둘까?"

"아무래도 조금씩 치우는 게 좋겠지. 우유 배달부가 회수할 수 있게 매일 몇 개씩 문밖에 내놓으면 될 거야."

"당장 몇 개라도 밖에 내놓는 게 어떨까요?" 레티가 제안했다.

"그래, 그게 좋겠어요. 우유 배달부들은 늘 빈 병을 헹궈서 돌려달라고 말하니까." 노먼이 말했다.

"이 우유병들은 티끌 하나 없이 깨끗해." 에드윈이 지적했다.

"우리가 자기 우유병에 손대는 걸 보고 마샤가 화내지 않을까요?" 레티가 말했다. "빈 병들을 이렇게 말끔하게 씻어서 헛간에 잘 정리해둔 걸 보면 마샤한테 어떤 계획이 있었을 것 같아요."

세 사람은 집 안에서 마샤의 물건들을 살펴보며 흥미로운 오후 시간을 보냈다. 레티에게 가장 놀라웠던 것은 옷장과 서랍장에 들어 있는 옷들이었다. 복고풍이 유행하면서 다시 주목받는 이런 1930년대 이전 옷 중에는 마샤 어머니의 것임이 분명한 것들도 있었다. 세 사람이 마샤를 알기 전, 그녀가 젊었을 때 입었던 옷도 있었고, 비교적 최근에 산 옷도 있었는데, 대부분 한 번도 입은 적 없는 새 옷 같았다. 마샤는 끝내 이뤄지지 않았던 어떤 목적을 위해 그 옷들을 소중하게 보관하고 있었던 것이 아닐까? 이제 와서 그 답을 알아내기는 불가능했다.

세 사람은 위층에서부터 정리 작업을 시작했다. 그런데 아래층으로 내려와 주방을 살펴보던 그들이 식료품 수납장을 열었을 때 훨씬 더 놀라운 광경이 펼쳐졌다. 엄청나게 많은 통조림이 놀라울 정도로 가지런히 줄지어 진열돼 있었던 것이다.

"아니, 이 많은 통조림을 대체 왜 사들였을까?" 에드윈이 외치다시피 말했다.

"뭐, 통조림은 자네도 사지 않나?" 노먼이 즉각 말을 받았다. "그게 뭐 그리 놀랄 일이라고 그러나."

"하지만 마샤는 이 중에서 어떤 것도 먹지 않은 것 같아요." 레티가 말했다.

"자기는 평생 많이 먹는 편이 아니었다고 늘 말하곤 했지." 노먼이 두 사람에게 상기시켜줬다.

"마샤가 대처 부인처럼 대단히 현명했던 모양이야." 에드윈이 말했다. "요즘 물가가 계속 오르니까…."

"그래, 어떤 정부가 들어서든 상관없이 물건값은 언제나 오르기만 하잖아.” 노먼이 퉁명스럽게 말했다.

“어쩜 이렇게 세심하게 정리하고 분류해놓았을까.” 레티가 경탄하며 말했다. “고기, 생선, 과일… 그리고 이쪽엔 수프, 마카로니 치즈, 라비올리….”

“그건 저녁 식사로도 간단히 먹을 수 있는 음식들이네요.” 노먼이 말했다. “난 마카로니 치즈를 아주 좋아하는데…. 치아에 문제가 있을 때 그거야말로 신이 내린 선물이었지.”

“그렇겠네요.” 연민으로 따뜻해진 말투로 그녀가 말했다.

“이것들은 노먼이 가져가는 게 좋을 것 같아.” 에드윈이 말했다. “만일 그 사촌 모자가 허락했다면….”

“음, 하긴 그 젊은이도 몇 개 가져가고 싶어 할지도 모르지요. 여럿이 모여 사는 히피족인 것 같으니 아마 통조림 몇 개쯤은 기꺼이 챙겨 갈 것 같군요. 하지만 다행히 여기 통조림이 얼마나 많이 있는지 모르잖아요. 그러니 오늘 우리가 몇 개씩 챙겨 갑시다.” 노먼이 말했다.

마샤가 열심히 모아둔 통조림에 이처럼 마음대로 손대는 것이 과연 옳은 일인지 확신이 서지 않았기에 세 사람은 다소 주저하며 각자 몇 개씩 골랐다. 그들이 고른 것들은 미묘하게 서로 다른 취향을 드러냈다. 에드윈은 스팸과 스튜용 살코기 통조림을, 레티는 새우와 복숭아 통조림을, 노먼은 정어리, 수프, 흰 강낭콩, 마카로니 치즈 통조림을 골랐다.

이어서 그들은 그 수납장 아래쪽 구석에 놓여 있던, 열지 않은 셰리주 한 병을 발견했다. 한때 시바 여왕 소유였던 포도밭에서 재배된 포도로 만들어졌다고 전해지는 키프로스 크림 셰리주였다.

"이거 지금 열까요?" 노먼이 물었다. "마샤가 오늘 이 순간을 위해 우리에게 남겨둔 것 같지 않아요?"

"마샤는 우리가 이 집에 함께 모여 있으리라고는 상상도 못 했을걸요." 레티가 말했다. "자기 없이 우리끼리 말예요."

"으음, 아무래도 노먼 말대로 하는 게 좋을 것 같군요." 에드윈이 말했다. "오늘 이 특수한 상황을 고려할 때 마샤도 틀림없이 우리가 그러기를 바랐을 거예요." 이것은 확실히 매일 일어나는 상황이 아니므로 그렇게 말하는 것이 최선일 듯했다. 게다가 마샤가 무엇을 의도했는지 혹은 무엇을 원했는지 안다거나 알아보려 할 수 있는 사람이 있다면 그는 틀림없이 노먼이 아니겠는가?

"시바 여왕이라…." 어느새 잔을 세 개 찾아낸 노먼이 그 황금빛 액체를 넉넉히 따르며 말했다. "그거 마음에 드네요! 자, 우리를 위해."

"레티, 이제 결국 친구가 결혼하지 않게 됐으니 당신은 원래 계획대로 시골로 내려가겠군요." 앞으로 레티의 삶이 더 나아지리라는 것을 알게 된 기쁨에 셰리주로 홍조가 더해진 얼굴로 에드윈이 말했다. 레티의 일이 가장 흡족한 방식으로 마무리되는 것처럼 보였던 것이다.

"아직 마음을 정하지는 않았어요." 레티가 말했다. "이제는 내가 시골에서 정말 살고 싶은지 어떤지 확신이 서지 않거든요."

"그래, 맞아요." 노먼이 거들었다. "하고 싶지 않은 일을 억지로 하지도 말고, 다른 사람 말에 따라 당신의 일을 결정하지도 말아요. 당신 스스로 마음을 정해야 해요. 어쨌든 당신 삶이잖아요."

"하지만 나는 당신이 시골을 좋아하는 줄 알았는데…." 에드윈이 말했다. 그의 말투에서는 실망이 살짝 묻어났다. 레티 연배의 여자들은 대체로 시골을 좋아하지 않던가?

"내가 시골을 꼭 좋아하는 건 아네요." 레티가 말했다. 죽은 새의 사체, 심하게 훼손된 토끼, 그리고 입이 험한 마을 사람들이 불현듯 머리에 떠올랐다. "마조리와 내가 함께 계획을 세웠을 때만 해도 그것이 꽤 적절해 보였지요. 그런데 지금은… 나한테 선택의 여지가 있는 것 같아요." 달콤한 셰리주를 길게 들이켠 그녀는 자기에게 힘이 있는 것 같은, 더없이 기분 좋은 느낌이 들었다. 그녀는 마샤가 남겨준 집에 들어가서 살 것인지 아닌지를 결정함으로써 다른 사람들의 삶에 영향을 미칠 수 있음을 깨달았을 때 노먼이 느꼈던 것과 비슷한 기분을 느꼈다. 레티는 이제 마조리도 포프 부인도 자기 결정을 기다려야 하는 처지임을 알았던 것이다.

"하지만 런던에 계속 머물기를 원하지는 않을 거잖아요?" 에드윈이 끈질기게 물었다.

"잘 모르겠어요. 조금 더 생각해볼게요." 레티가 말했다. "아, 그 말을 들으니까 생각이 나네요." 그녀가 덧붙여 말했다. "마조리가 시골에 내려와서 하루 지내라고 두 분을 초대했어요. 우리 셋이 함께 점심 먹으러 내려가면 될 것 같아요."

그 말을 하며 그녀는 미소를 짓지 않을 수 없었다. 마조리의 자그마한 모리스 자동차 안에 그들 모두—마조리와 레티 그리고 두 남자—가 끼어 앉아 있는 모습을 상상하니 익살맞기 짝이 없었다.

"너와 함께 일했던 두 남자 말인데…." 마조리가 말했다. 그녀는 그들 이름을 천천히 불렀다. "그… 에드윈과 노먼을 이곳에 하루 초대하면 어떨까? 괜찮은 생각 같지 않아?"

실망한 마조리의 마음을 딴 데로 돌리는 데 도움이 될 새로운 일이라면 무엇이든 해주자고, 레티는 생각했다. 물론 에드윈과 노먼을 로맨틱한 마음을 품을 상대로 보기는 어렵고, 두 사람보다 시골을 더 싫어하는 사람을 찾기도 어렵기는 했다. 그러나 삶에는 늘 무한한 변화의 가능성이 존재하지 않던가.

가을 사중주

1판 1쇄 발행일 2019년 10월 10일
지은이 | 바바라 핌
옮긴이 | 주순애
펴낸이 | 김문영
펴낸곳 | 이숲
등록 | 2008년 3월 28일 제301-2008-086호
주소 | 서울시 중구 장충단로8가길 2-1
전화 | 2235-5580
팩스 | 6442-5581
홈페이지 | www.esoope.com
페이스북 | www.facebook.com/EsoopPublishing
Email | esoope@naver.com
ISBN | 979-11-86921-76-0 03840

▶ 이 도서의 국립중앙도서관 출판예정도서목록(CIP)은 서지정보유통지원시스템 홈페이지(http://seoji.nl.go.kr)와 국가자료종합목록 구축시스템(http://kolis-net.nl.go.kr)에서 이용하실 수 있습니다. (CIP 제어번호 : CIP2019026587)